エデとウンク

1930年 ベルリンの物語

アレクサンダー・ウェディング［著］／金子マーティン［訳・解題］

EDE UND UNKU

Alex Wedding

JN155480

影書房

Ede und Unku. Ein Roman für Jungen und Mädchen
by **Alex Wedding**

『1930年ベルリンの物語』の正誤表

・カバー袖：「11歳の少年エデ」⇓㊣「12歳の少年エデ」

・65頁　註釈8：「二四一頁」⇓㊣「二三九頁」

・66頁　註釈9：「二四二頁」⇓㊣「二四〇頁」

・85頁13行目：「もう不可能しょう」⇓㊣「もう不可能でしょう」

・89頁6行目：「おとうさんさん」⇓㊣「おとうさん」

・274頁上段6行目：註釈1の論文の原書名が脱落。「Roma Fund,」の後に「*From Victimhood to Citizenship. The Path of Roma Integration,*」を挿入

・274頁　註釈8：「53頁」⇓㊣「54頁」
「219頁」⇓㊣「217頁」

・276頁　註釈17：「前右、p.226.」⇓㊣「註釈14、p.226.」

エデとウンク　目次

エデとウンク　目次

●おもな登場人物

エデ・シュペルリング（Ede Sperling）**：**ベルリンに住む12歳《さい》の少年。ウンクの友人。父親は失業したての旋盤《せんばん》工。

ウンク（Unku）**：**少数民族スィンティ（いわゆる「ジプシー」）出身の11歳《さい》の少女。

リーゼ・シュペルリング（Liese Sperling）**：**16歳《さい》のエデの姉。美容院《びよういん》の見習い生。

マーティン・シュペルリング（Martin Sperling）**：**エデの父親。旋盤《せんばん》工の職工《しょっこう》長として働いていたが、クビ切りにあって失業中。

シュペルリング夫人（Frau Sperling）**：**エデの母親。

マックセ・クラブンデ（Maxe Klabunde）**：**エデの親友。

マックス・クラブンデ（Max Klabunde）**：**マックセの父親。工場の労働組合のリーダー。

アーベントシュトゥント（Abendstund）**：**シュペルリング家にしょっちゅう出入りする退役した郵便局秘書官《ゆうびんきょくひしょかん》。

のっぽのハインリヒ（lange Heinrich）**：**エデのアルバイト先の新聞集配会社支店長。

トゥラント（Turant）**：**ウンクの母親。

ヌッツァ（Nutza）**：**ウンクの祖母《そぼ》。ウンクたちの言葉でマミ（mami）と呼ばれる祖《そ》母《ぼ》は、人生経験《けいけん》が豊富《ほうふ》なため大きな発言権《けん》をもつ。

ヌッキ（Nucki）**：**ウンクの伯父《おじ》。

シェーフヘン（Schäfchen）**：**ヌッキの息子《むすこ》。

カウラ（Kaula）**：**ウンクの従姉妹《いとこ》。

ファイニ（Feini）**：**ウンクの従姉妹《いとこ》。

パヤザ（Pajaza）**：**ウンクの従姉妹《いとこ》。

ハインリヒ（Heinrich）**：**ウンクの従兄弟《いとこ》。

ギガンツ（Giganz）**：**ウンクの母の従姉妹《いとこ》。

パヤ・ディモウィチ（Paja Dimowitsch）**：**白馬を所有するヌッキの知りあい。

凡例《はんれい》

（1）本書は、一九三一年にベルリンのマリク出版（Malik-Verlag）から発行されたアレクス・ウェディング著《ちょ》『エデとウンク――少年と少女のための物語』の完訳《かんやく》である（底本はNeues Leben Verlag, Berlin, 2005版を使用した）。また、敗戦後の初版で1954年に東ドイツの児童図書出版社発行の『エデとウンク』（Kinderbuchverlag, Berlin, 1954）に著者《ちょしゃ》が加筆した章の翻訳《ほんやく》を、本書には補遺《ほい》として収録した。

（2）原書で使われたロマ民族のドイツ語他称《たしょう》「ツィゴイナー」（Zigeuner）は、日本で流布《るふ》するロマ民族の他称《たしょう》「ジプシー」（Gypsy）と訳《やく》した。

（3）一般的《いっぱん》に日本で知られていないと思われる本書に登場する概念《がいねん》、人名、組織《そしき》名などは、各章末尾《まつび》の註釈《ちゅうしゃく》で解説《かいせつ》した。インターネットなどを使い読者自身で調べなおす可能性を考慮《こうりょ》し、それらのアルファベット表記もできるだけ併記《へいき》した。

（4）「表記法の異《こと》なる外国語をカナに移《うつ》すことは不可能」（本多勝一『日本語の作文技術《ぎじゅつ》』朝日出版社、1982年）とされるが、外国語の地名や人名のカタカナ表記は、可能なかぎり原音に近づけた。そのため、日本で慣例《かんれい》となっている表記法と異《こと》なる場合もある。基本的にdiはジでなくディ、huはフでなくホゥ、siをシでなくスィかズィ、tiはチでなくティ、tuはチュでなくトゥ、vaやviもワやビでなくヴァとヴィ、wiはウィ、ziはチでなくツィと表記した。ナチ（Nazi）やコーヒー（coffee）など例外もある。これらも原音にしたがえばドイツ語原音はナーツィ、ないし英語原音はコフィーとなるが、日本で一般化《いっぱんか》しているままにした。本書内のカタカナ表記については、すべて訳者《やくしゃ》・金子マーティンの表記法であり、その責任《せきにん》の所在《しょざい》も全面的に訳者《やくしゃ》にある。

（5）敬称《けいしょう》は略《りゃく》させていただいた。

第1章

シュペルリング家はそれを予期できなかった

「きょうは金曜日だから、もう帰ってきてもいい時間なのに」子どもたちに語りかけるというより、むしろひとりごとのようにいいながら、シュペルリング夫人はフライパンのジャガイモのスライスいためをひっくりかえした。

台所用のふきんで自分の大きな手をふいて、そのふきんを刺繍《ししゅう》がほどこされたりっぱなタオルの後ろへかくし、ため息をつきながら食器類がすでにならべられたテーブルについた。

「食事が冷めてしまうわ。おとうさんはいったいどこにいるのかしら？」

ゆびのつめをヤスリでみがいていた一六歳《さい》のしし鼻のリーゼは、「あんまり心配しないで、おかあさん」といってほほえんだ。

自分の娘《むすめ》がゆびのつめにおしゃれをしていることをシュペルリング夫人は好ましく思っていない。

「お金がもったいないわ。そんな化粧品、わたしたちには身分不相応《ふそうおう》よ。おとうさんだってきっとまた怒《おこ》るわ。そんなものにお金を使うより、冬用のあたたかい下着でも買いなさい」シュペルリング夫人は娘《むすめ》に小言をいった。

「姉さんと握手《あくしゅ》するときは、もういっぽうの手はどこかにつかまっていなくちゃね。なにしろ、美しすぎる手に見とれてたら、すべって転んじゃうもん」一二歳《さい》の弟エデが姉をからかった。「路面が凍《こお》った川ぞいの道は、姉さんといっしょには歩きたくないな」

「いいかげんにしてよ。はなたれ小僧《こぞう》まで口だししないで」リーゼは弟をさえぎった。「朝から晩まで、もんくばっかり。お店のお客さんも、店長さんも、仲間の従業員《じゅうぎょう》たちまで。やっとわが家へ帰ってきたのに、ここでも同じことのくりかえし」

「バカな子ウサギみたいに、そんなにむきになるなよ、姉さん」もうしわけなさそうにエデはその大きな目をまばたきさせた。「たまには冗談《じょうだん》もいわせてよ、おじょうさん。いつまでもしかめ面はやめて、もう笑顔《えがお》になってよ」

まだいくらかふくれ面だったリーゼは、「まあ、もんくを聞かされるのは仕事につきものだし、しかたないか」といった。リーゼはドェンホッフ広場にある大きな美容院《びよういん》の見習いとして働いているが、先輩《せんぱい》の美容師《びようし》たちにひげをとりたくないと思っている。ウェーヴがかかったブロンド髪《がみ》、それにいつもせんたくしたてでいい香《かお》りがする仕事着を身につけている。お店の常連客からときどきわたされるチップを使って、角を丸くカットされた大きな白いピーター・パンえりのブラウス、ベルトや絹《きぬ》のくつ下など、おしゃれ用品を買い求めるリーゼは、まるでショーウィンドーから飛びだしたような小ぎれいな身なりをしている。

シュペルリング家の台所は、きょうもいつもの金曜日と同じ香《かお》りがただよっている。ジャガイモのスライスいためと、毎朝おとうさんが目覚めたときにおかあさんが大きななべで一日分をわかす麦芽《ばくが》コーヒー*1の香《かお》りだ。きょうはジャガイモのスライスいため以外の食べ物はテーブルにのらない。いつものようにつぎの給料日までお金がもちそうにないからだ。それでも、家族全員がお祭り気分になっている。なぜなら、給料ぶくろを手にしたおとうさんがもうじき帰ってくるはずなので、みんなが日曜日のごちそうを思いえがいているからだ。日曜日は家族全員が九時までねむる。そして、昼食は焼き肉だ。食後はみんなで郊外《こうがい》へ散歩にいく。もちろん、日曜日用の一張羅《いっちょうら》を着て。目的地は「たくましいプードル」という名前の食堂だ。おかあさんはお湯で満杯《まんぱい》の大きなポットを食堂の調理場から借りておいて、もってきた麦芽《ばくが》コーヒーの粉にその湯を注ぐ。おとうさんはかばんの中からシュトロイゼル・クーヘン*2とオープン・サンドをとりだし、みんなで楽しく飲んだり食べたりする。それはシュペルリング家で長年つづく恒例《こうれい》行事だ。夜になると、おとうさんは週に一杯《ぱい》だけのビールを飲みながら、同じく週に一本だけのタバコを吸《す》い、「硬《かた》いターラー*3」という名前の生活協同組合の仲間たちとスカート*4というトランプ・ゲームに興《きょう》じる。そのあいだ、女性たちはほかのテーブルにうつり、日々の生活苦をなげき悲しみ、料理や裁縫《さいほう》のしかた、あるいは自分の夫や子どもたちなどの話に花を咲《さ》かせる。リーゼちゃんはおとうさんにそっくり、とヘムペルさんがいうと、金庫番のクレバーさんがそれに反論《はんろん》する。そして、全員がエデについて不思議がる。彼《かれ》は両親のどちらにも似《に》ていない。おとうさんのように黒みがかった髪《かみ》と体力がありそうな体つきでもなければ、おかあさんのようにウェーヴのあるブロンド髪《がみ》（残念ながらその髪《かみ》は白髪《しらが》まじりになりそうだが）をしているわけでもない。「あの子の赤銅色《せきどうしょく》の髪《かみ》の毛はだれゆずりなんでしょうね？　あの赤毛の子の顔はネコみたい」と、クレバーさんがとなりにすわっている夫人に耳打ちした。「あんな息子《むすこ》ならほしくもないわ」とさえつけ加えた。

　でも、わたしたちはエデのあるがままのすがたが好きだ。おひとよしの幅《はば》の広い顔とそばかすだらけのしし鼻。横につきでた大きな耳。淡《あわ》い青色の目はいつも好奇心《こうきしん》に燃《も》え、いまにも笑いだしそうな目。その笑いは他人に感染《かんせん》する。まゆ毛とまつ毛はほとんど白色なので、見えないくらい。左右の耳までとどくほどの大口を開けて笑うエデ。笑っても下あごの歯ぬけは幸い見えない。その歯ぬけのおかげで、エデはつばをはくとき、ねらった的《まと》をはずさない。

でも、それはエデだけの秘密《ひみつ》。

日曜日の散歩の帰り道、あいにく口論になることもある。一張羅《いっちょうら》の服にエデがシミをつけてしまったとか、あるいはスカート・ゲームに負けたおとうさんが、月曜からまた工場へ出勤《しゅっきん》しなければならないと不機嫌《ふきげん》になっているからだ。でも、その時点でそんなことを考えているのは、おとうさん以外にシュペルリング家にはいない。

「おかあさん、まだ食べちゃいけないの？　腹《はら》ぺこでさっきからお腹《なか》がグーグー鳴ってるよ」急にエデがもんくをいった。

「おとうさんがじきに帰ってくるから、もうちょっとがまんして、エデ」シュペルリング夫人は息子《むすこ》をなだめた。エデの食欲《しょくよく》はいつでも旺盛《おうせい》。成長期にあるからだ。一二歳《さい》のエデは、一四歳《さい》の男の子と見まちがえるほどの背丈《せたけ》に達していた。食べざかりなのでみんなが目をみはった。とにかく、おとうさんよりもよく食べる。「エデが満足するくらいにたくさん食べさせてあげられればいいんだけど」とシュペルリング夫人が女友だちにこぼしたこともある。

どんなにひっぱっても、エデのズボンやシャツのそではいつも少し短かすぎる。二カ月前の誕生《たんじょう》日にもらった新品のウールのカーディガンでさえ、もうサイズがあわない。

「あ、そうだわ。きのう、あなたの新しいくつを注文したじゃない。おとうさんはきっとそれをとりにいっているのよ。だから帰りが遅《おそ》いんでしょう」

おかあさんがそういったとき、自分のくつの中が湿《しめ》っていることをエデは思い出した。毛糸のくつ下をはいているが、それでも足のかゆみはとまらない。道路がぬかるんでいるので、くつの中はいつも湿《しめ》っぽい。新しいくつ。真鍮《しんちゅう》で縁《ふち》どりされたひも穴《あな》と裏地《うらじ》があるあたたかいくつがほしい。そういうくつをもらうのを、エデは心待ちにした。そんなくつが自分の物になったら、自分以外にはそのくつを拭《ふ》かせないと心に決めている。

台所にすわった三人はだまりこんでいる。お湯が沸騰《ふっとう》する音だけが聞こえる。階段《かいだん》を歩く人の足音もたまに聞こえてくる。でも、それはおとうさんの足音ではない。がんじょうで厚底《あつぞこ》の長ぐつをはいたおとうさんの足音には特徴《とくちょう》があり、一定の速度で階段《かいだん》をのぼってくる。旋盤《せんばん》工としての自信に満ちた労働者の足音だ。職工《しょっこう》長マーティン・シュペルリングの一日の仕事は、自分のアパートへの階段《かいだん》をのぼりきったところでようやく終わる。

「やっと帰ってきたみたい」

ふみつぶされた木製《せい》の階段《かいだん》がギーギーときしむ。二階から聞こえていた足音は、もう三階の踊《おど》り場までたどりついた。期待に胸《むね》をふくらませ、みんなが足音に耳をかたむける。歩いているおとうさんが急に立ち止まった。しばらくするとその足音はためらうように、ゆっくりと近づいてきた。しかけが止まりそうな時計のカチカチ音のように。おとうさんは階段《かいだん》で一段《だん》ごとに立ち止まっている。

「なにかいやなことでもあったのかしら？」シュペルリング夫人は心配そうだ。彼女《かのじょ》は不安げに玄関《げんかん》のドアへとかけよった。

「マーティン、まだ食べる？」残ったジャガイモのスライスいためを配ろうと、シュペルリング夫人はためらいながら夫にたずねた。子どもたちはまだ食べたそうな面持《おもも》ちで、空になった自分の皿を見つめている。おとうさんがもちかえったこのいやな空気を消しさりたくて、おかあさんはとても気をつかっている。

おとうさんが家にいるとき、エデとリーゼはいつも気をつかっておとなしくしている。子どもは親のいいつけを守り、大人に反論《はんろん》すべきでないというのが、おとうさんの原則《げんそく》である。でもきょうのおとうさんはとりわけ不機嫌《ふきげん》だ。帰ってきてからまだひと言もしゃべっていない。なぜだろう？音を立てないように、エデもリーゼも口を開けずに食べ物をかみくだき、コーヒーもすすらないように飲んでいる。自分たちの存在《そんざい》をなるべく気づかれないようにと気を配っている。

おとうさんは食欲《しょくよく》がなさそうに冷めきったジャガイモを口へ運び、皿のななめ向こうをながめた。（こういうまなざしを、エデは「空気に穴《あな》をあける」とよんでいる）おとうさんはうわの空のようだ。いつもとちがい、帰ってきたときのかっこうそのままだ。ふだんは帰宅《きたく》すると、仕事場へ着ていくジャケットをぬぎ、楽な上着へと着がえるのに。

とつぜん、怒《いか》りに満ちた顔で、皿の横におかれた黄色い紙切れに印刷された文字を見た。

生活協同組合「硬《かた》いターラー」
集会：五月一〇日（土曜日）夜六時
時間厳守《げんしゅ》！
来客歓迎《かんげい》！
終了《しゅうりょう》後、二次会

「ばかげた話だ、くだらん！」とさけんだおとうさんは、紙切れをまるめ、テーブルをげんこつで勢《いきお》いよくたたいたので、塩入れがひっくりかえった。*5

「まあ、なんてことを」シュペルリング夫人はとっさに口走った。「塩入れがひっくりかえった！これは不運のきざしだわ。きのうはひげそり用の鏡が割《わ》れたから、*6七年間は災難《さいなん》にみまわれる！こんどは塩入れがひっくりかえった！　断言《だんげん》します、必ず不幸な身の上におちいるわ」迷信《めいしん》深い彼女《じょ》はなげき悲しんだ。

血圧《けつあつ》が上がったおとうさんは、「不幸なら、すでにきている」といった。

「なにがあったの？」みんながおどろいてたずねた。

「解雇《かいこ》通知を受けた」

「まあ、それは一大事！」とさけんだおかあさんは、自分のほおをパンとたたいた。おとうさんの口ひげは小刻《こきざ》みにふるえている。上半身が前のめりになり、いまにも倒《たお》れそうだ。「これでわが家も終わり、終わりだ！」と、すすり泣いた。

エデは一所懸命《いっしょけんめい》に考えた。新しいくつなんかもう買ってもらえない。それはわかりきったことだ。どうにかしておとうさんの手助けができればいいのに。

おとうさんは少しずつ落ちつきをとりもどした。立ちあがって手を後ろに組み、台所の中を歩きまわっている。そして、せきばらいをして立ち止まった。上着のポケットからとりだした小さなブラシで口ひげをととのえ、ひげの両端《りょうはし》を入念にひねった。だが、おとうさんのカイゼルひげ*7はもう以前のような気品をとりもどせなかった。クリスマスが終わったときのクリスマスツリーのようにしなびている。

「どこのどいつかもわからない臨時工《りんじこう》のクビを切るのと同じように、わたしは解雇《かいこ》されたんだ」「素性《すじょう》のしれないごろつきか日雇《やと》いのようにね」その不満はおさまりそうにない。

「どうしてなの？　なぜあなたをクビにできたのか、さっぱりわからないわ。いままで仕事で失敗をしたこともないでしょうに」シュペルリング夫人は興奮《こうふん》している夫の言葉をさえぎった。

「そこが問題の核心《かくしん》だ。なぜクビになったのか、それがわからない。おかあさんも知ってのとおり、わたしはいつも工場の利益《りえき》ばかりを考えて働いてきた。たとえば、つい数カ月前にも改善策《かいぜんさく》の提案《ていあん》をしたばかりだ。わたしが提案《ていあん》しなければ、工場側はそれに気づきもしなかった。わたしの働いていた部門は、それで労働者を二、三人もへらせた。それが年間にどれだけの人件費《じんけんひ》削減《さくげん》になるか、考えてみてくれ、おかあさん！」

「それだけのお金があれば、数年間は生活できるでしょうに。それに、週末を過ごすための郊外《こうがい》の小屋つき菜園*8だって買えるわ」シュペルリング夫人がいった。

「それにぼくの自転車も」エデがさけんだ。「あ、それからくつ……」といいかけたが、おとうさんが失業したことを思い出し、口をつぐんだ。リーゼもだまっている。

おとうさんはつづけた。「あの大きな労働争議があったとき、工場側についたのはいったいだれだったんだ。旋盤工《せんばん》の職工長《しょっこう》シュペルリング、このわたしじゃないか？「従順《じゅうじゅん》なシュペルリング」とほめながら、工場長もわたしの肩《かた》をだいてくれた。「親方の右うでだ」といつだってほめられた。なのに急にこの仕打ち。あまりに恩《おん》知らずじゃないか、この世の中はいったいどうなってるんだ！」

テーブルにひじをつき、なぜこんなことになったのか、おとうさんは考えた。「合理化のためと会社側はいう。時代の流れについていかなければならないと。機械は人間のために動く。工場間の競争もある。でも、なぜこのわたしがクビの対象に？　よりによってわたしが。これは道理に反する卑劣《ひれつ》な行為《こうい》だろう？」

「この事態《じたい》にあなたが打てる手はないの？」と、おかあさんが聞いた。

「金輪際《こんりんざい》、わたしは工場の管理者たちにあいさつしない。工場長だってわたしにとっては死んだも同然の存在《そんざい》だ。あいつに街角で出くわしてみろ、やつは目を丸くするだろう。わたしはやつの顔を直視する。だけどわたしはあいさつしない」

「そんなやつらは打ちのめせばいい！」エデが口をはさんだ。

「そんなことをしたって、なんの役にも立たないわ」おかあさんがため息まじりにいった。「でも、もしかしたらアーベントシュトゥントさんに名案があるかもしれないわね。あのかたは教養があるし、いろいろなコネもおもちよ。もし、それがダメでも、わたしがいるじゃないの」シュペルリング夫人は考え深げにつけ加えた。「いまは二家族分のせんたくものを引き受けているけど、これからはもっと増やせばいいわ」

「おかあさん、わたしも薄給《はっきゅう》の一部を家にいれるわ」リーゼもさけんだ。

「ぼくが学校にもっていく弁当からサンドイッチを一つへらしてくれればいい」エデもかん高い声でさけんだ。「それで一カ月で節約できる分を考えれば、少しは足しになるんじゃない、おかあさん」

シュペルリング夫人は戸だなから家計簿《ぼ》をとりだし、興奮《こうふん》ぎみになにかを書きこんでいる。

家賃《やちん》……………………三四マルク＊9

薪《まき》と石炭……………八マルク

ジャガイモ……………四マルク

「肉？　いえ、肉なんてとんでもないわ」

「残念」エデがため息をついた。

「マーガリン……」

「最悪の場合、みんなで餓死《がし》するしかない」おとうさんが機嫌《きげん》の悪い声でいった。「いままでわたしは正直に生きてきた。これからもそうして世の中をわたっていく」

「餓死《がし》についてはいろいろな反論《はんろん》があるわ」と、リーゼが口を開いた。でも、おとうさんが彼女《かのじょ》をにらみつけた瞬間《しゅんかん》、だまりこんでしまった。

とつぜん、エデに名案がうかんだ。人差しゆびで自分のおでこをかるくたたいた。「わかった。もう大きくなったんだから、ぼくだってお金をかせげばいい」

「おまえは学校の宿題さえかたづけていればいい」と、おとうさんがさえぎった。

「宿題はいつでもちゃんとやってるじゃない。そんなこといわないでよ」エデは両耳を真っ赤にしてさけんだ。「ぼくがいってるのは放課後のこと。くつひもを売ったり、四階に住んでる行商の肉屋さんの手伝いをしたり。あの人はぼくのことを信頼《しんらい》してるから、きっとなにか仕事をくれるよ。居《い》酒屋なんかでマッチを売る仕事だってできる。心配しないで、だいじょうぶだから。使い走りの少年から百万長者へ、それがぼくの夢《ゆめ》。最高の考えでしょう？」

「おまえのたわごとを聞いていると、こっちの寿命《じゅみょう》がちぢまりそうだ」おとうさんは話をつづけた。「もしや「たくましいプードル」でマッチ売りの少年でもするつもりか？　わが家は行商人の家系《かけい》ではない。わかったか？　わたしの息子《むすこ》は物ごいなんかじゃない。おまえの夢《ゆめ》とやらをさっさと葬《ほうむ》りされ！」

それでもエデはなかなかゆずろうとしない。「新聞配達ぐらいだったらやってもいいでしょう、おとうさん？　グラブンデさんが失業したとき、クラブンデ、クラブンデ・マックセもやってたよ」

おとうさんは逆上《ぎゃくじょう》した。「クラブンデ、クラブンデ！　おまえが口にするのは、いつもクラブンデという名ばかりだ。何度いえばわかる。あのクラブンデとはかかわりたくもない。あんな共産主《しゅ》義《ぎ》者の話なんか聞きたくない。あの類のやつらは、わたしの模範《もはん》にはならない、わかったか？」

「そんなに興奮《こうふん》しないで」と、おかあさんはおとうさんをなだめようとした。

「だまれ、いまはわたしがしゃべっている！　分けあう、それはいいことだ。それぞれに自分のもち分があたえられる。ある人は楽な人生を満喫《まんきつ》する。別の人は規則正《きそく》しい生活をおくり、貯蓄《ちょちく》もするし労働もする。本来はそうあるべきなのだ。最終的には太古へ逆《ぎゃく》もどり。ある人はありとあらゆる物を所有する。別の人はなにも所有しない。そうして分配がはじまる。でもなぜ、倹約家《けんやくか》で勤勉《きんべん》な者までが、自分の努力で手に入れた物を他人に分けあたえねばならんのだ？　それがわたしの以前からの疑問《ぎもん》だ。そんなことは昔からつづいてきた。たえず分けあたえねばならない、それをいつまでもつづけていけば、この世はいつか破滅《はめつ》する。あのクラブンデはそれを望んでいる。でも、それは正当な手段《しゅだん》ではない。そもそもからしてまちがった考えだ。貧者《ひんじゃ》と金もちは昔からいた。この世が成立したそのときから。そして、それはこれからも永遠《えいえん》につづく！」

エデのほうを見たシュペルリング夫人は、人差しゆびをくちびるにあてた。口を開くな、というゼスチャーだ。おとうさんの興奮《こうふん》をやわらげようと彼女《かのじょ》は必死だ。だが、不幸にもおとうさんを興《こう》奮《ふん》させる理由がまたひとつふえた。

「息子《むすこ》のいうことなんて気にしなければいいわ、マーティン」と、おかあさんは静かな口調でいった。「いまのあなたは興奮《こうふん》してるから。でも、その原因《げんいん》をつくったのは息子《むすこ》じゃないわ。エデはよかれと思っていっただけじゃない」

「たのむからおまえまで介入《かいにゅう》しないでくれ。息子《むすこ》は父親のいいつけを忠実《ちゅうじつ》に守っていればいい。わたしが失職《しっしょく》したのは、わたし自身の問題だ。息子《むすこ》には関係ない。そして、なによりもあのいまいましいクラブンデ。これが最後の忠告《ちゅうこく》だ。エデ、あの家族と縁《えん》を切れ。ただちに、わかったか？」

そのとき、ベルがけたたましく鳴った。

「わざわざ訪《たず》ねてくださってありがとうございます、クレバーさん」と、あいさつしたシュペルリング夫人は、客がコートをぬぐのを手伝った。「きっと夫もよろこびますわ。きょうは少しご機《き》嫌斜《げんなな》めなんですが」

「そうである重大な理由がなければいいのですが」と答えたクレバーさんは、「こんばんは、みなさん」といいながら台所へ入ってきた。

「いっしょにくるかい？　いまの時刻《じこく》は七時四五分」クスクスと笑いながら、かぶっている灰色《はいいろ》の鐘《かね》形の帽子《ぼうし》を後ろへずらし、それから、おとうさんの顔をしげしげと見た。「どうだ、くるかい？　友よ。もう急がなくちゃ。総会《そうかい》はわれわれの到着《とうちゃく》を待ってくれないぞ、ハッハッハ！　ところで、工場はどうだい。すべて順調か？　大規模《きぼ》な人員整理が計画されていると、風の便りに聞いたんだが」

おとうさんは即答《そくとう》をさけた。沈黙《ちんもく》がしばらくつづいた。スカート・ゲームが終盤《しゅうばん》をむかえたときのように。「いや、いつかは君も知ることになるだろう。わたしはいわば、解雇《かいこ》されたんだ」うちひしがれた声で、おとうさんは答えた。そして、つるつるの自分の頭をはずかしそうになでた。

「えっ」とおどろきの声を発したクレバーさんは、まゆ毛をつりあげ、口笛を吹《ふ》いた。

「それじゃ会費を払《はら》うのもいまは無理だろうな」しばらくたってから、クレバーさんは遠慮《えんりょ》がちにいった。「まあ、そうだと思った。総会《そうかい》におくれるからもういくよ。良い夕べを」

「それじゃ、仲間たちにシュペルリングは運が悪かったと伝えてくれ、カール。それから、積立金の返却《へんきゃく》を求めているのと。いくら小銭《こぜに》でもいまのわが家にはそれが必要なんだ。もちろん」

「それは無理だろう、マーティン」とクレバーさんはいった。「組合からの脱退《だったい》は伝えるけど、積立金の返済《へんさい》は年末にならんとできないはずだぞ。そう定款《ていかん》に書いてある。金のことになると、そうとうにきびしいからな、ヘッへへ。お遊びで生協運動をやってるわけじゃないんだ。いいかげんなもんなら、だれだって最初から金は銀行にあずけたほうが得だと考えるにきまってるさ。それに、いろいろな催《もよお》し物の経費《けいひ》だって必要だろ。毎年の男たちだけの遠足や、アイス・バイン[*10]を食べる集まりとか、クリスマス・パーティーだってある。どれも大金が必要だ。会員が希望するたびに、いちいち積立金を払《はら》いもどしていたら、組合はつぶれちまうよ。いや、金のことになると、気楽さなどふっとんじまう」

そんな言葉を残して、彼《かれ》は立ちさった。

「腹《はら》黒い五〇代男め」シュペルリング夫人は悪《あ》しざまにいって、玄関《げんかん》のドアをバタンと閉《し》めた。

「わざわいは消えさった」と、エデもさけんだ。

シュペルリング夫人は息子《むすこ》の頭をかるくこづいた。でも、すぐに両うででだきつき、キスをした。ふだん、おかあさんはそんなことを誕生日《たんじょうび》のときにしかしない。

[註釈《ちゅうしゃく》]
＊1　麦芽《ばくが》コーヒー：コーヒー豆からでなく、煎《い》った大麦、ライ麦や麦芽《ばくが》などの穀物《こくもつ》からつくる代用コー

ヒー。物語の当時、経済《けいざい》的な理由から庶民《しょみん》は代用コーヒーを飲んだ。

*2 **シュトロイゼル・クーヘン**：小麦粉、さとう、バターなどをまぜてそぼろ状《じょう》にしたトッピングがのったケーキ。

*3 **ターラー**：一六世紀から一八世紀にかけてドイツをはじめヨーロッパ全土で使われた大型銀貨。

*4 **スカート**：三二枚のカードを使い三人が勝負に参加するトランプ・ゲーム。

*5 **塩入れがひっくりかえる**：昔は塩が貴重《きちょう》だったので、塩をこぼすと不運が訪《おとず》れると信じられていた。

*6 **鏡が割《わ》れると災難《さいなん》が七年間つづく**：鏡が割《わ》れると不運なことが起こると考えられた背景《はいけい》として、鏡に霊力《れいりょく》があると信じられていたことがあるだろう。

*7 **カイゼルひげ**：第三代ドイツ帝国皇帝《ていこくこうてい》・ウィルヘルム二世（一八五九－一九四一）風の、両端《りょうはし》がはねあがった八の字形の口ひげ。

*8 **小屋つき菜園**：都会住民が週末を過ごす宿泊《しゅくはく》のできる小屋がある園亭《えんてい》。そのような小屋を住居《じゅうきょ》にした貧民《ひんみん》もいた。

*9 **マルク**：通貨の単位。一九三〇年ごろの一マルクは約三ユーロ（約四〇〇〇円）。

*10 **アイス・バイン**：塩漬《づ》けにしたブタのすね肉を香辛料《こうしんりょう》とともに煮《に》こんだベルリン名物の料理。

第2章

緑色の家馬車の女の子、ウンク

日曜日は晴天で雲ひとつなかった。青空が青いリボンのようにせまい路地の上空に広がっている。窓《まど》からはあたたかい日ざしが差しこんでいる。すみきった秋のそよ風は、春のように遠出の気分をさそう。

「マーティン、早く服を着て。わたしたちはもう準備万端《じゅんびばんたん》よ」いらいらしながらシュペルリング夫人は大声で夫によびかけた。そして、カサカサと音を立てながら薄《うす》紙の包みをひらき、日曜日にしかはかない自慢《じまん》の黒いエナメルぐつをそっととりだした。

背中《せなか》を室内に向けたおとうさんは、無言のまま窓辺《まどべ》でたたずんでいる。とうに玄関《げんかん》で待ちかまえていたリーゼは、不機嫌《ふきげん》な顔をした。

「太陽がしずんでしまう前に早く出かける用意をしてよ、おとうさん」シュペルリング夫人がこんどは少し怒《おこ》った声でさけんだ。

おとうさんはぶつぶつとなにかを口走りながら窓《まど》を閉《し》め、機嫌《きげん》の悪い顔を室内に向けた。

そのとき、路地のほうから聞き覚えのある口笛が聞こえた。マックセ・クラブンデだ。

エデはびっくりし、耳の後ろまでがまっ赤に染《そ》まった。いすから飛びあがり、そのまま門までかけつけたい衝動《しょうどう》にかられた。

おとうさんは恐《おそ》ろしい顔で窓《まど》の外をながめている。シュペルリング夫人と子どもたちは、意味ありげに目で合図を交《か》わした。

「やばい雰囲気《ふんいき》」リーゼが小声でいった。

「もちろん、またあのいまいましい悪ガキだ」おとうさんはそういって窓《まど》を開けた。そして、「エデは留守《るす》だ」と大声でさけんだ。

マックセは純真《じゅんしん》な天使のように、「シュペルリングさん、こんにちは」と歌うようにいった。さっきのおとうさんの大声が聞こえなかったかのように、「エデは家にいますか?」とたずねた。

「いない。聞こえなかったのか? エデは留守《るす》だといったばかりだ。とぼけるな! ここからさっさと消えなさい。エデとの友情《ゆうじょう》はもう終わりだ、わかったか?」

その声に度肝《どぎも》をぬかれたマックセは、言葉をつまらせ、意味不明ななにかを口走った。

「とっととそこから消えうせなさい、いますぐに」おとうさんは乱暴《らんぼう》な言葉をマックセに投げつけた。

「よし、この問題はこれで解決《かいけつ》だ」満足気な顔をして窓《まど》を閉《し》め、「きょうの遠足もとりやめにする」といい、挑発《ちょうはつ》的な顔つきで家族のほうを向いた。

「こんなにいい天気なのに?」全員が不満を口にした。

「どんなに天気がよかろうと、それで満腹《まんぷく》になるわけでもない。これからわが家は倹約《けんやく》に努めなければならんのだ。とにかく、わたしはどこへも出かけんぞ。そうしたいのなら、子どもをつれておまえだけが出かければいい。わたしの頭はほかのことでいっぱいだ」

「じゃあ、わたしも出かけないわ」とおかあさんがいった。「でも、子どもたちだけでも、このお天気を楽しむべきじゃないかしら。こんな晴天にめぐまれた日曜日が、今年あとどれだけあるかわからないし」

「いってきます！」エデが声をあげた。マックセはまだ近くにいるにちがいないと、よろこび勇んで家を飛びだそうとした。すべてをマックセに説明しなければ、とエデは考えた。そうすれば二人の友情《ゆうじょう》は元どおりに修復《しゅうふく》されるだろう。

「ニット帽《ぼう》もちゃんとかぶっていきなさい、忘《わす》れずに」おかあさんがエデの頭にニット帽《ぼう》をかぶせ、両耳を帽子《ぼうし》の中にかくし、髪《かみ》の毛の房《ふさ》を外へたらした。「ウールのカーディガンも着ていきなさい。夜はもうかなり冷えるから。えりをちゃんと上に立てないとダメよ。七時までには帰ってきてね。そんなにそわそわしないで、エデ。出かける用意はもう終わっているじゃない」

「いいかげんにしてよ、おかあさん。もう、ぼくは赤ちゃんじゃないんだ。ちゃんと一人で……」

いらいらしながら、エデは無理やりドアのほうへすりぬけようとした。

おとうさんは新聞の頁《ページ》を何度もめくって読んでいるふりをしているが、じつはエデを観察していた。

ようやくエデの出かける準備《じゅんび》がととのった。

〈さっさとずらかろう〉大急ぎで走ればマックセに追いつくかもしれない。でもどっちへ向かったのかな？

「ちょっと待った、止まりなさい。まあ、さっさとどこかへ出かけたいんだろうが、もうちょっと待ちなさい。わたしはちょっと足湯に浸《つ》かる。きょうは足のゆびがいたい」そういいながらおとうさんは〈いいきみだ〉というように薄笑《うすわら》いをうかべた。いままでの不機嫌《ふきげん》さがふき飛んだようだ。銀の懐中《かいちゅう》時計のぜんまいをゆっくりとまき、となりの机《つくえ》の上においた。「いまの時刻《じこく》は二時四五分。このタライにお湯を注いでくれ。あまりなみなみとでなく、あまり熱くもないように。湯気がたっているじゃないか。水で少しうめなさい。タライをここへおいて」

おとうさんは湯かげんをたしかめるように、ゆびをお湯につっこんだ。

「湯かげんはこれでいい。つぎは洗面《せんめん》台のひきだしにあるせっけんをわたしてくれ……見つかったか？　よし、すばやい。あっ、忘《わす》れるところだった。足のゆびのつめがのびすぎたので、くつ下に穴《あな》があいてしまう。だからつめ切りも。それから、タオルもわたせ、それで……」おとうさんは時計を見た。「まあ、わたしが自分でとりにいくか。おまえはもう出かけてもいい。二時五〇分だ。遅《おそ》くとも七時までに帰ってこい」

だまっていたおかあさんはあきれたように首をかしげた。

エデがドアから外へ出たところで、おかあさんは「念のため」と二グロッシェン[*1]をわたした。エデは階段《かいだん》の手すりをすべりおりた。

道路を見まわしても、マックセのすがたはもうどこにもない。エデは完全に絶望《ぜつぼう》していた。どこへいけば見つけられるんだろう？　市立公園か、それとも彼の家へいってみるか。

「どうするの、エデ？」

月賦《げっぷ》ばらいで買ったばかりのニッケル製《せい》自転車を押《お》しながら、リーゼがアパートの門の横で待ちかまえていた。リーゼはその自転車の三度目の分割払《ぶんかつばら》いを終えたところだ。女の子はいいな、とエデは姉をうらやましがった。

「ちくしょう、マックセはどこへ消えちゃったんだろう……」

腹《はら》立ちまぎれに、エデは道ばたにつばをはいた。

「まあ、きっと見つけられるわ」とリーゼがいった。「機嫌《きげん》が悪いときのおとうさんは、こらえ性《しょう》がないから最悪ね。わたしはいまから出発するわ。エデは荷台に乗って。落ちないように注意しなさいよ」

大よろこびしたエデは、「リーゼちゃんってやさしいな」とさけんだ。「もしこれでもマックセが見つからなければ、もうお手あげだ」

「絶対《ぜったい》だいじょうぶだから心配しないで。用意できた？」

そして、二人は出発した。

「これからおとうさんが朝から晩まで一日中家にいるような生活なんてたえらんないよ」エデが全身の力をふりしぼってさけんだ（リーゼが自転車を猛《もう》スピードでこいでいるので、話し声は風の音にかき消された）。「居《い》心地が悪くなるな、くそう」

「幸いわたしはお店で働いてるから」とリーゼがいい、エデによく聞こえるように、一瞬《いっしゅん》後ろをふり向いた。「でも、あんたはかわいそう。ご愁傷《しゅうしょう》さま！」

おっとあぶない、もう少しで立木に衝突《しょうとつ》するところだ。

「気をつけてよ、姉さん。ぼく落ちそうになったよ」とエデが大声で怒鳴《どな》った。二人はマックセの家がある方面の坂道を自転車でのぼった。そこからこんどは反対方面の市立公園へ。あちらこちらを注意深く見まわした。でも、マックセのすがたはどこにもない。

ある四つ角でリーゼは弟に自転車からおりるようにいった。「いったいどこへ雲がくれしちゃったのかしらね」リーゼは不満そうにいった。「大急ぎでズーゼのところへいかないと。きょうトールマン家はグリーニッケ*2へ散歩にいく予定なの。急がないとおいてきぼりにされちゃうわ。わたしもいっしょにいくことをズーゼ以外はだれも知らないのよ。じゃあ、またね。これ、もっていきなさい」赤い皮ぶくろの中をかきまわし、リーゼはそこから一グロッシェンをひっぱりだした。「遠慮《えんりょ》しなさんな」リーゼは遠慮《えんりょ》するエデのポケットにその硬貨《こうか》を無理やりねじこんだ。「楽しんでおいでね、エデ」

ひとりぼっちで落ちこんでいる男の子が日曜日の午後三時ごろにやれることがあるでしょうか？まあ、いつも必ずなにかが起こるものです。ときには、予期していなかったことを体験することもありますね。大人の後ろか前をただ歩かされるような散歩へ出かけるよりも、あるいは食堂で時間をつぶすよりも、楽しくなる可能性はじゅうぶんにあります。大人との散歩がどんなに退屈《たいくつ》かは、読者のみなさんも知っているでしょう？それに、子どもたちも知りたいことを親たちがしゃべっているとき、「ちょっと外を走ってきたら」とか、「雨がふっているか見てきて」とかいわれて、その場から追いはらわれるなんてこと、みなさんもきっと体験があるでしょう？

四つ角のところで立ったまま、エデはこれからどうするか決断《けつだん》がつかずに、いろいろと考えている。「ちくしょう！　マックセはきっと腹《はら》を立ててるだろうな。明日、学校で会ったらすべての誤《ご》解《かい》をとかないと」

エデはポケットに手をいれて、現金《げんきん》がいくらあるかをたしかめた。コートのポケットには、パンくずが二つ、黄色い大きめの角製《つのせい》ボタンが一個、ニューギニアの切手一枚、色どりがきれいな大きなビー玉一個と、一プッフェニヒ玉が五つあった。五プッフェニヒのことはまったく忘《わす》れていた。手もちの現金《げんきん》は三五プッフェニヒ！　それだけあれば、縁日《えんにち》でいろいろなことができる。回転木馬に一回乗れるし、トルコはちみつが一人前食べられる*3（これはエデの大好物）。燻製《くんせい》ウナギが賞品のダイスゲームか、回転式抽選《ちゅうせん》のくじ引きもできる。運がよければ、大型チョコレート一枚があたる。あるいは、おとうさんのタバコ、ワン・カートンだってあたる。あっそうだ、絶対《ぜったい》におとうさんのタバコを買おう。きょうはまだ、いつも日曜に吸《す》っているタバコを吸《す》っていないだろう。それには一五プッフェニヒが必要だ。それでも二〇プッフェニヒが残る。

「まあ、ようすを見ることにしよう」

エデは先を急ぐことにした。ちょうどジャガイモのパンケーキ屋コットラブの前をとおりかかったとき、二本先の通りの角にある居《い》酒屋から男の子が出てくるのが見えた。

「あれ、マックセじゃないか！」

エデは息が切れるほど大きな口笛を吹《ふ》いた。でも、その男の子はエデのほうをふりむかず、口笛が聞こえなかったように歩きつづけた。男の子が歩調をどんどん速めたので、エデは両手を口のところで拡声器《かくせい》のようにかざし、できるかぎりの大声で「マックセ！　マックセ！」とさけんだ。運の悪いことに、こんどはオートバイがエデの声をさえぎった。そこで、エデはできるかぎりの速度で走ることにした。

「マックセ、両耳が耳クソでいっぱいなのか？」エデは息を切らしながら男の子の肩《かた》を力いっぱいたたいた。男の子は後ろを向いた。

「なにすんだ、なぐられたいのか？」

くそう、マックセじゃなかった。エデは目を白黒させた。

青白い顔色の小さなその少年は、自分を守るために売り物のマッチが入った箱を地面においた。少年は緑色だった。ネクタイもくつ下も、かぶっている鳥打帽《とりうちぼう》も目の色までも。なにからなにまで、すべてが緑一色。

おどろいた顔でその少年を見つめているエデに、「いままで人間を見たことがないのか？」と、彼《かれ》は聞いてきた。そして、「おまえはできそこないだな」とエデを見くだした。まあ、体つきは悪くないけど、と、その少年は頭の中でつぶやいた。

とつぜん、少年の顔が笑顔《えがお》になった。

「人ちがいをしたのか？」とエデにたずねた。

「そうなんだ」エデは大声で答えた。「マックセだとかんちがいしたんだ。まあ、予期できないことがたまに起こるもんだ。ゆるしてくれ」

知りあいになったその少年を、エデはしげしげと見つめた。特に興味《きょうみ》をひかれたのは、少年が地面においた箱だった。

「商売は繁盛《はんじょう》してるのかい？」と、エデはうやうやしくたずね、遠慮《えんりょ》がちに視線《しせん》を売り物のマッチがはいっている箱へ向けた。

「冬にアイスクリームが売れるくらいの売れゆきだよ」と、少年は答えた。「六〇プッフェニヒをかせごうと思えば、足を棒《ぼう》にして歩きまわらなきゃなんない。かあさんが病気なんだ。スズメの涙《なみだ》ほどの救済金《きゅうさい》＊4だけじゃ、とても生活なんかできない。だから、一日に四時間から五時間も歩きまわっているのさ」

「でも、いつかきみだって百万長者になれば、生活は楽になるよ」エデが考え深そうにいった。

「そういう話を読んだことがあるんだ。「使い走りの少年から百万長者へ」というような題名だった。そうなればいいいな」

少年は両手で耳をふさいだ。

「おまえが百万長者になれば、なんて話は、飽《あ》きるほど聞いたさ」

エデは少年があわれむようにほほ笑んでいると感じた。自尊心《じそん》を傷《きず》つけられた気もちになったエデは、いきおいこんで話をつづけた。「聞けよ、きみのいまの生活はたしかに苦しい。でもマッチ売りはほんのはじまりだ。そのうち、財布《さいふ》が札束でいっぱいになるし……」

「そんなことあるわけないだろ！　そんなうまい話におれはだまされやしないさ」少年は笑いながら答えた。「教えてやるよ。マッチを一箱売ると、かせぎは二プッフェニヒ。運が良ければ、三〇箱売れる、そんなときだけきょうはもうかったと感じる。居《い》酒屋でマッチを売る仕事って、すっごい重労働なんだぞ、おぼっちゃま！」少年は大人のような真剣《しんけん》な顔つきになった。「金をためるなんて、とんでもないことなんだ。一日のかせぎなんか、焼け石に水だ。最高に運がいいときで、六〇プッフェニヒ。それから、いつもおまわりにつかまらないよう気をつけてなきゃならない。児童労働は禁止《きんし》＊5だからな。いい法律《ほうりつ》だ。おれだってマッチ売りをやるより遊園地で遊んでいたいさ。でも、食う物がなけりゃ、そんなこともいってらんない。ま、そういうことだ、おぼっちゃま」

エデを横目で観察してから、守りのかまえをして、少年は立ちさろうとした。

「おれがやってるようなこと、おまえは知らないだろう？　それに、知る必要もない。上流社会のおかたなんだから」

侮辱《ぶじょく》されたと感じたエデは、「いいかげんにしろよ、それぐらいにしとけ」とさけび、少年のそでをつかんだ。「日曜日用の一張羅《いっちょうら》を着てるからって、おれを上流社会の人間だと思ったのか？」

「はなせ！」とさけんで、少年はエデの手をふりはらおうとした。

「きのう、おれのとうさんは失業者になったんだぞ」エデは自慢《じまん》するかのように大声でいった。

それから、少年のそでをはなした。

「ああ、そうなのか」と、少年はいった。

そして、二人ともだまりこんだ。

マッチ売りの少年は同情《どうじょう》のまなざしをエデに向けた。

「それは思いがけず不運だったな」

「これでやっと活気あふれた生活になるさ」エデは誇《ほこ》らしげにいい、ペッとつばをはいた。（お金をかせいで、大人のようなしゃべりかたをする少年とくらべると、自分はまだ子どもだなと、エデは内心思った。こいつもそれに気づいてるのかな？）「おまえには教えてやるよ。おれは腹《はら》の前に売り箱をつり下げて行商する肉屋になるんだ」

少年は、にやにやと笑った。「おまえは正気か？」

「？」

「金はあるのか？」

「ない。いや、三五プッフェニヒぐらいならある。なぜだ？」

マッチ売りの少年はお人よしの笑いをうかべた。「腹《はら》の前につり下げる売り箱だけでも、どんだけ金がいるのか、知ってんのか？」

「でも、同じアパートに住んでる行商の肉屋……」と、エデは自信なくいいかけた。

「それ以外にも金が必要なんだぞ、ショバ代が。だれでもかれでも勝手気ままに腹《はら》の前に売り箱をぶら下げて商売ができるわけじゃないんだぞ」

「もの知りだなー」感心したエデは、すっかり意気消沈《しょうちん》した。

「オットおじさんも行商の肉屋をやってる。おじさんから聞いたんだ。腹《はら》の前につり下げる売り箱での商売のこと。それをおれもやろうかなと考えたことはある。でも、うまくいかないだろうとあきらめた。おまえも気がつくときがくるさ。おれはもういかなくちゃ。商売をなまけるわけにはいかないんだ。きょうを楽しめ！　ところで、名前はなんていうんだ？」

「エデ・シュペルリング」

「おれはエーリリヒ。エーリリヒ・ランプルだ。覚えやすいだろ。ランプにルをつければいい。じゃあ、またな、エデ！」あっけにとられたエデを残し、売り物のマッチが入った箱をひろいあげて、少年は走りさった。

しばらくしてからエデは「じゃあね、エーリリヒ」とさけんだ。

「じゃあね！」

でも、エーリリヒにエデの声はもうとどかなかった。

エデはあたりを見まわした。だが、ひとっ子一人いない。とても孤独《こどく》な気もちになった。エデは元気なく早足で歩きつづけた。

縁日《えんにち》に着くと、雨がふりだした。ウールのカーディガンのえりを立て、ニット帽《ぼう》も深くかぶりなおしたエデは、入り口のところで、押《お》しあいながらわれ先に進もうとする人の波にのみこまれた。エデは必死に硬貨《こうか》をにぎりしめている。急に空腹《くうふく》感がつのってきた。大急ぎで家を出てきたので、弁当を忘《わす》れてきたのだ。「よし、燻製《くんせい》ウナギを当てよう」

燻製《くんせい》ウナギが賞品のダイスゲームを仕切っている露店《ろてん》の香具師《やし》は、客が訪《おとず》れるのを心待ちにしていた。そこへエデがやってきた。

「さあさあ、運試しをしていきなさい、そこのお若《わか》いかた」とエデに声をかけ、露店《ろてん》に並んでいるおいしそうな燻製《くんせい》ウナギのほうをゆびさした。「どれもおいしいウナギですよ。一〇プッフェニヒ払《はら》ってあとは少しの運さえあればいい。やってみますか、若《わか》いお客さん？　ダイスをふって一二より上の数字が出れば、勝ち！　ウナギが食べられますよ」

もちろん、エデはダイスゲームをやりたくてうずうずしている。

まずダイスカップの中でサイコロをふり、三まで数えて目を閉《と》じてからダイスカップをひっくりかえした。エデの頭の中はうなぎを食べることでいっぱいだ。

「さあ、結果は！」と、香具師《やし》がさけんだとき、エデは目を開いた。

「大変残念でした。あと一点足りなかった。若《わか》いお客さん、もう一点、たった一点がとれていれば勝てたのに、残念でした。もう一度、運を試しますか?」

「もう一度やってもいいんですか?」と、エデはたずねながら、ダイスカップへと手をのばした。

「お金をもっている人はなんでもできますよ、そこのお若《わか》いかた。どうせ小銭《こぜに》だ。たいした額《がく》じゃありません」

「あ、そうなんですか」エデはおどろいて聞きかえした。「もう一度払《はら》わないといけないんですね」

「あたりまえだ。ここで慈善《じぜん》事業をやってるわけじゃないんでね。ロハなのは死のみ。わかった?でも、死んだウナギはロハじゃない」きびしい言葉をエデに投げつけた香具師《やし》は、「ハッハッハッ」と大声で笑った。

うちひしがれたエデは、その場から立ちさった。

賭《か》けごとで一グロッシェンを失ったうえに、おいしそうなウナギのにおいがいつまでも鼻からはなれない。

「いつも気品あるかっこうのフランツ！　外がどんなに寒かろうといつも威勢《いせい》のいいかっこう！だれでもその風格《ふうかく》には感銘《かんめい》を受けることまちがいなし。右や左のだんなさま、よってらっしゃい、見てらっしゃい！　いいかっこうさえしていれば、どこへいってもはずかしくありません」木箱のうえに立った商人の男は、そんなうたいもんくで商品を宣伝《せんでん》した。おもわずエデは立ち止まった。新しいくつのことが思い出された。はいている古いくつの中は、いつものように湿《しめ》っぽい。

商人をとりまく群集《ぐんしゅう》の中のだれかが、「この男はすばらしいぞ！」とほめたたえた。好奇心《こうきしん》にかられ、エデは群集《ぐんしゅう》をかきわけて前のほうへと進んだ。

エデの背丈《せたけ》は箱の上に立つ若《わか》い商人の長ぐつのあたりまでしかとどかなかったが、「よってらっしゃい、見てらっしゃい！」と商人はまたさけんだ。「こんなみすぼらしいかっこうをして、上品な食堂やホテルへいけば、ドアボーイに追いかえされるのが、オチ。さもなくば、飲食代を前払《ばら》いさせられますよ。でも、チョッキのポケットに手をいれてごらんなさい。上品ぶって、こんなふうに偶然《ぐうぜん》をよそおいながら、この洗練《せんれん》された金時計にちらりと視線《しせん》をおくってやれば、「先生、なにをおめしあがりになりますか？　おいしい亀《かめ》スープがおすすめです。すぐに亀《かめ》をつぶさせ、用意させます！」と、案内係が大急ぎで走りよってきて、いうにちがいありません！」

黒い帽子《ぼうし》をかぶり、灰色《はいいろ》がかった青色の日曜日用の背広《せびろ》を着て、無頓着《むとんちゃく》に竹の杖《つえ》によりかかった青年が「そのとおりだ！」とさけんだ。「この男は的《まと》を射《い》たことをいっている。身につけているもので、人の価値《かち》は決まる！」

商人はまたも、「よってらっしゃい、見てらっしゃい！」と宣伝《せんでん》をつづけ、「みなさまの拍手喝采《はくしゅかっさい》などまったく役にも立ちません！　みなさまを楽しませようと、このような話をしているわけじゃございません。みなさまにこの商品を買っていただこうとしているのです。ごらんください、この洗練《せんれん》された金時計を。お買いあげいただければ、一年間の保証書《ほしょう》をおつけします。この金時計の値段《ねだん》はわずか五〇プッフェニヒ。それに記念品もおまけしますよ。まず、このワスレナグサを刻《こく》印《いん》した極上のスィガレット・ホルダー。新郎《しんろう》か新婦《しんぷ》に贈《おく》る最良のプレゼントになりますよ。おまけはまだあります。最低五〇プッフェニヒの価値《かち》があって、商店で買えば二マルクか三マルクもする、この重厚《じゅうこう》な時計の鎖もおつけします。もしかしたら、これでおまけはおしまいだとお考えかもしれませんね。とんでもございません、お客さまがた。このすばらしい金製《せい》のカフスボタンも無料でおつけします！」

商人はそこでひと息つき、赤いハンカチで額《ひたい》の汗《あせ》をぬぐった。雨がふってきて、とても寒かったのに男は汗《あせ》だくになっている。それから周囲の群集《ぐんしゅう》のほうへと注意深く視線《しせん》を向けた。

「すべてまがいものだ。こんなやつは刑務所いきだ」毛皮のコートを着たあごひげの男が自分の妻《つま》にいった。

商人は笑いながら、かぶっていた皮製《せい》の黄色い帽子《ぼうし》を後ろへずらし、ズボンのポケットに手をつっこんでから、またしゃべりだした。「親愛なるそこのお客さま！　この時計は純《じゅん》金でないとおっしゃいましたね。どのような根拠《こんきょ》がおありなのでしょう？　これが本物の金というのなら、どこかで盗《ぬす》んできたにちがいない、そうでなければ五〇プッフェニヒの安値《やすね》で売れるはずもない、とでもお考えなのですか？」

竹の杖《つえ》の青年も、「きっとそうだろう！」と商人に加勢《かせい》した。

同意の笑いが群集《ぐんしゅう》からもれた。

「そこの上品そうな殿《どの》がた、ご自分に関係ないことには、くちばしをはさむべきではありません」ある年配の女性が怒鳴《どな》った。「この商人は苦労して生活費をかせいでいるのですから！」毛皮のコートを着た男は、怒《いか》りで顔をまっ赤にして、なにかをぶつぶつとつぶやいている。

エデはその商人のことがとても気に入り、彼《かれ》の役に立つことならなんでもしてやりたいという気もちになった。

箱の上に立つ、好感のもてるその商人は、「少しお話しをさせていただけますか？」と群集《ぐんしゅう》に向かってさけんだ。「そこの社長さんらしきおかた、ここにある商品が盗《ぬす》んだ品だとすれば、こっちの身にどんなことがふりかかるか、ごぞんじですよね？　すぐにシュポ*6がやってきて、まばたきをする間もなく、ブタ箱にぶちこまれます！　そこでつぎの戦争の準備《じゅんび》として、わたしは軍靴《ぐんか》を縫《ぬ》うはめになります！」大よろこびした群集《ぐんしゅう》は歓声《かんせい》をあげ、商人を応援《おうえん》した。「その男をもっととっちめてやれ」

毛皮のコートを着た男は、「こいつもアカだ」と妻《つま》にささやいた。「愛国心の欠けた人間だ。さっさと帰ろう、ケーテ」

「カッコつけるな、首太のおいぼれめ」

「マーガリン工場の社長なんじゃないか？　バターまがいのマーガリンをつくってるんだろう」

そのとき、商人は二人の保安警察官《ほあんけいさつ》がこちらへ向かって歩いてくることに気づいた。そして、大急ぎで箱から飛びおり、商品の入ったトランクを閉《し》めて群集《ぐんしゅう》の中にまぎれこんだ。竹の杖《つえ》の青年も彼《かれ》のあとを追ったので、二人が仲間だったことにエデはようやく気づいた。にげる二人は毛皮のコートにあごひげの男の足先をふみつけ、「失礼しました！」とさけんだが、足のゆびをふまれた男は、いたみで大声をあげた。

すべてが瞬時《しゅんじ》のできごとだった。

「あの商人はきっと営業許可書をもっていなかったんだわ」専門家《せんもんか》ぶって若《わか》い女性がいった。

二人の保安警察官《ほあんけいさつかん》は、「全員解散《かいさん》！」と命令しながら、ゴム製《せい》のこん棒《ぼう》をふりまわした。

自分も営業許可書をもたずに時計を売っていたような気分になったエデも、一目散でにげた。

かなりの距離を走ってから、ひと休みしようとエデは立ち止まった。不安そうにまわりを見まわしたエデは、回転木馬のそばで、寒さにふるえながら女の子が立っていることに気づいた。エデはその女の子がとてもあわれに思えた。

「そんなに寒いんなら、早くお家に帰ればいいのに」と、エデはその女の子に話しかけた。

「そうしたいんだけど。シャバッティを待っていなくちゃいけないの」体をあたためようと、女の子は左右の足でかわるがわる飛びあがり、自分で自分にだきつくみたいにして、両うでをふりまわしている。

そのようすがエデにはとてもおかしく思えた。

「なにを待たなくちゃいけないって？　ぼくをコケにしてるのかい？」

エデは小声で笑った。

「そんなことないわ！」女の子は少し不機嫌《ふきげん》な顔になり、いままでつづけていた体操《たいそう》をやめた。

「シャバッティを待っているの」

「それって、歯みがき粉の名前じゃなかったっけ？」エデは不思議そうな顔をした。

「なにも知らないのね」とさけんだ女の子は、自分のクルミ色のほおをたたいた。「歯がみき粉？　頭がおかしいんじゃない。ほんとうにシャバッティを知らないの？　ここへきたのはきょうがはじめて？」

「そんなこともないけど……」と答えたエデは、少しばかにされたような気もちになった。好奇《こうき》心《しん》がそんなに旺盛《おうせい》でなければ、この見ず知らずの女の子に声をかけることもなかったろう。

「よく聞いてよ。シャバッティっていうのは、回転木馬を動かしてるまだらのポニーの名前なの。わたしのおばあちゃんが飼《か》ってるポニーなの。もっと教えてあげるわ。わたしのシャバッティは最高のポニーで、そのポニーの飼《か》い主もベルリンで最高のおばあちゃんなの」

「そんなことないだろう」と、エデはねたんでいいかえした。「まちがいなく、ぼくのおばあちゃんが世界一なんだから！　いろんな童話が話せるんだよ。だれもがびっくりするくらいに、たくさんのお話を知ってるし、ぼくの家にくるときは、いつもおみやげをもってきてくれる。ワイドマンスルスト*7に住んでるんだ」

「でも、ポニーなんて飼《か》ってないでしょう？」

「そのポニー、シャバッティっていうポニーのことだけど、もしかしてあの赤い鞍《くら》がついたポニーのことなの？　そして、ほんとうにきみの家のポニーなの？」

「もちろん、うちの家のポニーよ。回転木馬へ貸《か》しだしているだけよ。朝、トゥラントがこの回転木馬のところまでつれてきて、夜になるとわたしがつれて帰るの」

「トゥラント？　それ、いったいだれ？」エデはおどろいてたずねた。「トゥラントなんて名前、ありえないだろう？」

「ああ、トゥラントはわたしのおかあさん」女の子はクスクスと笑った。「すごくいい人よ。でも、わたしがトゥラントとよぶと怒《おこ》るの。ビンタをくらうこともあるわ。自分はおかあさんなんだから、娘《むすめ》のわたしがトゥラントとよぶのはおかしい、だからそういうよびかたはやめなさいって。でも、ほかのことではとても仲良しよ」

おどろいたエデは「わー、すごいなー」と声をあげた。「ぼくがもしおとうさんのことをマーティンってよんだら、ものすごい剣幕《けんまく》で怒《おこ》られることになるよ。ところで、ポニーは夜どこで寝《ね》るの？　それできみは乗馬もできるの？」

「乗馬をできるかって？　そんなこと聞かないでよ、あたりまえじゃない。鞍《くら》なしでも乗れるわ。ポニーはベッドで寝《ね》るの。空色の羽毛入りふとんで。昔はわらぶとんだったんだけど、そのふとんを食べちゃったの。もちろん、これは冗談《じょうだん》よ！　だから本気にしないで。ポニーが寝《ね》る場所はもちろん家畜《かちく》小屋。ロッテとエルナもそこで寝《ね》ているわ。どっちもヌッキの馬の名前。ヌッキはわたしのおじさんよ」

「ヌッキおじさん。へんな名前」エデは笑いだした。

「子どもをさらおうとして、ここでウロウロしてるんじゃないのか？　このジプシーっ子」とつぜん、ウールのマフラーに顔をすっぽりくるんだ太った少年が口をはさんできた。「さっさとここから立ちさったほうがいいよ、そうでないとジプシーにひき肉にされるかもよ」

エデは目を大きく見開いて、その男の子のことを見すえた。「えっ、いまなんていったんだ?」

えらそうな顔をした少年は、「だれでも知ってることじゃないか」と答えた。「世界中周知の事実だろ、ジプシーが子どもを誘拐《ゆうかい》して殺すことくらい。そのあとにはいつも珍味《ちんみ》のソーセージやひき肉の特売がある」*8少年は勝ちほこった顔で、そういった。

憤慨《ふんがい》した女の子は「このひどいうそつき!」とさけび、少年に手をあげようとした。

「相手にするな」エデは女の子を止めた。それから少年のそばへいった。

「子どもが殺される現場《げんば》を見たことがあるのか?」

「とんでもない」とさけんだ少年は、自分が不利な状態《じょうたい》になったと感じ、自己防衛《じこぼうえい》のため手で顔をおおった。

「そんな珍味《ちんみ》のソーセージとかひき肉を食べたことがあるのか?」エデは重ねてたずねた。

「ない」と答えた少年は、完全に自信を失い落ちつかないようすだ。「でも、食べ物の中身はわからないよ。去年マスタードつきのソーセージを食べたあと、とても気もちが悪くなった。……もしかしたら肉が腐《くさ》ってただけだったのかも」と、少年は自分で認め、恐《こわ》そうにまばたきをくりかえした。

だが、少年は気づくのが遅《おそ》すぎた。

怒《おこ》ったエデは「珍味《ちんみ》のソーセージをみまってやる!」と怒鳴《どな》り、少年に平手打ちを食らわせた。

小さな女の子は大よろこび。

「もっとやっつけて」とエデをけしかけ、「包帯をまいた頭で病院の窓《まど》から外をながめたこと、最近なかったんじゃない?」と、少年に毒づいた。

エデが相手をおどすポーズをとると、少年は恐《こわ》そうに身をすくませた。

「早くここから消えろ、クズ野郎《やろう》！」

その言葉を二度くりかえす必要はなかった、少年は大あわてでにげさった。

女の子は専門家みたいな顔をして「平手打ちのあたった場所がよかったのよ」といい、尊敬《そんけい》の目でエデを見あげた。「一目散でにげていったわね、あの生意気なやつ」

「あんなやつ、こんど会ったら無視《むし》だ」エデは自慢《じまん》げにいった。彼《かれ》はこの小さな女の子がとても気に入った。

エデはまだ寒さにふるえている女の子に、「これ着なよ」とカーディガンをわたそうとした。

「ウンクはそんなもの受けとれないわ」女の子は断固《だんこ》として受けとらないという仕草をした。「そんなもの受けとれないわ、どこかでかっぱらってきたんだろうって、まわりの人が思うから」

「それじゃ、きみとぼくとの関係もここでおしまいだね」

とても傷《きず》ついた顔をしたエデは、女の子に背《せ》を向けた。

女の子のほうも、機転をきかせた。

「どうでもいいけど！」と、いたずらっぽい顔をして、女の子もエデに背《せ》を向けた。

しばらくしてから女の子は、「男の人はいつも強情《ごうじょう》なんだから」とため息をつき、エデが手にしたカーディガンのほうへ手をのばした。

エデは女の子がカーディガンを着るのを手伝ってあげた。

「ふだんは人と知りあうことなんてあまりないけど、きょうはいっぺんに二人と知りあいになった」エデは不思議がった。「ウンクという名前なの？　きれいな名前だね。とても気に入った。ウンク！　ぼくはエデ。エデ・シュペルリング。学生だ」

二人はぎょうぎょうしく握手《あくしゅ》を交《か》わした。

自分の体をそれで包むように、ウンクはエデのカーディガンを着ていた。「パン焼き釜《がま》の中みたいにあたたかいわ」といって、いたずらっ子のような笑いをうかべた。大きくあけたその口には、まっ白くて健康そうな歯が並んでいる。

歯の欠けたクシをとりだした女の子は、自分の短く青黒い髪《かみ》をといた。そのすべすべのおかっぱの前髪《まえがみ》は、まるで深くかぶった絹《きぬ》の帽子《ぼうし》のようだった。

髪《かみ》の毛の手いれをしているウンクを、エデは考え深そうな顔でながめた。

「きみって、……やっぱりきみは、ほんとうのジプシーなの？」まさか、というように、エデはたずねた。

「そうよ。どうってことないじゃない」

髪《かみ》をとく手をウンクは止めた。

「ちくしょう！　さっきの少年がいったこと、やっぱりほんとうだったのか」

おどろいたエデはまず青ざめ、それから頭に血がのぼった。

小さな女の子はようやく気がついたようだ。苦しそうにそのくちびるをかみしめている。

女の子はあぜんとしながらも、「ジプシーが子どもを殺すって、あんたも信じてるわけ？」と、言葉をしぼりだした。

そして、ウンクは泣きだした。

「いや、そんな……べつにそんなこともないけど」と、エデは口ごもった。

「でも、ジプシーは子どもをさらうし、*9盗《ぬす》みもするって、おとうさんから聞いたこともある」

「子どもをさらってどうするの？　自分たちの子どもだけでもたくさんいるのに。子ども以外のものだってなにも盗《ぬす》まないわ。盗《ぬす》みなんかしないんだから！」ウンクは涙《なみだ》声でうったえた。

「そんなにぼくをせめないで」エデも泣きそうな声になって、ウンクにたのんだ。「もう泣いたりするのはおよしよ」

でもウンクの涙《なみだ》は止まらない。両手で顔をかくしていたが、その手の甲《こう》の上をよごれた涙《なみだ》が小川のようにとめどなく流れた。

「気にしないで、また楽しくなって」エデは必死にたのんだ。「大人は子どもにまちがったことを教えるものなんだよ。そして、ばかなぼくはそれを真に受けちゃったんだ。ごめんよ」

仲直りの笑みを、ウンクはチラッとうかべた。あふれ出る涙《なみだ》をおさえ、服のはしで涙《なみだ》をぬぐった。

「よし、いまからなにか買ってあげる」といって、エデは女の子を露店《ろてん》までひっぱっていった。

エデはにこにこしながら「好きなものを選んで」と、はずんだ声でいった。

若《わか》い女性の露天《ろてん》商は、「どんなものがほしいの？」と聞きながら、大きな花の刺繍《ししゅう》を刺している最中の布《ぬの》を横においた。

「キャンディー」

「どんなキャンディー？」

「あまいの」

露天《ろてん》商は無愛想な感じで頭をかしげた。

いらいらしながら、「ケシがついたこの赤いのなんかどう?」とすすめた。

「それください。それにこの家も」エデの心臓《しんぞう》の鼓動《こどう》がはげしくなった。

「どの家のこと?」

「ここにある、その家」ウンクは目をキラキラさせている。

エデはおどろいて、「えらいことになるかも」と思った。

「いくらですか?」エデは露天《ろてん》商にあわててたずねた。一瞬《いっしゅん》、心臓《しんぞう》が止まったような気がした。

そして内心、二五プッフェニヒ以上の値段《ねだん》でなければいいと願った。

露天《ろてん》商の女はそれが当然であるかのように、「二五プッフェニヒ」と答えて、また刺繍《ししゅう》をつづけた。

エデは胸《むね》をなでおろした。そして、手もちの全額《ぜんがく》をテーブルの上においた。

お金が足りたのでとても安心したエデは、「じゃあ、いこうか」とウンクにいった。

「ブラヴァ・チャブ!」そういったウンクは、マーツィパン[*10]でできた家をひと口エデに食べさせてあげた。

「いまの言葉、どういう意味なの?」

「あなたがやさしい男の子だという意味。ブラヴァ・チャブ[*11]。わたしたちの言葉よ」

「すごいな、インディアンの本[*12]よりもおもしろい。こんなことがベルリンであるなんてね」と、エデは首をかしげた。

「ここからはるか遠いところにしかジプシーは住んでいないと思ってたよ」

キャンディーをポリポリとおいしそうに食べながら、「そうなの？」と、ウンクはおどろいた顔をした。

「わたしはベルリン生まれ、ほんとうよ。このすぐ近くで生まれたの。フリューリングス通り、その場所知ってる？　うちの家馬車はいま、パピーア通り四番地の中庭に停まってるの。よければ、遊びにおいでよ！」

これは冒険《ぼうけん》になりそうだ、とエデは内心大よろこびした。

「いいの？　ゆるしてもらえるなら、いきたいよ」と急いで答えた。

「いいに決まってるじゃない！　おばあちゃんもきっと大よろこびするわ。いつも家にいるからね。それに白ネコのブラッビも。でも気をつけてね、だってブラッビはひっかくクセがあるから。じゃあ、きてくれるのね？　ゆびきりゲンマン、うそついたら針千本のーます！　わたしたちは緑色の家馬車に住んでるの。すぐに見つかるわ。窓《まど》のところにムチと蹄鉄《ていてつ》がかざってあるから」

「ゆびきりゲンマン、必ずいくよ！」と答えたエデの口もとは、よろこびでほころんだ。「家畜小《かちく》屋にいるロッテとエルナも見せてくれる？」

「もちろんよ！」

「最高！　もしかして蓄音機《ちくおんき》ももってるの？」

「それはないわ。でも家にきてくれれば、きっとヌッキおじさんがあこがれのフライパンでなにか演奏《えんそう》してくれるわよ。シェーフヘン（＝ヒツジちゃん）もヴァイオリンを弾《ひ》いてくれるし。ファイニにカウラとパヤザ、それにわたしとおばあちゃんがそれにあわせて歌って踊《おど》るわ」

「あこがれのフライパンってなにさ？　ファイニやカウラやパヤザってだれ？　それにヴァイオリンが弾《ひ》けるヒツジ？　あまりぼくをだまそうとしないでよ」

「ああ、あんたってほんとおばかさんね。ヒツジちゃんはヌッキおじさんの息子《むすこ》の名前。あこがれのフライパンってほんとうに知らないの？　そんなの知ってるべきじゃない？　それは、その、ええと、こんな線が張《は》ってあって、知らないの？　知ってるでしょう？」ウンクはいらいらしながら地面をふみしめた。「まあ、ヴァイオリンににてるんだけど、弾《ひ》くのに弓はいらないやつよ」

「もしかしてギター？」

「そうそう、それよ。カウラとファイニはわたしのいとこ。パヤザもそう。家にくれば知りあいになれるわ」

好奇心旺盛《こうきしんおうせい》なエデは、「家馬車の中ってどうなってるの？」ともたずねた。

ウンクはため息をついた。

「家にくればわかるわ。あんたのお家みたいに上品じゃないだろうけど。あんたはちゃんとした家に住んでるんでしょう？　わたしたちが住んでいる家は気に入らないかもね」

「へんなこというなよ」エデは大きな声でさけんだ。「きみたちのところのほうが、ぼくの家よりもきっと楽しくてきれいさ。殺風景なアパートのどこがいいんだよ？」

「だって、上がったり下がったりできる階段《かいだん》もあるんでしょう？」と、ウンクは夢《ゆめ》見るような目をした。

「まあね。でもエレベーターは残念ながらないよ。それにエスカレーターだってない」エデはほほえんだ。

「わたしたちの家はすごくせまいの」ウンクは悲しそうにいった。「一歩歩くと、もうおばあちゃんにぶつかるか、ネコのブラッピのしっぽをふんじゃうほどよ。わたしは階段《かいだん》ののぼりおりが大好きなんだけど」

「そんなことぜんぜん問題じゃないよ。ぼくの家へくれば好きなだけ階段《かいだん》ののぼりおりができる」

とエデはいいかけたが、おとうさんのことを思い出して口をつぐんだ。

「水道とか、学校にあるような水を流すためのクサリがぶら下がった水せんトイレもあるの？」

ウンクは興味津々《きょうみしんしん》でたずねた。

「あたりまえじゃないか。なかったらどうするんだ？」

「貴族《きぞく》みたいな生活ね。わたしたちは井戸の水をくみあげて、それを家まで運ぶの。家馬車が停まっている中庭に共同トイレが一つあるだけよ。全員がそれを使うの。だから、いつも使用中なの。風が強い日なんか、トイレの小屋が吹《ふ》き飛ばされるんじゃないかっていつも恐《こわ》いの。ツェペリン飛行船*13みたいにまいあがって、落下傘《らっかさん》なしでベルリンを上空から遊覧《ゆうらん》することになるんじゃないかって、心配よ」

「恐《こわ》がりだなあ」エデは、ふざけてウンクのわき腹《ばら》をつついた。

「気をつけてよ、こわれちゃうじゃないの」小さな女の子は、かわいらしいしかめ面をした。

それから二人はもの思いにしずんでいるようにおしだまった。

しばらくしてから、「学校には通ってるの?」とエデが聞いた。

「残念ながら通ってるわ。まだ一一歳《さい》だけど」ウンクはいやそうな顔をした。「いやになっちゃう。朝、早起きしなきゃならないし、ブー」

エデも「ブー」と、あいづちを打った。

「外の寒さが身にしみる。とくにおかあさんの実入りがなかったつぎの日、空腹《くうふく》のままだとね。ずっとだまったまま、おとなしくすわってなくちゃならないし。苦情《くじょう》ならいくらでもいえるわ。でも、わたしが学校の不平ばかりいってたって、つげ口しない?」

「そんなことするわけないよ」そう答えたエデは、いくらか気を悪くした。

「おかあさんの商売の実入りがなかったときは、朝ごはんも食べらんない。そんなときはランドセルをしょって家を出るけど、学校にはいかずに散歩に出るの。ああ、わたし、散歩って大好き。とくに天気がいいときは最高! つぎの日、学校を休んだ理由を書いた手紙を先生にわたすんだけど、その手紙を書いたのはおかあさんだって、先生は勝手に思いこんでるのよ」

「ぬけ目がないんだね。でも、おかあさんは怒《おこ》らない?」

「おかあさんはそんなこと知らないし! おかあさんはいつも行商でいそがしいから。街でレースの編《あ》み物を売ってるの。それから家をまわって占いもしてる。学校を休んだって絶対《ぜったい》にばれないわ」ウンクはずるがしこそうな顔をした。「一度は先生がわたしのインチキを見ぬいて、おかあさんに手紙を書いたの。でも、おかあさんは読み書きができないのよ!」ウンクははしゃいで大笑いした。「だって、おかあさん一日も学校へ通ったことがないんだもん」*14

「またぼくをコケにしようとしてるんじゃない？」とエデは大声を出した。「じゃあ、通信簿《ぼ》はどうなってるんだよ？　家族のだれかがウンクの成績《せいせき》表を見るんじゃないの？」

「残念でした、だれも見ないよ！　夜、おかあさんのトゥラントが帰ってきたとき、「娘《むすめ》さんのこと、おめでとうございます。ますます成長をつづけ、成績《せいせき》も申し分ありません」って、通信簿《ぼ》に書いてあるよって伝えるの。おかあさんは「ありがとう」ってお礼をいって、「ほかにどんな新しいことがあったの？」ってたずねるのよ」

「いいなー、うらやましいよ。ぼくの家もそんなだったらいいのに。きみはわんぱく娘《むすめ》だ。通信簿《ぼ》の成績《せいせき》＊15もさぞかしひどいんだろうな」

「それも残念でした」ウンクは笑いながらエデの肩《かた》をたたいた。「お行儀《ぎょうぎ》の成績《せいせき》はたしかに三だけど、ほかの成績《せいせき》はほとんどすべてが二よ。まあ、でもそんなこと、なんの役に立つの？　そんなことより、どうしたらお金がいっぱいかせげるかを教えてもらいたいわ。それだけはいまからはっきりしているの。大きくなったらトゥラントのようなもうからない商売はしないわ。ギガンツおばさんのように映画《えいが》界に入りたいのよ。まあ、正確にはおばさんじゃなくて、おかあさんのいとこなんだけど。一度なんかノイバーベルスベルク＊16で働いたことがあって、日給一〇マルクにサラダつきのボック・ヴルスト＊17までもらったんだって。いい仕事じゃない？　まあ、そんなぜいたくはいわないわ。映画《えいが》館のお菓子《かし》売りでじゅうぶん満足。その仕事だったら、いまからでもできるもん。こんな感じよ。「お客さま、チョコレート、ペパーミント、酸味《さんみ》のきいたドロップにネーガ・キゥッセ＊18、よりどりみどり、いかがでしょうか？」ってね、じょうずでしょう？　髪《かみ》の毛をブロンドに染《そ》めて、つやのある絹《きぬ》のストッキングをはいて真珠《しんじゅ》のネックレスをつけて、笑うときに金歯が見えるような若《わか》い売り子になりたいわ。それから、仕事が終わったら、映画《えいが》館の出口でおしゃれな映画俳優《えいがはいゆう》がわたしのことを待っているのよ」

「水が流れるようないきおいで言葉がわきでてくるんだね。きみの話には終わりがあるのか？」だんだんいらだってきたエデはたずねた。「それだけかい、きみの望みは？ ぼくのことなんかすっかり忘《わす》れちゃって、そうだろう？ それに、いまのままのきみでいたほうがずっとすてきだよ」

「そんなにいばりちらさないでよ。まださっき知りあったばかりじゃない。それにわたしの夢《ゆめ》が現実《げんじつ》になるなんて、まだずっと先の話よ。もちろん、ほかの望みだってあるわ。たとえば、あんたとわたしが親友になることとか。それに自分だけのベッドだってほしいし、もっとお金さえあればね。いまは床《ゆか》の上で寝《ね》てるの、毛布《もうふ》をかぶっておばあちゃんといっしょに。あまり寝《ね》心地がいいとはいえないのよ。夜中におばあちゃんがいつも毛布《もうふ》をひとり占《じ》めにするの。そして、大木を切り倒《たお》したみたいなすごい音のいびきもかくし。知ってる？ 自分一人のベッドってほんとうに快適《かいてき》なんだってね」

「そうだな、体がほんとうに休まるよ」エデは自慢《じまん》顔でいった。ウンクがまだ知らないことを話せたので、エデはよろこんだ。「いつか学校で遠足に出かけたとき。土曜に出発して月曜の朝にもどってきたんだけど、そのとき、自分だけでベッド一台が使えた。のびのびできるんで気もちよくて、うれしくってなかなか寝《ね》つけなかった」

「えっ、エデも自分のベッドもってないの？ お金もちだと思ったのに」

少し悲しそうな顔をしたエデは、「そんなことないよ。いつもおとうさんとおかあさんのあいだに寝《ね》かされてる。二人のベッドのどちらからも小さなスペースを分けてもらってね。それに、自分の毛布《もうふ》だってもってないよ。寒くて夜中に目が覚めることもときどきある。そんなときはおとうさんが口ひげまでかくれるくらいにすっぽりと毛布《もうふ》にくるまっているんだよ」

「そのひげ、ひっぱってやりたいわ」ウンクはクスクスと笑った。「なんで毛布《もうふ》をとりかえさないのよ？」

「マーティンから？　ありえない。夜中でも彼《かれ》は猟犬《りょうけん》のように注意深いんだ」でも、エデは自分の発言をすぐに弱めた。「ぼくのおとうさんのこと、知らないだろう？」

「あんたに自分のベッドがないなんて、信じられない」ウンクは、がっかりした顔をした。

「姉ちゃんのリーゼちゃんだって同じ部屋のソファで寝《ね》てるんだよ。ぼくの同級生の家でも同じさ。でも、自分のベッドがある子もいるらしい。子ども部屋まである家も。ほんとうのことだから信じてね。ぼくのおかあさんがせんたく屋として働きにいっている家の息子《むすこ》には、自分だけの部屋があるんだって。ちかってほんとうのことだよ。直接おかあさんから聞いたんだから」

「わたしがお金もちになったら、大きなりっぱなベッドを買ってあげるわ。ほかにほしいものがあればそれも」ウンクはエデをなぐさめようとした。

それよりも大きななやみがあることを思い出したエデは、「ほかに心配ごとがあるんだ」と不機《ふき》嫌《げん》に答えた。「ほしいものがあるとしても、それとはまったくちがうんだ」そこでエデはひと息いれた。「おとうさんに仕事を世話してあげたいんだ」

「やっと理解《りかい》できたわ」ウンクは、自分のおでこを人差しゆびでたたいた。「そんな状態《じょうたい》なのに、わたしのために大金をつかったのね」非難《ひなん》がましい顔でウンクはエデを見た。「自分の家族のためになにか買えばよかったのに。おかしいわ、そんなの」

「こんどは非難《ひなん》される番か」エデは悲しそうにいった。「なにか好きなものを買いなさいって、おかあさんにもらったお金だったんだ。日曜だからって、リーゼちゃんも一グロッシェンくれたし。きみに会わなければ回転木馬に乗ったか、ダイスゲームをやったさ」

とつぜん、エデは自分の頭をかかえ、「あ、忘《わす》れてた」とさけんだ。

ウンクはエデのそでをつかみ、「どうしたの？　なにかあったの？」と心配そうに聞いた。

「たいしたことじゃない。おとうさんの日曜日用のタバコを買うつもりだったんだ。失業したからタバコを買うお金もないからね。それを忘《わす》れて、一銭《せん》残らずつかってしまった」

「運がいいわ。ちょっと待って」ウンクはスカートの腰《こし》のあたりを必死に探《さが》しまくった。

「クッチュ・マミ！」そういって、すぐさまゆびを自分の口にあてた。

「なにさ？」とエデは不機嫌《ふきげん》そうに聞いた。

「ああ、悪態をついただけ。クッチュ・マミはドイツ語でいうと「最愛のおばあさん」って意味なんだけど、ののしりの言葉なの。あ、ちょっと待って。あった。ここにあるじゃない」

勝ちほこったような顔でウンクは、スカートに縫《ぬ》いこまれたポケット[*19]の中からかなり大きなこげ茶色の吸《す》いさしの葉巻《はまき》をひっぱりだして、エデに見せびらかした。

「なにおどろいてるのよ？　お祭りのときにおばあちゃんが吸《す》う葉巻《はまき》よ」エデの顔は蒼白《そうはく》になった。

「えっ、おばあさんは葉巻《はまき》を吸《す》うの？　そんなはずないだろう。おじいさんのまちがいじゃないの？」

「なによ？　なんでおばあちゃんが葉巻《はまき》を吸《す》っちゃいけないわけ？　パイプだって吸《す》ってるんだから。足のつま先までとどくくらい、深く煙《けむり》を吸《す》いこむんだから！」

「まさか！　どこかにつかまってなきゃ卒倒《そっとう》しそうだ。パイプを吸《す》うおばあさんだって？」

「そんなにびっくりして目をパチパチさせなくてもいいじゃない、エデ。自分の葉巻《はまき》がどこかに消えちゃったおばあちゃんのほうが、目を白黒させてるかもね。たぶん、家馬車の中をひっくりかえして探《さが》したでしょうよ。わたしは一ぷくだけしてもとの場所の、窓《まど》の下の板の上にもどそうと思ってたんだけど、すっかり忘《わす》れちゃった」

エデはおどろき、同時にあきれた。

「えっ、きみもタバコを吸《す》うのか？」

「どうってことないじゃない。一日二本も吸《す》えば満足できるんだから」

びっくりぎょうてんし、同時に感心もしたエデは、「すごいなー」とさけんだ。

「ほめてくれてありがとう！」女の子は笑いながら答えた。手にもったままの吸《す》いさし葉巻《はまき》のことを思い出したウンクは、「これでどう、エデ？」と聞いた。

エデはとても気まずい思いがした。そして頭をかきだした。こんな贈《おく》りものを受けとってもいいものかどうかまよった。

感動したエデは、言葉をつまらせながら「あ、ありがとう」と、言葉をしぼりだした。「いつか必ず恩《おん》がえしをさせてもらうよ」

「そうであればうれしいわ、市長殿《どの》」ウンクは深ぶかとおじぎをした。

「もう大急ぎで帰らなくちゃ」エデはそれを心の底からとても残念に感じた。せっかくもりあがってきたところなのに。腹《はら》立たしくも思った。「七時ピッタリまでに帰らないとまずい。ウンク、また会おうね、必ず！」

「そうしましょう。絵葉書をおくるわ、住所を教えて」

エデは大よろこびした。

歓声《かんせい》をあげて、「ちょっと待った、親友のマックセの住所を書いておくよ。それでいいかい？おとうさんはちょっと……」

エデは肩《かた》をすくめた。

「よくわかったわ」といって、ウンクは大げさに笑った。「まあ、あまり気にしなくてもだいじょうぶ。どうしたらあなたの助けになるか、そのうちに名案がうかぶでしょう。考える時間をちょっとちょうだい。忘《わす》れないで、いつでもあなたの味方だってこと」

エデはとてもよろこんだ。手を差しだして握手《あくしゅ》をした。「じゃあ、またね、ウンク」

「ちょっと待って。絶対《ぜったい》にわたしのところへくるって約束して、いい？ゆびきりの約束をして！」

「ちかって必ずいくよ。男の約束だ」

そういって、エデは走りさった。

エデが入り口のベルを鳴らしたとき、時計はちょうど七時を指した。

リーゼがドアを開けた。「どうだった、エデ？」

「もう帰ってたの？」エデはおどろいた。

「そう、運が悪かったのよ。着いたらトールマンさん一家はもう出かけたあと。まにあわなかったってわけ。パンケ小川にそって自転車を走らせて、リンデンホーフ喫茶店《きっさてん》でモーレン・コップフ[*20]を一人で食べたの。まあ、楽しんだわ。あんたのほうは？　楽しい午後がすごせたの？」

「ありがとう。とてもおもしろい一日だったよ。ところで、両親の機嫌《きげん》はどう？」

「最悪」とリーゼは小声でいい、不機嫌《ふきげん》そうにまゆをせばめた。「タバコがないって、おとうさんはあたりちらしてる。そんなにもんくばかりいわなくてもいいのに」

「いっしょに部屋へ入ろう。びっくりさせることがある」と、エデは謎《なぞ》めいたことを口にした。

リーゼはニヤニヤと笑った。

「よっぽどおもしろいことがあるんでしょうね」

帰宅《きたく》のあいさつをしたエデにシュペルリング夫人は「お帰り、エデ」といい、それまで読んでいた新聞から目をはなした。

いらいらしているおとうさんは、「なぜニット帽《ぼう》をぬがない？」とエデにつっかかった。

上々の気分をこわされたくなかったエデは、「すぐにぬぐから待って」とやさしい声で答えた。

「いまから手品を披露《ひろう》しましょう。紳士淑女《しんししゅくじょ》のみなさま、一瞬《いっしゅん》だけお待ちください」

「それは楽しみだわ」とリーゼが弟をからかった。おとうさんでさえ興味津々《きょうみしんしん》のようす。

両手をポケットにつっこんだエデは、口笛をふいてから呪文《じゅもん》をとなえた。「ホークス・ポークス、*21パイプに点火、黒い雄《おす》ネコが三びき!」

そして、「おっと」というかけ声とともに、うれしそうな顔でおとうさんに吸《す》いさし葉巻《はまき》を差しだした。

「なんってことだ、吸《す》いさしの葉巻《はまき》? そんなものを自分の父親にすすめる気か? これはひどすぎる、正気なのか?」

びっくりしているエデに、パンというものすごい音がする平手打ちをおとうさんは食らわせ、その音にリーゼもビクッとした。

「その吸《す》いさし葉巻《はまき》と火つけ用の紙ヤスリをもって、ここからサッサと消えうせろ!」おとうさんは大声で怒鳴《どな》りつけた。

おかあさんはなだめるような声で、「マーティン、そこまでいわなくても」とうったえた。

「だまれ、そんなものをどこで拾った? 答えろ、そうでないともっといたい目をみるぞ!」

「どこかで拾ったわけじゃないよ!」エデは自己弁護《じこべんご》を試みた。

「なに、こんどはうそまでつく気か? 拾わなかったんなら、どうやって手に入れた? さっさと白状《はくじょう》しろ!」

「マーティン、そこまでいわなくても」おかあさんがまた口をはさんだ。

おかあさんの声を無視《むし》したおとうさんは、「早く答えろ!」と怒鳴《どな》り、ゆっくりとエデに近づいた。

「ウンクにもらったの。彼女《かのじょ》のおばあさんがお祭りのときに吸《す》う上等な葉巻《はまき》なんだって、まだほとんど吸《す》ってないし……」エデはまたも自己弁護《じこべんご》を試みた。

「うそばかりつくな！　ウンク？　ばあさんが吸《す》う葉巻《はまき》だ？　おまえは頭が完全にいかれちまったのか？　意味不明なことばかりほざくな。すぐに白状《はくじょう》しろ、ウンクってのはいったいだれだ？」

「縁日《えんにち》にいるジプシーの女の子！」

「最初はあの共産主義《しゅぎ》者のクラブンデとつるんで、こんどはジプシーか！」のどが裂《さ》けんばかりの大声で、おとうさんはまた怒鳴《どな》った。

パン！　パン！　パン！　パン！

こんなに連発でなぐられたのはひさしぶりだった。エデは頭がガンガンした。

「さっさと寝《ね》ろ！　夕食はおあずけだ！」

「でも……」エデは涙《なみだ》ながらにうったえたが、おとうさんは彼《かれ》を無理やりに寝室《しんしつ》へおしこんだ。シュペルリング夫人もリーゼも、おとうさんを必死になだめようとしたが、寝室《しんしつ》のドアはパタンと閉《と》じられた。

男だから泣かないと決心したエデは、ベッドの上で横になった。ほかにすることもないので、ひざを曲げて足をお腹《なか》のところへひきよせ、台所でなにが起こっているのかと注意深く耳をすました。お皿やスプーンを規則《きそく》正しくガチャガチャと鳴らす音が聞こえ、あまいミルクスープ[*22]の香《かお》りがただよってきた。さびしさがこみあげてきたエデは息をつき、少し悲しい気もちになった。とつぜん、お腹《なか》が大きな音を立ててグーグーと鳴り、エデはひどい空腹《くうふく》を思い出した。

それからいすをずらす音が台所から聞こえ、足をひきずって歩くおとうさんの足音も聞こえた。

同時に寝室《しんしつ》のドアが開いた。

「おとうさんはトイレに入ったわ」とおかあさんが小声でいい、急いでベッドの縁《ふち》に腰《こし》かけた。

「しっ、静かに」二人とも台所の物音に聞き耳を立てた。

ほとんど聞きとれないほどの小声でおかあさんが、「ホークス・ポークス、黒い雄《おす》ネコが三びき！」といい、いたずらっぽくまばたいた。そしてソーセージがのった分厚《ぶあつ》いオープン・サンドをベッドカバーの上においた。エデが待ちきれないようにそっちへ手をのばすと、おどろいたことにまっ赤なリンゴがまくらの上を転がった。せんたくのお礼におかあさんがもらったものにちがいない。そして、エデのために大切にしまっておいてくれたのだろう。「おいしく食べたら、ぐっすりねむりなさい」おかあさんはエデの頭をなでてくれた。おやすみのキスをしようとかがんだとき、聞き耳を立てたおかあさんは急にあわてて、「しっ」といって寝室《しんしつ》から出ていった。

その晩《ばん》、エデはなかなか寝つくことができなかった。ウンクのこと、彼女《かのじょ》のおばあさんのこと、マッチ売りの少年との会話、ポニーのシャバッティのこと、ムチと蹄鉄《ていてつ》がかざられた緑色の家馬車など、さまざまなことが頭の中をかけめぐった。これだけたくさんの冒険《ぼうけん》を体験したのだから、数発のビンタを食らってても、がまんできると思った。それに、おとうさんは失業者になったのだから、すぐに怒《おこ》りだすのも不思議じゃない。どうすればお金をもうけられるだろう？　それについてもエデは考えをめぐらせた。もしかしたら、ウンクに名案があるかもしれない。またじきに会おう。そう考えたエデの体はほてった。

「そうだ、ウンクに絵葉書をおくろう」ボソボソとつぶやきながら、エデはねむりに落ちた。

［註釈《ちゅうしゃく》］

＊1　**グロッシェン**：通貨の単位。プロイセンの旧通貨で、一グロッシェンは一〇プッフェニヒ。一〇〇プッフェニヒが一マルク。

＊2　**グリーニッケ**：ベルリン市南東部にあるハイキングができる村。

＊3　**トルコはちみつ**：トルコ語でヘルヴァというアラブ文化圏《けん》の菓子《かし》のドイツ語名。

＊4　**救済《きゅうさい》金**：「貧民保護法《ひんみんほご》」がプロイセンでは一八四二年から施行《しこう》されたが、ドイツ全土に効力《こうりょく》をおよぼす救済《きゅうさい》法の施行《しこう》は一九二四年。

＊5　**児童労働は禁止《きんし》**：プロイセンでは一八三九年から九歳《さい》以下の、そして五三年からは一二歳《さい》以下の児童労働が禁止《きんし》された。ドイツ全土に効力《こうりょく》をおよぼす「児童保護《ほご》法」が施行《しこう》されたのは一九〇四年一月一日からで、一四歳《さい》以下の児童労働が禁止《きんし》された。

＊6　**シュポ**：治安維持《いじ》や犯罪予防が役目の保安警察《ほあんけいさつ》の略称《りゃくしょう》。ワイマール共和国時代の一九二五年に保安《ほあん》部隊（Schutzstaffel＝SS）、つまり〈ナチス親衛《しんえい》隊〉も結成され、ナチスの政権掌握《せいけんしょうあく》後は法的拘束《こうそく》をまったく受けずに、〈帝国《ていこく》の宿敵《しゅくてき》〉とされた人びとを逮捕《たいほ》し、〈強制収容所《きょうせいしゅうようじょ》〉の管理もまかされた。

＊7　**ワイドマンスルスト**：ベルリン市北東部の緑地が多い地区。

＊8　「ジプシー」と呼ばれた人びとがヨーロッパにあらわれてから二世紀後くらいの一七世紀前半から「ジプシーの人肉食」のつくり話が広まった。詳《くわ》しくは本書（訳者《やくしゃ》による解題《かいだい》）二四一頁《ぺーじ》上段以下参照。

＊9 「人肉食」の嫌疑《けんぎ》と同じくもっとも根強《ねづよ》く残った「ジプシー」に対する偏見《へんけん》が「子どもの誘拐犯《ゆうかいはん》」であり、嫌疑《けんぎ》は二一世紀になっても克服《こくふく》されていない。詳《くわ》しくは本書（訳者《やくしゃ》による解題《かいだい》）二四二頁《ぺーじ》下段以下参照。

＊10 **マーツィパン**：中世に中近東からヨーロッパへ伝えられたアーモンドをすりつぶした練り菓子《かし》。

＊11 **ブラヴァ・チャブ**：ロマニ語にはさまざまな方言があり、スィンティが使う言語はスィンティティケス（Sintitikes）、あるいはほかのロマからスィンティイツカ（Sintiyitska）とよばれる。ロマニ語の男性名詞は通常オで終わるので疑問《ぎもん》に思い、オーストリアのスィンティ組織《そしき》「ケタニ協会（Verein Ketani）」（一九九八年結成、二〇一六年解散）で確認《かくにん》した結果、正しくは「ブラヴォ・チャボ（bravo tschabo）」であるべきと教えられた。その意味は「いい男の子」。

＊12 **インディアンの本**：カール・マイ（Karl May, 1842-1912）というドイツ人作家の中近東やアメリカ西部を舞台とする少年少女向け冒険《ぼうけん》小説が一九世紀後半から現在にいたるまで読まれているが、おそらくエデもカール・マイの小説を読んだのだろう。

＊13 **ツェペリン飛行船**：ドイツの軍人で航空技術者《ぎじゅつ》のフェルディナント・フォン・ツェペリン（Ferdinand von Zeppelin, 1838-1917）が開発した飛行船。最初の試験飛行（飛行時間一八分）は一九〇〇年七月に成功した。

＊14 不就学のスィンティ児童は多かった。その理由として、教育関係者による就学拒否、同級生による差別、「教育を受けても差別はつづく」という親側のあきらめ、非定住の生活形態と家計補助（行商の手伝いなど）が考えられる。

＊15 ドイツの学校での成績《せいせき》評価は、一が最良の評価で、五が最低。二教科の評価が五であれば、小学校

でも落第する。

＊16 ノイバーベルスベルク：ベルリン市の南西にある一九〇〇年ころに開発された別荘《べっそう》地。

＊17 ボック・ヴルスト：一八八九年にベルリンの食堂で開発された丸ごとゆでて食べる牛肉かブタ肉のソーセージ。

＊18 ネーガ・キュッセ：クリームをつめ、チョコレートでコーティングした焼菓子《かし》。名称《めいしょう》の意味は「黒人キス」であるが、差別的なので現在は「チョコレート・キス」＝ショコ・クッスとよばれる。

＊19 スカートに縫《ぬ》いこまれたポケット：ロマ女性の伝統的スカートには、腰《こし》のあたりに縫《ぬ》いこまれたポケットがあったが、ロマニ語でキスィ（kisi）とよばれる。

＊20 モーレン・コップフ：註釈《ちゅうしゃく》18と同じ菓子《かし》の別名。その意味も「ムーア人の頭」と差別的なので、現在は使わない。

＊21 ホークス・ポークス：手品の呪文《じゅもん》。

＊22 ミルクスープ：中世のころから飲まれた牛乳入りスープ。地方によってさまざまだが、さとうや塩などで味つけをした牛乳を煮《に》立たせ、白パンの上にかけたり浸《ひた》したりして食べた。

第3章

滝のように口達者なアーベントシュトゥントさん

マックセは校舎《こうしゃ》の前で待ちかまえていた。エデが近づいてくることに気づくと、けんかをしかけるように、ランドセルを宙に投げた。

「さあ、いまからおまえをとっちめてやる、エデ！　おれはきのう、おまえのおやじを無視《むし》することに決めた！」

気まずい思いのエデは、手にもった自分の帽子《ぼうし》をグルグルと回転させるだけだ。

「マックセ、あれはおれの責任《せきにん》じゃない」とエデは口ごもった。両足を広げ、青いトレーニング・ウエアを着たマックセをまっすぐに見る勇気もない。

気分を害しているマックセは、「くそいまいましいやつだ」とぶつぶついい、「おまえのおやじはおれにひどい言葉を投げつけた。それでもおれはおまえのことを待っていた。いったいおまえはどう思ってるんだ、エデ？」

「想像力《そうぞう》のないやつだなあ、すぐに外にでていくのをとうさんはゆるさなかったんだ。階段《かいだん》をおりてやっと外へでたとき、おまえのすがたはもうどこにもなかった。それから自転車でリーゼちゃんと猛《もう》スピードであっちこっち走りまわって、おまえを探《さが》した。リーゼちゃんに聞いてもらえばわかる」

「まあ、いいよ」笑顔《えがお》で答えたマックセは、仲直りのしるしとしてその手をエデの肩《かた》においた。

「でも、きのうはほんとうに腹《はら》が立った。なにか悪さでもしでかしたのか?」

「そうだ、こうだったんだ。まあ、その、どうせおまえはまだ聞いてないだろう?」

マックセはエデに近づこうとしながら耳をそばだてた。

「ほかのやつらはインディアンごっこをしてるぞ」目をかがやかせたマックセは、「おまえには聞こえないのか?」とエデに聞いた。

「聞こえないよ」エデは不機嫌《きげん》そうに答えた。

そのとき、男の子や女の子の一団《だん》が角を曲がって走ってきた。最後尾を走っているのがロルモップス・ウィリ*1だ。

マックセは「エス・オー・エス!*2」と大声でさけんだ。「待って!　仲間にいれて!」見るからに興奮《こうふん》しているロルモップス・ウィリが手をふった。そして、「エス・オー・エス!」とさけびかえした。それはインディアンのトキの声のようだ。

「急げ、エデ!　おれたちも遊びに加わろう!　昼休みまでまだ一時間もある」せっかちなマックセはエデのそでをひっぱった。「さっさと走りだせ、この白人!*3　遊びをぶちこわす気か!　なにグズグズしてるんだ?」

「おれには関係ないね」エデはそっけなく答えた。「ほんとうはおまえとだいじな話をするつもりだったんだ。でも、もう家に帰る」

「ここにいろよ、すぐに機嫌《きげん》が悪くなるんだな。どんなだいじな話があるっていうんだ?　秘密《ひみつ》か？」

「いっしょに帰ろう。帰り道にぜんぶ話す」と提案《ていあん》したエデは、マックセのうでをひっぱった。

「早く話しはじめろよ！」

「おれのとうさんのことなんだ……」

マックセはニヤニヤした。「わかった！　おやじさんがレコード針で注射されたとか、なにかいやなことがあったんじゃないのか？」

「冗談《じょうだん》じゃないんだ」真剣《しんけん》な顔になって答えたエデに笑顔はなかった。「クビになった！」

その言葉をマックセは平然と聞いた。

「わかった！　ストライキをしたのか？」

「なにもわかってない！　なぜとうさんがストライキをしたって思うんだ？」

「おれがなにもわかってないって？　おれのとうさんは一度ストライキに参加して、クビを切られたから！　だから、そう思っただけだ」

「ストライキに参加するとクビを切られるのか？」エデがおどろいて聞いた。

「おまえはお月さんで暮《く》らしているのか？」マックセは大声をあげた。

「じゃあ、おまえのおやじさんはなぜストライキをしたんだ？」腹《はら》を立てたエデがたずねた。

「もちろん賃金が低すぎるからだ、この赤んぼう！　工場の労働者全員が仕事を止め、ストライキを打った！　ストライキの最中、とうさんは工場の門の前に立った。とうさんと仲間が何人かで。わかるか？　そのとき、労働者が数人、工場に入ろうとした。いつものように仕事をしようとな。

それを見たとうさんはものすごく怒《おこ》ったんだ！」自分の話に感激《かんげき》しているマックセの青い目はかがやいていた。「その労働者たちにとうさんはストライキの意味をわからせようとした。そして、なぐりあいになった。ストライキが終わると、全員がまた職場《しょくば》にもどった。でも、とうさんはすぐに家へ帰ってきた。クビを切られたからだ！」

「そうだったのか。ストライキは無意味だって、おれのとうさんはいつもいってる。そのかされても、バカを見るのはいつも労働者だって」

マックセはエデを見くだすように笑った。

「そんなつまらない話、聞きたくもない！　まだわからないのか？　おまえのおやじさんは仕事がなくなったっていうのに。みんながまとまってさえいればそんなことは起こらないって、とうさんはいつもいってる。おまえが考えてるほど社会は甘くないんだ。ストライキを打たなけりゃ、労働者の状態《じょうたい》はどんどん悪くなる一方だ！」

「そうなのか？」とエデは自信なさそうにいった。「仕事がなくなったとき、おまえのおやじさんもきっと悲しがっただろうな」

「悲しそうな顔をしたってそれがなんの役に立つ？　とうさんはハンコを押《お》しにいった。[*4]かあさんは新聞配達をした。おれも新聞配達の手伝いをしてたの、覚えてんだろう？」

「うん、覚えてるよ。まだ新聞配達してるのか？」

「もうやってない。とうさんがまた仕事を見つけたんだ、週に三日間だけだけど。だから、もうゆるしてくれない。児童労働そのものが禁止《きんし》されてるからな。ほんとうはそうあるべきなんだ。おかげで、おれもまた宿題をする時間ができた。そして、それは成績《せいせき》にもあらわれている！　新聞配達をつづけているのはもうかあさんだけだ。でも配達先をへらした。ロルモップス・ウィリはかあさんが働いてる集配会社で、使い走りの仕事をしてるぞ」

「集配会社ってなに？」エデは尊敬《そんけい》をこめてマックセにたずねた。

「そんなことも知らないのか？　まあ、ある種の商店のようなもんだ。新聞配達員たちが新聞をわたされるところだ。その新聞を契約しているそれぞれの家に配達するんだ。そして週に一度、背《せ》の高いハインリヒが給料を計算してくれる」

「クッチュ・マミ！　だれと？」

「なに？　いまなんていった？　きょうのおれは片耳の聞こえが悪いようだ」

集配会社の意味がわからなかったことに腹《はら》を立てていたエデは、「『クッチュ・マミ』っていっただけだよ」と自慢《じまん》そうにいった。「『クッチュ・マミ』は悪態の言葉で、『最愛のおばあさん』って意味なんだけど、ジプシー語だよ」

「なんてかしこいやつなんだ、おまえは！」マックセはエデをからかった。内心はとてもおどろいていたのだが、それをエデに悟《さと》られないように注意した。そんなことはどうでもいいというように、「まあ、バカ者の背《せ》の高いハインリヒってよばれているのは、新聞集配会社の支店長だ。めちゃくちゃ忙しくしてるやつだ。いつも陽気さ。でも、どんなに返品があろうとな」そんな話はどうでもいいといった顔つきで、マックセは口笛を吹《ふ》き、横目でエデのほうを見た。

エデはついでのような顔をして、「それはすてきなチャブみたい」[*5]といった。

「それなんだよ、チャブって?」マックセは疑問《ぎもん》をはさんだ。「きょうおまえがいうことは、どれも謎《なぞ》だらけだ」

「おまえが口にした返品とかいう言葉だって」

「どうしても知りたいんなら教えてやる。売れなかった新聞のことだ。つぎの日、また新聞集配会社へもどされるんだ」

マックセはあわただしくしゃべった。

「ところで、チャブってなんだよ? なんでもかんでも秘密《ひみつ》にしようとして、おまえはいったいどうしちゃったんだ? あっ、そうだ、おまえにわたしたいものがあったの、忘《わす》れるところだった。おまえのためにもってきたもの、なんなのか当ててみな」

「さっぱりわからない」

「まあ、その頭を使え」

「考えてもさっぱりだよ、マックセ」

「これだ!」

アドロン・ホテル*6の絵葉書を、マックセはエデにわたしながら、肩《かた》越しにエデを観察した。「これこそ秘密《ひみつ》っぽいだろう?」

エデは深呼吸《こきゅう》をした。「すごい、やることがすばやい!」

エデは絵葉書を二度読んだ。

「親愛なるエデ！

あなたはウンクにすごくやさしくしてくれた。葉巻《はまき》の吸《す》いさしをあげたら、とてもよろこんでくれた。心からのあいさつをおくります。多くのよろこびがあり、あなたが健康で元気でありますように。首を長くして訪《たず》ねてくれる日を心待ちにしています。もしかして、きょうきてくれないかしら？　そうであれば、それは最高！

ウンクより。

おばあちゃんとポニーのシャバッティからもよろしく。それからネコのブラッピとヌッキおじさんやほかの子どもたちからも」


「おかしな女の子！」エデは満面の笑顔《えがお》でよろこんだ。「自分はジプシーの家馬車に住んでるのに、ベルリンで最高級のホテルの絵葉書をおくってきた」

「えっ、ジプシーの女の子だって？」

マックセは感嘆《かんたん》の声をあげた。そして「すごい、すごい！」と何度もいった。

「そう、そのとおりなんだけど」とエデはいった。「ポニーも飼《か》ってるんだって。この絵葉書にも書いてあるけど、シャバッティっていう名前なんだ。ブラッピっていう名前のネコもいる。おばあさんはパイプを吸《す》うそうだ。おかあさんは文字の読み書きはできないけど、とてもすばらしい人らしい。ここの家族はパピーア通り四番地の中庭に停めてある緑色の家馬車に住んでるんだ。そして、そこに招待された！」

マックセはとてもうらやましく思った。そして、予審判事《よしんはんじ》のようにエデを質問《しつもん》ぜめにした。

「この小さな女の子は、ほかのどんな女の子よりもかわいらしい。ウンクという名前なんだ。とにかく、すばらしい女の子なんだよ！」

はしゃぎながらエデはうちあけた。

吸《す》いさし葉巻《はまき》の話は、こと細かく、二度も説明しなければならなかった。

「マックセ、大急ぎで家へ帰らなくちゃ」エデは急におどろいたようにさけんだ。「いま何時？」

「もう時間かも。ちょうど四五分になったところだ」

「冗談《じょうだん》いうなよ。帰る時間がおくれたらどうしよう」

「気にするな。ガミガミおやじなんかほっとけよ」

「そうはいかないよ。ほんとに大急ぎで帰らなくちゃ。あっそうだ、いちばんだいじなことを忘《わす》れてた。どうしてもお金をかせがなきゃならないんだ。くつみがきかマッチ売り、ほかの仕事でもいい。どうせとうさんはゆるしてくれないけど。自分の息子《むすこ》を働かせるのをはずかしがってるんだ」

「おまえが赤んぼだったころから、おやじさんはおまえを社長にしたかったんだろうよ？」マックセはクスクスと笑いながらいった。「まあ、そうだろう。でもどうする？　ただだまって、期待にこたえなきゃならないのか？　そして、おまえのかあさんがきつい仕事で苦労するのを見すごすのか？　そんなのはいやだろ？　家族一団《だん》となって、みんなで協力するべきだろう？」

「おれが働くことをとうさんは絶対《ぜったい》にゆるしてくれない。それに、おまえもいったように児童労働はご法度《はっと》だ」

エデは深いため息をついた。

「禁止《きんし》！　禁止《きんし》！　なにもかも禁止《きんし》ばっかり。でも、餓死《がし》は禁止《きんし》されていない！　なら、働いたほうがましだろ？　つかまらないように気をつければいい。おまえが金を家にもちかえれば、おやじさんだって大よろこびするはずさ。でも、くつみがきとかマッチ売りはもうけが少ないぞ」

「そんなこと、おれも知ってる。きのうマッチ売りをしている少年としゃべったんだ。エーリヒ・ランプルという子だ。もんくばっかりいってたよ。マックセ、おれはどうしたらいい？　なにかいい案はないか？　新聞配達なんかどうかなって思ってるんだけど。でも、どうしたらその仕事にありつけるかもわからないし」

マックセは乗り気になって答えた。

「どうにかしよう、エデ。おれに考えがある。きょう、四時ごろうちへこいよ。午後、かあさんは集配会社へいく。もしかしたら、いっしょにつれていってくれるかもしれない」

「でも、午後は学校で宗教《しゅうきょう》の授業《じゅぎょう》があるから、無理だよ」エデは反論《はんろん》した。

「おまえはそのうち聖人になるだろうよ。少なくとも、教区の代表者には選ばれるだろうな。宗《しゅう》教《きょう》の授業《じゅぎょう》なんかサボればいいいんだ。これ以上いうことはない。わかったか？」

エデはまよった。でも、最終的にはなっとくした。

「じゃあ、またあとで会おう。もしかしたら、おまえもジプシーのところへつれていってやるよ。まだよく考えなくちゃわからないけど」

「ああエデ、ものすごく興味《きょうみ》があるよ。おれもつれていってくれ。おまえさえよければ、おれのこづかいでおみやげの花束でも買うよ」

「クッチュ・マミ！　それは相手もおどろくだろう。じゃあ、またな」

「じゃあな、エデ。ジプシーの話、約束してくれるか？」

「どうしようかな？」

「じゃあ、四時に！」

「四時にいくよ。ありがとう、マックセ！」


ジャガイモだんご[*7]の最初のひと口をエデが口へ運んだそのとき、入り口のベルが鳴った。無理して陽気にふるまおうとしているおとうさんは、好奇心《こうきしん》いっぱいの顔で廊下《ろうか》へと走っていき、「おえらいさんのご到着《とうちゃく》！」とさけんだ。

おかあさんも小鳥のような声で、「お客さんだわ」といった。リーゼは頭をもたげ、興味《きょうみ》深そうに入り口のドアのほうを見た。「いまごろなに？　アーベントシュトゥントでなければいいのに。いまは食事時じゃない」

「しゃくにさわる。あのいまいましい声のおしゃべりだわ」

「子どもたち、大急ぎでお皿をかたづけてちょうだい。リーゼ、郵便局秘書官殿《ゆうびんきょくひしょかんどの》のお出ましだわ。食べ物がだんごしかないきょうにかぎって」

おかあさんはとても興奮《こうふん》しているようだ。そして、廊下《ろうか》のほうへ走っていった。

リーゼがすべてのお皿をかたづけようとしたとき、エデはジャガイモだんごをもう一つ、大急ぎで飲みこもうとした。それと同時にリビングのドアが開いたので、そのだんごを急いでズボンのポケットにつっこんだ。両親とともにアーベントシュトゥントさんが部屋に入ってきたが、三人は真夜中の小ぢんまりした結婚式《けっこんしき》の披露《ひろう》宴に負けないくらいそうぞうしかった。

「まあ、郵便局秘書官殿《ゆうびんきょくひしょかんどの》、ひさしぶりにわが家へいらしていただき、とても光栄ですわ」

先のとがったあごひげを数回なでて、アーベントシュトゥントさんは滝のようにしゃべりだした。

「ほんとうにおひさしぶりですが、その後いかがでしたか？　とりわけ、お子さんたちは？　みなさん、お元気でしたか？　ああ、ここにいるじゃないですか！　まあ、子どもさんの成長はじつに早い。それを見ていると、自分がいかに年をとったかがよくわかります！」

まるで祝賀客がきたかのように、直立不動の姿勢《しせい》でその場に立っているエデとリーゼは、来客と握手《あくしゅ》をした。リーゼは片《かた》ひざをかるく曲げ、うやうやしくおじぎまででした。

首からひもで鼻めがねをぶらさげた、退職《たいしょく》者の元郵便局秘書官《ゆうびんきょくひしょかん》、アーベントシュトゥントは笑っている。

エデとリーゼも顔を見あわせたとたんに、笑いがこみあげてきた。おとうさんまでが笑っている。でも、自分がなぜ笑っているのか、本人にもそれはわからなかった。

裏地《うらじ》とえりのところだけが毛皮の黒っぽいコートをぬいだアーベントシュトゥントは、裏地《うらじ》に刺繍《ししゅう》された自分の名前の頭文字を見えるようにして、それを玄関《げんかん》の洋服かけにかけた。黒いかざりがついたより糸で編《あ》まれた黄色い手ぶくろを、ブルドッグの口のかたちをした杖《つえ》の先に差しこみ、着ている白いチョッキを手でなでてからおとうさんの肩《かた》をたたき、エデとリーゼのあいだに腰《こし》をかけ、いかにも楽しそうに自分の手をこすり出した。

「さあ、やっとまたお話ができますね。リーゼちゃんのお仕事はいかがですか？　いつも一所懸《いっしょけん》命《めい》に働いているのでしょうね。もう若《わか》いおじょうさんですから、そろそろ結婚のことも考えなければならないし。いろいろと……。ところでエデは？　しばらく見ないあいだにずいぶん背《せ》がのびましたね。もうじき少年でなくなるから〝ズィー〟*8と語りかけなければならなくなります。ハッハッハ！」

その言葉を聞いたエデは気まずくなり、また直立不動の姿勢《しせい》になって手をズボンにピタッとよせた。ところが、アーベントシュトゥントはエデのことなどまったく気にもとめず、ほかのことを考えているようすだ。

「リーゼ、早くコーヒーをいれなさい」シュペルリング夫人が娘《むすめ》に命じた。

「あまり気をつかわないでください。みなさま、どうぞおかまいなく」

「アーベントシュトゥントさん、すわり心地は悪くないですか？　クッションでもおもちしましょうか？　ご自宅におられるように、わが家でもくつろいでくださいね」

「主婦の本領発揮《ほんりょうはっき》ですか？　お宅はいつもかたづけられていて、ひかえ目で小ぎれいですね。さっきわたしは、いつも利用する食堂で昼食を注文しようとしました。その店はサービスは良いのですが、定食の値段《ねだん》が一マルク七五と安くない。まあ、それもしかたがないでしょう。それでちょっとシュペルリングさんのところへよってようすを見てこようかと思いたちました。あっ、思い出しました。笑い話を披露《ひろう》しましょう。お子さんが聞いても問題ない内容なので、子どもたちもここにいなさい。ヒッヒッヒ。シュペルリングさんが想像《そうぞう》しているような内容の話じゃありませんから、ご安心を」

エデは立ちあがって部屋から出ようとした。

おとうさんは顔がまっ赤になった。

「ハッハッハ、わたしはなにも想像《そうぞう》なんかしていませんよ」

「まあ、いいでしょう。古くからの友人であるあなたは、きっとなにかを想像《そうぞう》しているにちがいない」

ないと思っただけです、ハッハッハ。あっそうだ、笑い話でしたね。給仕をよんで、彼《かれ》はフリッツといいます、フリッツ、勘定をすませたい！　郵便局秘書官《ゆうびんきょくひしょかん》さまはなにをめしあがったのでしょうか、と聞かれたので、書きとめなさい、水二杯《はい》とつまようじ一本、それでぜんぶだ！　そのときの給仕の顔といったら！　お見せしたかった。ハッハッハッハッハ、ホッホッホッホッホ！」

たいくつな話だと思ったエデは、とても居《い》心地が悪いと感じた。

さっきズボンにつっこんだジャガイモだんごは、湿《しめ》っぽく、なまあたたかかったので、気もち悪かった。きっとズボンの裏地《うらじ》までよごれたにちがいない。ポケットにそっと手をいれたエデは、アーベントシュトゥントさんを見つめながら、笑うべきところでは笑い、だんごをそっとポケットからとりだして、机《つくえ》の下でかくしもった。もしかすれば、下を向いたひょうしに、だんごを大急ぎで飲みこめるかもしれない。またもアーベントシュトゥントは音階のような笑い声を飛ばした。とつぜん、その笑いの発作は、せきの発作に変わり、まっ青な顔になった彼《かれ》は、目を白黒させながら、陸地にひきあげられたコイのようにパクパクと空気を吸《す》いこもうとして、自分のひげを必死にむしった。「エデ、大急ぎで水を一杯《ぱい》」とシュペルリング夫人がさけんだ。

急によばれてとまどったエデは、ジャガイモだんごをテーブルの裏にくっつけ、水道の蛇口《じゃぐち》のところへ走った。用事がすんでまたいすに腰《こし》かけたとき、だんごは床《ゆか》に落ちていて、アーベントシュトゥントの長ぐつの横に転がっていた。でも、エデ以外にだれもそれに気づいていない。シュペルリング家の面々は順番に客の背中《せなか》をさすった。わりと早く回復《かいふく》した彼《かれ》は、水をひと口飲み、同僚《どうりょう》の大伯父《おじ》が魚の骨でのどをつまらせ、窒息死《ちっそくし》した話をはじめた。

「まあ、だれでも前もって運命が決定されているということです」と、アーベントシュトゥントはもったいぶった口調でいい、自分の身体をちぢめた。「信じていただけるかどうか、そのことがあってから、わたしの亡《な》き叔母《おば》アンナは、魚にさわることすらしなくなりました。それでも彼女《かのじょ》は死んでしまいました。認知症になって。かわいそうに！　ごぞんじのように、一万マルクの遺産《いさん》をわたしに残してくれました。大金です。そうでしょう？　働き者で大変な倹約家《けんやくか》でした。いつも念のためにと、できるかぎり貯蓄《ちょちく》していましたので、お金もどんどん貯まっていったのでしょう」

〈この老いぼれジジイ、そんな金があればわが家だって平穏になるのに〉とエデは内心考えた。でもひと言も口にしなかった。

おとうさんがため息をつき、遠慮《えんりょ》がちに「われわれのような者は、一生涯《しょうがい》こきつかわれます……」といいかけた。

「そのとおり」アーベントシュトゥントはおとうさんの発言をさえぎり、「そこなんですよ、わたしがあなたを評価するところは。あなたの労働意欲《いよく》、あなたのひかえめな態度《たいど》」

「でも、郵便局秘書官殿《ゆうびんきょくひしょかんどの》、わたしはただあなたさまに……」

「遠慮《えんりょ》はおやめなさい、シュペルリングさん。ハッハッハ！　ひと言でいえばあなたは古いタイプの善人《ぜんにん》です。まあ、どういったらいいのか。つまりあなたのような身分の人間の場合、まれな存在《そんざい》だということです。きっと、あなたのお子さんたちは、あなたに報《むく》いるときがくるでしょう。お子さんたちはあなたにいつか恩《おん》がえしをするでしょうよ、シュペルリングさん！　リーゼは、まあリーゼちゃんは女の子ですけど、でもエデは大学へいかせてあげなさい。ハッハッハ、博士になるかもしれませんよ……」

シュペルリング家の人びとはその話に聞きいった。

「それは無理でしょう、アーベントシュトゥントさん」リーゼが生意気に口をはさんだ。女の子からの異論《いろん》にアーベントシュトゥントはあぜんとした。

鼻めがねごしに、不信に満ちたまなざしをリーゼに向け、「なんですと？」とアーベントシュトゥントは問いかけた。

「そんなことはもう不可能しょう、郵便局秘書官殿《ゆうびんきょくひしょかんどの》。そしてリーゼはだまりなさい！」シュペルリングさんはそのはげ頭をさすったが、うちひしがれた空気がただよった。

「なにをいいたいのか、さっぱりわかりません。シュペルリングさん、なにをいわんとしているのでしょうか？　まったく理解《りかい》できません」

「郵便局秘書官殿《ゆうびんきょくひしょかんどの》、わたしは仕事を失いました」おとうさんは話をつづけるのがむずかしそうだった。「土曜日に失職《しっしょく》しました。クビになったのです。礼もいわれずに、道路へ追いだされました」

「そんなこと、そんなことが!」

アーベントシュトゥントは両手を宙《ちゅう》でふりまわし、彼《かれ》の上着のそで口に差しこんでいる厚紙製《あつせい》のカフスが飛びちりそうになった。台所は一瞬《いっしゅん》、時計のカチカチ音がきこえるほどの沈黙《ちんもく》に包まれた。

「シュペルリングさん、わたしは夢《ゆめ》を見ているのでしょうか。そんなことがどうして可能なのでしょう。お聞かせいただけますか?」

おとうさんは言葉につまった。

「合理化のため、たしかそんなような言葉だったと思いますが、おとうさんがそういっていました」と、エデがかしこそうな顔で助け舟《ぶね》を出した。

おかあさんが「おだまり」といい、その頭を心配そうにゆらした。

「聞かれもしないのに口を開くな、坊主《ぼうず》!」おとうさんもいつもよりおだやかな調子で怒《おこ》り、「子どもはなんでもすぐに小耳にはさんでしまいます。たしかに合理化のためだといわれました。それに、わたしの年齢《ねんれい》のこともあるでしょう。若《わか》い労働者のほうが低賃金《ていちんぎん》で雇《やと》えるうえ、体力もあります。直接そういわれたわけではありませんが、考えてみればそうでしょう」

「そんなこと、そんなことが」困惑《こんわく》した顔でアーベントシュトゥントはくりかし、放心したような顔つきで自分の手を組みながら、「これからどうするのですか?」とたずねた。

おとうさんは肩《かた》をすくめた。「解決法《かいけつ》が見つかりません。きょう、ハンコを押《お》してもらうため職《しょく》安《あん》へいってきました。でも最初の失業保険《ほけん》が支払《しはら》われるのは四週間後です。長期間勤務《きんむ》したためだといわれました。まあ、二〇年ほど働いてきましたからね。長期間働いた結果がこれなのです。そのようなこと、思いもよりませんでした」

救いを求めるような顔で、おとうさんは客の顔色をうかがった。

「どうすればいいのでしょうか、郵便局秘書官殿《ゆうびんきょくひしょかんどの》？　街は失業者であふれています。どうすべきだとお考えですか、あなたさまは？　また仕事が見つかる可能性はあるでしょうか？」

「そうですねえ」といったアーベントシュトゥントは、自分の鼻めがねを懸命にふきはじめた。

「その日の糧《かて》にどうやってありつけばいいのでしょうか？」心配そうにおとうさんはその頭を手で支えた。「生活はいったいどうなるのでしょう？　職安《しょくあん》の職員《しょくいん》と口論《こうろん》になりました。でも、それがなんの役に立つでしょう？　われわれのような者は、もう番号にすぎません」

「なんてことを！　シュペルリングさん、気を強くもってください。しょせん人間は胃ぶくろを満たすために生きているというわけではありません。きっと神さまがお助けくださるにちがいありません」

そういったアーベントシュトゥントは薄笑《うす》いをうかべている。彼《かれ》の言葉が本心から発せられたものでないことにエデはすぐに気づき、リーゼも不信の目で客の顔を見た。

「自分はなんの手助けもできない、職安窓口《しょくあんまどぐち》の職員《しょくいん》はそういってのけたのです。まあ、下っ端役《したっぱ》人は上層《じょうそう》の指示にしたがうだけですけど！　なにが上層《じょうそう》だ、こんちくしょう！」不機嫌《ふきげん》なおとうさんは話を進めた。

アーベントシュトゥントはおどろいて飛びあがった。

「シュペルリングさん、上層部の悪口をいうのだけはおやめなさい。あなたは政治《せいじ》に口出しすべきではありません。政治《せいじ》は人間の性質を堕落《だらく》させる、それに気づきました。あなたもごぞんじのとおり、わたしは郵便局秘書官《ゆうびんきょくひしょかん》として働いてきたので、実体験としてそれを断言《だんげん》できる立場にあります。信じてください、上級の公務員たちはほんとうに懸命《けんめい》に働いています。全員が市民の幸福だけを願って、日々奮闘《ふんとう》しています。もちろん、社会には悲惨な生活をおくっている人びともいれば、貧困《ひんこん》もあります。しかし、同時に怠惰《たいだ》な人間が大ぜいいることも事実なのです。きょう、多くの人びとは、自分のゆび一本動かそうとはせず、行政の寛大な援助にたよって生きようとしています。一つのことを、ここで断言《だんげん》しましょう。ほんとうに働きたいと思っている者には、必ず職場《しょくば》が見つかります。労働は不名誉なことではありません。しかし、仕事にもつかず、ただぶらぶらと過ごしているのは、すべての悪癖《あくへき》のはじまりなのです！」

赤いはんてんがアーベントシュトゥントの顔にうきでた。そして、彼《かれ》は疲れたように自分の体を後ろにもたせかけた。

シュペルリング家の面々は、静まりかえってその場にじっとすわっているだけだった。

「まあ、郵便局秘書官殿《ゆうびんきょくひしょかんどの》」といいかけたおとうさんは、せきばらいをしてからなにかを説明するかのように手を上げたが、その手をまたすぐにおろし、目を動かしながら興奮《こうふん》したしわがれ声で話をつづけた。「わたしはそんなつもりで申しあげたわけではありません。郵便局秘書官殿《ゆうびんきょくひしょかんどの》、興奮《こうふん》するととんでもない言葉が口から飛びだすものなのです。でも、なぜそのようなことがいえるのでしょうか？　働きたい者には、必ず職場《しょくば》が見つかるとでも？　わたしが働きたくないと思っているとでもおっしゃるのですか？　わたしは自分から退職《たいしょく》したのですか？　どこへいけば仕事が見つけられるのでしょうか？　この年齢《ねんれい》で！　若《わか》者も大ぜいが失業しているというのに」

くちびるをかみしめてじっとすわっていたおかあさんが、「おとうさん、そんなに興奮《こうふん》しないで」と注意した。「そんなことをいっても、はじまらないじゃない」

リーゼはいたずらっ子のように、エデに目で合図をおくった。おとうさんがアーベントシュトゥントにはっきり意見をのべた、と。エデもそれをとてもよろこんでいる。

おとうさんさんはまた落ちつきをとりもどした。

「どうであれ、この現状《げんじょう》がつづくわけにはいかないんです」と彼《かれ》はいった。

「そうですね、シュペルリングさん、ほんとうに最悪の時代になりました。まぎれもなく裕福《ゆうふく》な者にとってもそれは同じこと。たとえば、ある知人、彼《かれ》は富豪《ふごう》なのですが、それでも自家用車を売り払《はら》わなければなりませんでした。よろしければ、葉巻《はまき》はいかがです？」その申し出をおとうさんはことわった。

いつもは葉巻《はまき》をもらっていたのに、不思議だ、とエデは思った。自分で買えなくなったいまになってことわるとは。

「まあ」と、アーベントシュトゥントは話しつづけた。「もっとも重要なのは、人間の性格そのものです。上でなく、下を見て暮《く》らせば幸せになれます。信じてください、親愛なるシュペルリングさん。どんな富豪《ふごう》であろうと、食べる以上のことはできません、そうでしょう？　そんな人間でも、パプリカで*9味付けしたカツレツぐらいしか食べられません。あっそうだ、エデに聞くことにしよう。パプリカ・カツレツを四格まで格変化させることができるかな、坊《ぼう》や？　まあ、学校では習わないだろうけど。じゃ、教えてあげよう。パプリカ・カツレツ、パプリカ・カツレツ、パプリカ・カツレツ、パプリカ・カツレツ、ハッハッハッハッハ」

一格から四格までの各格を口にするとき、アーベントシュトゥントはゆびを一本ずつおりながら数え、うれしそうに自分の鼻にさわってから大笑いした。

エデはぶすっとした顔になった。おまけに、おかあさんまでが。リーゼも笑えるような話ではないと思った。

そのことにアーベントシュトゥントもようやく気づいたようだ。瞬間的《しゅんかんてき》に彼《かれ》はビクッとした。おとうさんが義理《ぎり》で笑ってあげたので、お調子者のアーベントシュトゥントはまたも話しつづけた。

「そうです。あきらめずにがんばるしかないのです。シュペルリングさん、残念ながらわたしはもうおいとましなければなりません。シュペルリングさんの奥さまは、とても優秀《ゆうしゅう》な主婦ですから、すべてうまく処理されることでしょう。そうじゃないですか？　シュペルリング夫人！　まあ、しばらくのあいだは、バターではなくマーガリンを料理に使うことになるでしょうけれど、どんなに上品な家庭でもいまはそうしていますからね」

「料理にはいつもマーガリンを使っているわよね、おかあさん？」

そういって、リーゼはせせら笑いをうかべた。

気まずくなったアーベントシュトゥントは、「さまざまな節約法がありますからね」とだけいった。「貧困《ひんこん》そのものははずかしいことではありません。重要なのは品行方正な生きかたをしているかどうかです。たとえば、新しい服や下着を買うお金がなければ、古い物を清潔《せいけつ》にして着ればいいのです。想像《そうぞう》してみてください。道路を歩いているときに車にひかれるかもしれません。そうでしょう？　そのとき、汚れた下着、あるいは穴《あな》があいて足のゆびが飛びでているようなくつ下をはいていれば、それはとてもみっともないことです。とにかく最低であるのは、だらしない生活をおくっていることですが、残念なことにそのような人びとがちまたにあふれています」自己《じこ》満足に満ちた顔をしたアーベントシュトゥントは、シュペルリング家の同意を求めようとした。「エデはいったいどうしたんだ？　悲しそうな顔でそこにすわっているけれど。子どもは陽気であるべきだぞ。ハッハッハ、さあ、どうした？」

エデは苦しそうに、「失業したおとうさんのことを考えています」と答えた。この現実《げんじつ》は大きな心のいたみをともなったので、エデはくちびるをかみしめた。

おとうさんは無言のまま、そこにすわっている。

「これから年長者が話すことをよくお聞きなさい、エデ君！」子どもと話すとき、アーベントシュトゥントは声の調子を変え、いつもほほえみをうかべながらしゃべる。「年長者のいうことをよく聞きなさい。君はまだちびっ子だ、だからまだ心配事などない年齢《ねんれい》のはずじゃないか。だから、一所懸命《いっしょけんめい》に勉強にはげみなさい。それが両親に対する最高の恩《おん》がえしになる」

エデの耳元のところをパチッとこづいたアーベントシュトゥントは、クスクスと笑いながらほかの同席者のほうを向いた。

「口をすっぱくしてそのことをいつも息子《むすこ》に話しています、郵便局秘書官殿《ゆうびんきょくひしょかんどの》」おとうさんも話しだし、「宿題をちゃんとかたづけなさい、このいたずら小僧《こぞう》、というようなことを、わたしもたえずくりかえしています」

「まあ、みんなでシュペルリングさんの新しい仕事のことを考えましょう」アーベントシュトゥントは話をそらした。急にまた笑いの発作におそわれたので、きっと彼《かれ》特有の笑い話がうかんだのだろう。笑っている彼《かれ》の大口をエデはおどろいた顔でながめた。「ハッハッハ、コンドームなんかどうだ？　ハッハッハ、すばらしい考えだ。コンドーム！　あるいはペン先のよごれをふきとるインクぬぐい。ホッホッホ、それも悪くない。あっ、それからそうじ機もある。これは超《ちょう》近代的な仕事だ。いまの時代にうってつけの仕事じゃないですか？　ずっとぶすっとしたままだけど、エデも少しは笑いなさい」

エデの口元がゆがんだ。怒《いか》りに満ちて。この老いぼれにちょっとは思いしらせてやろうと考えた。そして、たえきれずに口から言葉が飛びだした。「アーベントシュトゥントさん、ぼくは自動販《はん》売機《ばいき》じゃありません、お金を投げいれれば笑いが飛びだすような！」

そんなことをいったことに、エデは自分でもおどろいた。

子どもだって堪忍《かんにん》ぶくろの緒《お》が切れることがある。とりわけ相手がわからず屋の年よりであればなおさらだ。

おとうさんから笑いはすぐに消えた。

「エデ、エデ、そんな言葉はにくしみをもたらすだけだ！」おとうさんはそうさけびながら急に飛びあがったので、すわっていたいすがひっくりかえった。「郵便局秘書官殿《ゆうびんきょくひしょかんどの》、おゆるしください。あのような言葉づかいをわが家では子どもには教えていません。おまえの立場ならはずかしくて、地中にもぐりたくなるはずだ！　郵便局秘書官殿《ゆうびんきょくひしょかんどの》がお帰りになったあと、どうなるか覚悟《かくご》していなさい、この未熟者《みじゅくもの》！」

エデはおとうさんのこういう脅《おど》しを、きたないと感じた。

いんけんな面持《おもも》ちでアーベントシュトゥントは「もう、おいとまします」といい、腹立《はら》ち顔で上着をはおり、もう一度エデをにらみつけてから玄関《げんかん》のほうへと急いだ。そのとき、バッターンと大きな音がした。アーベントシュトゥントが転んだのだ。

なにもいわずにエデはそこに立っている。が、腹《はら》の中では大笑いをしていた。アーベントシュトゥントの長ぐつの底に、グジャグジャになったジャガイモだんごがベチャッとひっついていた。ジャガイモだんごを食べなかったのは正解《せいかい》だった、とエデは思った。そしてアーベントシュトゥントが転んだのと自分はまったく無関係だ、といわんばかりの空々しい顔をしている。

「こんなことになるとは！」と、おとうさんが毒《どく》づいた。

子どもたち二人の顔はかがやいている。もちろん、ここでふきだしてはならない。

やっとの思いでお客を立ちあがらせようと、みんなが手助けをした。怒《いか》りに満ちた顔で彼《かれ》は割《わ》れた鼻めがねに目をやったが、なにごともなかったかのように気どった足どりで廊下《ろうか》をドアのほうへと向かった。おとうさんは、アーベントシュトゥントがコートを着るのを助けてあげた。アーベントシュトゥントは杖《つえ》につけた手ぶくろを大事そうに手にはめ、杖《つえ》をわきにかかえ、頭を上げてあごをつきだしながらコートのえりをととのえ、リビングのほうへ向かってぎこちないおじぎをしてから、子どもたちに握手《あくしゅ》もせず、両親といっしょに階段《かいだん》のほうへと歩いていった。

子どもたち二人は、「さようなら、郵便局秘書官殿《ゆうびんきょくひしょかんどの》」とうちあわせたようにさけんだ。

「エデ、災難《さいなん》だわね。これからおとうさんに怒《おこ》られるわよ」とリーゼがいった。

「かまわないよ。気にしない」ムッとした顔のエデは答えた。「あの老いぼれ、くっだらない話ばかりしやがって。自分は高額《こうがく》の年金を受けとってるもんだから、いい気になってでかい口たたいて、あんなにペラペラとしゃべりまくるんだ」

「静かに」リーゼちゃんが好奇心《こうきしん》いっぱいの目をした。二人は聞き耳を立てた。

「アーベントシュトゥントさん、気を悪くなさらないでください。うちの小僧《こぞう》は悪気があってあんなことをいったわけではありません。ごぞんじのとおり若者《わかもの》は未熟《みじゅく》です。ですからあまり気を悪くなさらずに、また遊びにいらしてください、郵便局秘書官殿《ゆうびんきょくひしょかんどの》」と話すおとうさんの声が聞こえた。

「まあまあ、いいでしょう、シュペルリングさん」アーベントシュトゥントはまだいくらか怒《おこ》っている感じがする声で、「昔からの旧友の言葉を聞いてください。われわれの時代の育てかたは、きっとごぞんじでしょう？　すぐになぐられたものです。幸いなことにそのように育てられました」

「ごちそうさま」とリーゼが小声でボソッといった。

階段《かいだん》のドアの開く音がして、つぎに「では、さようなら」という声が聞こえた。

「さようなら、郵便局秘書官殿《ゆうびんきょくひしょかんどの》」

「子どもが親をバカにするのをゆるしてはなりません。では、また」アーベントシュトゥントの甘ずっぱい声が廊下《ろうか》のほうでひびいた。

そして、ドアの閉《し》まる音がした。

すぐにおかあさんが、ついでおとうさんが部屋へ入ってきた。

おとうさんは決心のつかないような顔で立ち止まり、頭をかいた。

エデは覚悟《かくご》した。

「エデ、早くジャガイモを五キロとってきて。このカバンをもっていきなさい。つけておいてもらいなさいね。早く、走りなさい！」と、おかあさんが指示《しじ》を出した。せきばらいをしたおとうさんはしゃべりだそうとしたが、エデはすでに大よろこびでドアから飛びでたあとだった。まあ、今回は運が良かった。

ジャガイモのことはそれほど急ぐことでもないので、エデは門のところで立ち止まった。ほんとうは学校へいくはずの時間だった。でも、それを考えないことにした。まだ半時間ほど時間がある、だからマックセのところへいこうと考えた。また太陽がかがやきだし、エデの顔をてらした。門のドアに気もち良くよりかかったエデは、まばたきをしながら考えた。すべてが変わったように感じられた。おとうさんはそれほどきびしくなくなり、いつもほめたたえるばかりだったアーベントシュトゥントにむかって、自分の意見をはっきりいうようになった。お笑い草の人物だ、あの郵便局秘書官殿《ゆうびんきょくひしょかんどの》は。アーベントシュトゥントは以前からそうだったが、それをエデが見ぬいたのは今回がはじめてのことだ。おとうさんが失業してから、エデの世の中を見る目が変わった。そして、彼《かれ》の耳にはいままで聞こえなかったことが聞こえるようになった。

【註釈《ちゅうしゃく》】

＊1 **ロルモップス・ウィリ**：ウィリという名の学友のあだ名だが、ロルモップスはタマネギなどを中につめた酢《す》漬《づ》けニシンの巻《ま》き物。

＊2 **エス・オー・エス**：遭難《そうなん》無線信号だが、子どもたちはそれをアメリカ先住民（「インディアン」）のトキの声としてさけんだのだろう。

＊3 **白人**：「ブライヒ・ゲスィヒト」は直訳《ちょくやく》すると「青ざめた顔色の人」という意味だが、子どもたちが読んでいただろう「インディアンの本」（第2章註釈《ちゅうちゃく》12）では、アメリカ先住民（「インディアン」）の側から見た「白人」を意味した。

＊4 直訳《ちょくやく》すると「ハンコを押《お》す」となるが、失業保険《ほけん》を受けるという意味である。ワイマール共和国時代の一九二七年七月、「職業斡旋《しょくぎょうあっせん》および失業保険法《ほけんほう》」が制定《せいてい》され、失業労働者は職業《しょくぎょう》安定所で失業者手帳にハンコを押《お》させると、最高二六週間まで失業保険《ほけん》が受給できた。

＊5 **チャブ**：正しくは「チャボ(tschabo)」。第2章註釈《ちゅうちゃく》11を参照。本書の著者《ちょしゃ》アレクス・ウェディング（＝グレーテ・ワイスコップフ）にスィンティたちが故意《こい》に不《ふ》正確《せいかく》なスィンティ語を教えた可能性も考えられる。「スィンティの言葉を学び、その社会に入りこみ、スィンティを裏切《うらぎ》ってナチスに売りわたした人物がいました。……自分たちを防衛《ぼうえい》するために、多数派《たすうは》がスィンティ語を学ぶのを好みません。」これは一九七八年生まれのスィンティツァ（スィンティ女性）の活動家、ニコル・セヴィック（旧姓《せい》マーテル）の体験記にある記述《きじゅつ》である（ニコル・マーテル「私が歩む道」、ルードウィク・

ラーハ編著／金子マーティン訳《やく》『私たちはこの世に存在《そんざい》すべきではなかった』所収《しょしゅう》、凱風《がいふう》社、二〇〇九年、二四七頁《ページ》参照）。

＊6　**アドロン・ホテル**：一九〇七年に開業したベルリン中心街にあった最高級のホテル。

＊7　**ジャガイモだんご**：すりおろしたジャガイモとゆでてつぶしたジャガイモをまぜ、調味料などを加え、だんご状にしてゆでたもの。中に肉などの具をつめこむ場合もある。

＊8　**ズィー**：ドイツ語の二人称《しょう》単数は「ドゥ（Du）」と「ズィー（Sie）」が使い分けられる。「ドゥ」は親しい間柄《あいだがら》や目上の者が目下の者に対して使い、「ズィー」は敬称《けいしょう》で、目下の者が目上の者に、あるいは初対面やあまり知らない相手に対して使う。以前は一五歳《さい》までの子どもに対して「ドゥ」、一六歳《さい》から「ズィー」と語りかけた。

＊9　**パプリカ**：トウガラシ属《ぞく》の栽培《さいばい》品種。また、その果実からつくられる香辛料《こうしんりょう》。

第4章

腐《くさ》った魚の島

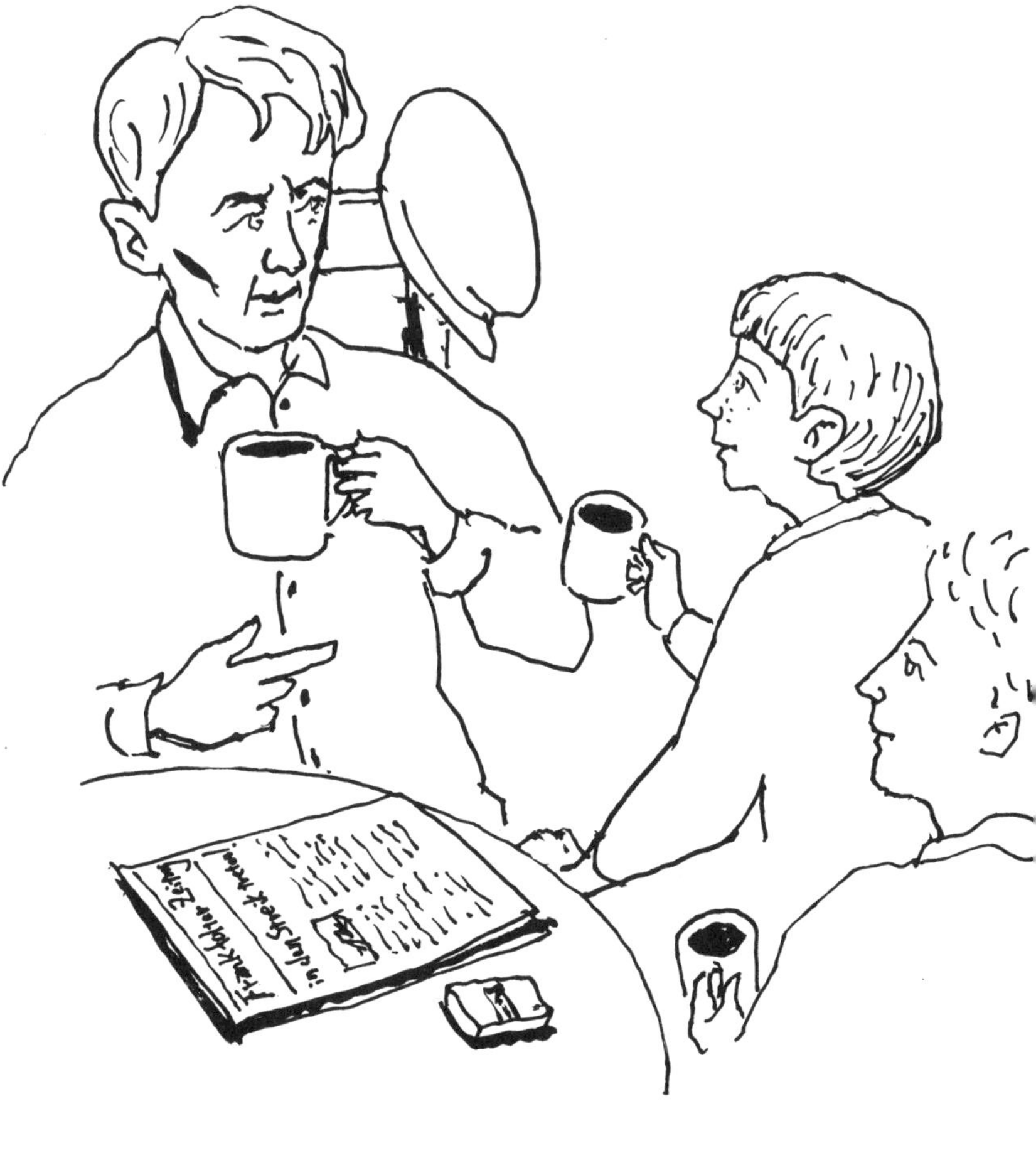

いつもとは正反対の方向にエデは歩いた。大きな灰色《はいいろ》の殺風景な団地《だんち》アパートの前で立ち止まり、ポケットから手帳をとりだして、クラブンデ家の住所を念のために確認《かくにん》した。番地はあってる。マックセはここに住んでるはずだ。

シュペルリング家が住むアパートは、マックセの通学路のとちゅうにあり、学校からの帰り道はそこまで二人でいっしょに歩くが、そこから先はマックセが一人で帰っている。なので、エデはマックセの家を訪《たず》ねたことがない。マックセの両親に会ったこともなく、共産主義《しゅぎ》者がどんな顔をしているのか、好奇心《こうきしん》でワクワクしている。泥棒《どろぼう》かなにかの悪事をはたらいたために、警察《けいさつ》官をおそれるようになった人びとのように、共産党員《きょうさんとういん》もヒソヒソ話をするのだろうか？

少なからぬ恐怖心《きょうふしん》もあった。アカはすべての物を分けあう、そうおとうさんが話したことを思い出したからだ。自分のジャケットをとりあげられはしないだろうか？　まあ、初対面からそんなひどいことはしないだろう。

エデは全速力で階段《かいだん》をかけあがった。階ごとに表札をたしかめながら、最上階にあるクラブンデ家のドアの前で立ち止まった。よろこびと不安でエデの胸《むね》はときめいている。ひと息いれて、ベルを鳴らした。

暗い室内から歩みでた夫人がドアを開け、「ああ、やっときたじゃないの！」といった。

「クラブンデさんですね？　はじめまして！」エデは、帽子《ぼうし》をぬいでおじぎをした。

「こちらこそよろしく」大はしゃぎのクラブンデ夫人は、にこにこしながらエデの帽子《ぼうし》とジャケットをカーテンでかくされている洋服かけにつるした。エデはクラブンデ夫人をしげしげとながめた。自分のおかあさんとほとんど変わらない。ただ、おかあさんよりも若《わか》く、髪《かみ》の毛が短い。想像《そうぞう》していた人物とはまったくちがったので、エデは安心した。

「遠慮《えんりょ》せずにリビングにお入りなさいよ、エデ。あなたがいつ訪《たず》ねてくれるかって、みんなで首を長くして待っていたのよ。すぐにわたしもリビングへいくから」とクラブンデ夫人がいった。

「こんな時間におじゃますることを、おゆるしください」エデは行儀《ぎょうぎ》よくあいさつしてから、リビングのドアの取手を回した。

クラブンデ家のおとうさんはシャツすがたで新聞を読んでいた。立ちあがってエデに近づき、長い握手《あくしゅ》を交《か》わした。「きみがエデだね。息子《むすこ》からいろいろと聞いているよ。マックセはどこにいるんだ？　マックセ、エデがきたぞ」

となりの部屋から大急ぎでマックセがやってきた。

「おまえの時計は太陽時間でなく月時間なのか？」マックセはほほえみながらいった。「コーヒーが冷めてしまうぞ。やっときてくれたな。きょうは楽しい一日にしよう。揚《あ》げパン[*1]も買ってきたんだ。こんなもてなしは、もちろん最初の一回だけだぞ」

「おすわりなさい、エデ」クラブンデ家のおとうさんがいった。

「ありがとうございます」礼をいい、エデは腰《こし》をかけた。

「うちの親の前じゃ、なんの遠慮《えんりょ》もいらない。だいじょうぶだよ」マックセはほほえみながら、父親のほうをふり向いた。「悩みでもなんでも、なにを話しても、いっさい心配することないから」

エデはすぐにマックセのおとうさんを信頼《しんらい》した。そして、物おじなどしなかった。

とつぜんドアの開く音がして、マックセが「コーヒーのできあがり」とリビングへ入ってきた。カタカタと音を立てながら、カップがのった盆《ぼん》を両手でささえてクラブンデ夫人も入ってきた。

「さあ、コーヒーをこぼさないよう、注意深くゆっくりと歩いている。

コーヒーを飲んで力をつけなさい」といい、エデのカップにコーヒーをなみなみと注いでくれた。

どうやら自宅ではえらそうな口のききかたをするらしいマックセが、「なんでもっと早くこなかったんだよ？」ともんくをいった。

「ちょうど昼ごはんのときに、アーベントシュトゥントさんがとつぜんうちへやってきたんだ」とエデは弁明《べんめい》した。「それから、おかあさんにジャガイモを買ってくるよういいつけられた。おとうさんのビンタを食らわないようにって。それから、うちの門のところで少しもたついちゃったんだ。ここへくるとちゅうで道にもまよったし……」

食べ物を口いっぱいにつめこんだマックセが、「ビンタか」とつぶやき、考え深そうな感じで耳の後ろのところをひっかいた。「また、なにをしでかしたんだ？」

「アーベントシュトゥントのおかげさ」と答えたエデは、怒《おこ》った顔をした。

「そのアーベントシュトゥントとかいう人はいったいだれなの？　一人で怒《おこ》っていてもはじまらないから、うちあけてみなさい」とクラブンデ夫人がいった。

「そいつのことは、あまり話したくもない」とエデはいったものの、つぎつぎとさまざまなことが頭にうかび、どこから話したらいいのかわからなくなった。「退職《たいしょく》した元郵便局秘書官《ゆうびんきょくひしょかん》で、大金の遺産《いさん》を相続したらしくて、最高級で値段《ねだん》の高い食事しか口にしません。うちのおとうさんは失業したところなので、アーベントシュトゥントさんなら経済的《けいざいてき》な援助《えんじょ》をお願いできるだろうと両親は考えたようです。でも、完全に無視《むし》されました。その老いぼれがうちへきて、バターでなくマーガリンをパンにつけろとか、よけいなお世話の話をしたり、つまらない笑い話もたくさん飛ばしてきました。でもぼくは少しも笑えなかった。おとうさんが失業してからはそれが頭からはなれなくって。これから生活はどうなるんだろうと心配で。アーベントシュトゥントにもそういってやったんだ……」

エデの話に一所懸命《いっしょけんめい》に耳をかたむけているマックセも、「腹《はら》立たしいやつだ、そのアーベントシュトゥントとかいうやつは」と怒《おこ》った。

「ぼくはまだ子どもだから心配ごとなんかなにもないはずだ、だから学校の宿題だけかたづけていればいい、なんてこともほざいた」憤慨《ふんがい》した顔でエデは話をつづけた。

「そんな野郎《やろう》、一度とっちめてやらないと！」マックセが怒《おこ》った声でさけんだ。

「それからどうなったんだい？」クラブンデ家のおとうさんがたずねた。

「またつまらない笑い話をしたんです。それがみんなの笑いをそそると思ったみたいで」とエデはつづきを話した。

「それで？」

いすに腰《こし》かけたマックセは、話のつづきが聞きたくてうずうずしている。「はっきりいってやろうと思ったんです。落ちつきはらって、アーベントシュトゥントさん、といってやった。ぼくは自動販売機《はんばいき》じゃありません、上からつまらない笑い話を投げいれると、下から笑いがでてくるような、ってね」

「それは最高の答えだ！」とさけんだマックセは、ひと口で大きな揚《あ》げパンをほおばった。

「なかなかきつい言葉だね」とクラブンデ家のおとうさんはいった。笑いがこみあげてくるのを必死におし殺そうとしているようだったが、あまり成功しなかった。エデをほめはしなかった。でも、怒《おこ》りもしなかった。「まあ、次回はもう少し感情《かんじょう》をおさえたほうがいいだろうね」とニヤニヤしながらいった。「きみの気もちはわからないでもない、エデ。でも、そのアーベントシュトゥントよりもはるかに悪いものがこの世の中にはいっぱいある」

エデは考えこみ、「たとえば機械とか？」といった。

おどろいたクラブンデさんは、「機械がきみになにか悪さをしたのか？」と聞いた。

「三〇年戦争[*2]から話しだしてミミズのことで話を終えるシュミット[*3]先生みたいだ、いまのきみは」とマックセもエデにもんくをいった。

いつものエデならそんなヤジには気分を害するところだが、いまはもっと重要なことを考えている。

「新型の機械が設置《せっち》されたために、うちのおとうさんは工場をクビになったわけでしょう？　そして、その新型機械がおとうさんに代わって動いている。そうじゃないんですか？」

やさしいほほえみをうかべたクラブンデ夫人が、「群衆《ぐんしゅう》相手の演説《えんぜつ》家を負かすぐらいにエデは物いいが上手なのね」といった。「もっとたくさん食べたり飲んだりしなさい。そしてほかの人にもしゃべらせてあげなさい」

クラブンデ家のおとうさんは、「人生はお祭りじゃない」とため息をついた。「それに工場は慈善《じぜん》団体《だんたい》じゃない。でも、それは機械なんかの責任《せきにん》ではないんだよ、エデ」

「もちろん機械のせいです」エデは確信《かくしん》をもって反論《はんろん》した。

「そうじゃないよ、機械が悪いわけじゃない、エデ」とクラブンデ家のおとうさんはくりかえし、確信《かくしん》に満ちたほほえみをうかべたエデは、「機械のせいであることははっきりしています。おと
「きみにはまだ理解《りかい》できないようだけど」といった。

うさんがそういっていましたから」と答えた。

「きみのいうことが正しいなら、その意見を参考にしよう。いままでにも子どもから教わったことがいろいろとあったからね」と、クラブンデ家のおとうさんはまじめな顔でいった。

「たとえば、側転《そくてん》とか柔道」マックセが自慢《じまん》げにいった。

「それほんとうですか、それとも冗談《じょうだん》ですか？」とエデはたずねた。父親が側転《そくてん》をするところを想像《そうぞう》できなかったからだ。

クラブンデ家のおとうさんは、「マックセのいうとおりだ」と答えた。「下の階のミュラー夫人の

部屋の天井《てんじょう》のしっくいがくずれて食べ物の中に落ちたりすると大変だから、残念ながら室内ではお見せできないけど。外にいけば側転《そくてん》を連続で一〇回ぐらいできるよ。そうだよな、マックセ」

「すごいですね」とエデはおどろいた。「こんど、二人でかけっこでもしましょうか？」

「よし、そうしよう」クラブンデ家のおとうさんも乗り気だ。「でも、そのまえに機械の件《けん》を解決《かいけつ》しておこう。エデ、注意深く聞いてくれ。人間のために機械が動けば動くほど、人間の労働はへる。それに異論《いろん》はないよね？」

「あたりまえ！」エデもマックセも合唱のようにさけんだ。

「労働者の生活は楽になるはずだ、そうじゃないかい？」クラブンデ家のおとうさんは話をつづけた。

「それもあたりまえ！」と、二人はまたさけんだ。

「そうだよな。労働者にとって機械は役に立つもののはずなのに、実際《じっさい》には機械が改良されればされるほど、労働者の生活はどんどん苦しくなっていく。なにかが完全におかしくないか？　どう思う？」

クラブンデさんはエデとマックセのほうを見た。二人ともうなずいている。

「じゃ、どこがおかしい？」とたずねたクラブンデさんは、エデの肩《かた》をかるくたたいた。「どこにまちがいがある？」

こまった顔でエデは耳の後ろをかいた。そして、救いを求めるようなまなざしでマックセのほうを向いた。授業中《じゅぎょう》、先生の質問《しつもん》の答えをマックセとエデはいつも耳うちしあう仲だが、マックセの知恵を借りても二人に名答はうかばなかった。

「少し手助けをしようか?」といったクラブンデさんは、自分の二つのこぶしを机《つくえ》の上においた。

「想像《そうぞう》してごらん。きみたち二人と友だち八人がヨットに乗っている」

マックセはエデをこづいて、「なにニヤニヤしてるんだよ」といった。

「友だちのロルモップス・ウィリをつれていこうよ」とエデが提案《ていあん》した。

全員が爆笑《ばくしょう》した。

「これは実際《じっさい》の話じゃなくて、想像《そうぞう》上の話なんだぞ」マックセがエデに言い聞かせた。

「つづきを話そう。乗船しているのはフリッツと、力持ちのフランツに太ったエルンスト、それと彼《かれ》の友人シェーラウゲ、まあロルモップス・ウィリもつれていくことにしよう。きみたち二人も乗っている。そして、友だちがあと三人で、ぜんぶで一〇人だ。とつぜん、突風《とっぷう》が吹《ふ》いて、ヨットは岸に乗りあげて操縦不能《そうじゅうふのう》になった。きみたち一〇人は無人島にとり残されてしまった」

「おもしろい!」エデは大よろこび。興奮《こうふん》して自分の太ももをたたきだした。「無人島に漂着《ひょうちゃく》してインディアンのフライデーと洞穴暮《ほらあなぐ》らしをしたロビンソンみたいだ」

「そうだ」とクラブンデさんがいった。「その島には商店もないので、ロビンソンのようにきみたちも食糧《しょくりょう》を自分で調達するしかない。おまけにその島には草木が一本も生えていない。餓死《がし》したくないなら、素手《すで》で魚を獲《と》るしかない」

「そんなこと無理じゃないですか?」とエデがすかさずいった。

「むずかしいけどできるよ」とマックセが反論《はんろん》した。「そのやりかたを知ってるよ。何時間も岸で待ちかまえて、細心の注意を払《はら》えば素手《すで》で魚がつかまえられるんだ。だけどたいていは最後の瞬間《しゅんかん》ににげられてしまう」

「なぜ網《あみ》か釣竿《つりざお》を使わないの？」と、エデがぬけ目なく聞いた。

「まあ、きみたちも最終的にはそうするだろう」そういったクラブンデさんは、片手《かたて》をポケットにつっこみ、大学の教授《きょうじゅ》のように室内を歩きまわった。「ヨットにあったロープをほどいて、きみたちはそれで網《あみ》をつくるんだ」

ほんとうにその島にいるような気分になっているエデは、「その網《あみ》、ぼくに使わせてもらえるかな？」とたずねた。

クラブンデさんは、「それこそが問題なんだ。だれもが網《あみ》をほしがるから、最終的にはなぐりあいがはじまる。そして、力持ちのフランツが勝利して、網《あみ》を独《ひと》り占《じ》めにするんだ」

「フランツは怪力《かいりき》だから、そうなるね」とエデがあいづちを打った。

「いくら力持ちでも、いつまでも網《あみ》を一人で確保《かくほ》しつづけるのはむずかしい。だから、網《あみ》で獲《と》った大量の魚から数ひきを、太ったエルンストとシェーラウゲに分けあたえる。そして、いまだに魚を素手《すで》でつかまえようとしている仲間に、その二人の悪ガキどもはおそいかかるようになる。ほかの食糧《しょくりょう》が島にまったくないので、きみたち七人の体力はどんどんおとろえていく」

「魚はいっぱいあるんだから、フランツがぼくたち七人にも分けてくれればいいのに」とマックセが不満そうにいった。

「そんな甘い考えはまったくのかんちがいにすぎない。そんなことを彼《かれ》は考えもしないんだ。働かざる者は食うべからず、おれの魚を食いたいやつは自分で獲《と》ってこい、そうすれば少しは分けてやるってね。彼《かれ》はそう宣言《せんげん》する。そして、あるときはある人に、またべつのときにはべつの人に網《あみ》を貸《か》しだし、一ぴきの魚もちょろまかされないように、エルンストとシェーラウゲの二人にその人の労働を見張《みは》らせるようになるんだ」

一日中ひなたぼっこばかりをしているフランツはどんどん太っていき、きみたちばかりに労働をおしつけてあくせくと働かせる。もちろん、獲《と》った魚を一ぴき残らず食べるのは彼《かれ》でも無理なんだけど、だからといって数ひきの魚を他人に分けあたえるようになると思うかい？　そんなきざしはまったくない。魚を腐《くさ》らせたほうがましだと彼《かれ》はいう。きみたちが空腹《くうふく》でなくなってしまえば、網《あみ》を借りて魚を獲《と》るのをやめてしまうからだ。空腹《くうふく》であるかぎり、きみたちは網《あみ》を借りようと必死になるからね。なまけ者のフランツが所有する魚はどんどんふえつづける、なぜなら、きみたちの漁のうで前はますます上達して、たくさんの魚を獲《と》れば自分たちのわけまえもふえると考えるからだ。でも、そんなことはない。フランツはきみたちへの網《あみ》の貸《か》しだしをしぶるようになり、網《あみ》をめぐっての競争がまたはげしくなる。いい漁師《りょうし》になったのに、きみたちの空腹《くうふく》はひどくなる一方だ」

「それはずるい！」エデもマックセも口をそろえてさけんだ。

「ものすごくずるい！」クラブンデさんも同調した。「でも、どうなんだろう？　フランツがたらふく食ってるのに、きみたちは空腹《くうふく》でたおれそうになっている。その責任《せきにん》の所在《しょざい》はどこにある？それは網《あみ》の責任《せきにん》なのか？　それとも……」

口をあわせて「フランツの責任《せきにん》だ！」とエデとマックセはまたさけんだ。

「そのとおりだ」と、クラブンデさんが答えた。「網《あみ》の責任《せきにん》ではなく、その網《あみ》を所有する人間の責《せき》任《にん》なんだ。機械の件《けん》もそれとまったく同じだよ、エデ。たとえば工場側がきみのおとうさんをクビにすれば、それは機械の責任《せきにん》でなく、その機械を所有する人間の責任《せきにん》なんだ」

クラブンデ家のおとうさんはまだなにかいいたいようだったが、マックセが質問《しつもん》でわりこんだ。

「そんなことをゆるさないためにはどうすればいいの、おとうさん？　フランツをたたきのめして、彼《かれ》がもっている網《あみ》とかすべてのものをとりあげればいいの？」

「そんなばかげたこと！　フランツはおまえよりもずっと強いし、それにエルンストとシェーラウゲに守られてるから近づくことすらできない」

クラブンデ家のおとうさんは自分の息子《むすこ》を笑い飛ばした。

「腹《はら》が立つ！」こんどはエデがわれを忘《わす》れてさけんだ。「でも、七人全員が一丸となって三人の悪ガキをおそえば、打ち負かすことができるんじゃないかな？　いくらなんでも。網《あみ》はみんなの共有のものにしなけりゃいけないよ」

好戦的な目をかがやかせてクラブンデさんは、「そこが肝心《かんじん》だ」とさけんだ。

「そうだ、団結《だんけつ》！　それこそが大切なんだよ。労働者が人間らしい生活をおくれるように、団結《だんけつ》しなければいけないんだ。わかったかい？」そういってクラブンデさんはすわりなおした。

「それははっきりしている！」と、エデもマックセもさけんだ。

「それなら、それを忘《わす》れずにそのように生きなさい」とクラブンデ家のおとうさんがいった。

一瞬《いっしゅん》、室内は静まりかえった。みんなが机《つくえ》を囲んですわり、エデは、自分もクラブンデ家の一員になったような気分になった。

そして、「はいクラブンデさん、そう生きることにします」とエデは宣言《せんげん》した。「でも、質問《しつもん》がまだあります」エデはその丸い光沢のある目でクラブンデさんを見あげた。「なぜ働く労働者とほかの人たち、つまり機械を所有する人がいるのですか？　なぜ、人間みんなが同じようにかしこくなかったのですか？」

「エデ、それはまたほかの機会に教えてあげよう。きょうはもうじゅうぶんに話しあった。これからみんなで働かなければならないからね」

クラブンデ夫人は大急ぎで食器をまとめ、台所へ運びだした。

「もうそんな時間になったの？」エデは急に飛びあがった。「まだ集配会社が閉店《へいてん》になってなければいいけど」

「心配ないよ。まだ間にあう」クラブンデさんはエデと握手《あくしゅ》を交《か》わした。「またなるべく早く遊びにきなさい。新聞配達員の仕事がうまくいくよう願ってるよ」

「そこまで話が進んでいるなら、どれほどうれしいか」と、エデはため息をついた。

緑色のレインコートを着こみ、新聞配達用のかばんを肩《かた》からさげたクラブンデ夫人は、エデがジャケットを着るのを手伝った。

「さあ、急ぎましょう」

「さようなら！」

「集配会社の前で待ってるぞ、エデ。幸運を祈る！」とマックセがいった。

クラブンデ夫人とエデはバタバタと音を立てながら、大急ぎで階段《かいだん》をかけおりた。屋外へ出ると冷たい風が吹《ふ》いていた。風は、緑色の軍服ズボンと灰色《はいいろ》のレインコートに身を包んだ男を、風船のようにふくらませた。その男はエデに観察されていると気づいたとたんに空を見あげ、せきばらいをしてから顔を手でおおいかくして、ゆびのすき間からまわりを見まわした。

「あの人、幽霊《ゆうれい》のように見えませんか？」とエデが聞いてきたので、クラブンデ夫人もその男に注目した。そのとたん、レインコートを着た男は、急いでクルッと向きを右へ変え、道路の角を曲がって見えなくなってしまった……。

まったくたいしたことじゃないとでもいうかのように、クラブンデ夫人は「あれはスパイよ」といった。「名前はモェッラー。*4 いつもこのへんを嗅《か》ぎまわっていることで有名な男なの」

エデはおどろいて、「スパイのわりには、とても目立つかっこうでしたね」といった。

クラブンデ夫人はクスクス笑いながら、「そうなの、小さな子どもにでもすぐ見やぶられるような、怪《あや》しいかっこうをしてるのよ」といった。

その道に通じた専門家《せんもんか》のようにエデはふるまった。

目を固く閉《と》じて、「きっと危険《きけん》なやつなんでしょうね」といった。

「まあ、そんなたいしたこともないんだけど。やってくるのがいつもひと足遅《おそ》いのよね。すべてが新聞にのってしまってからとか」いいきみだといいたげな笑いをうかべてクラブンデ夫人はいった。

エデはひどく失望した。「スパイ」といえばもっとずるがしこく、ぬけ目のない人間だと思っていたからだ。でも、いまはそんなことを考えている余裕《よゆう》はない。クラブンデ夫人に手をひかれ、大またで歩いている。そして、新聞集配会社の建物前にじきに到着《とうちゃく》した。

エデは少しばかりの恐《こわ》さもあった。クラブンデ夫人のあとについて入り口のドアをとおりぬけるとき、少しでも年長に見えるようにと、体をできるかぎり大きく見せるようにした。中に入ると、そこに見ず知らずの人びとがいろいろな物音を立てながら大ぜいいいた。まわりを見まわすと、カウンターにはブロンド髪《がみ》をオールバックにした若《わか》い男がすわっている。ここで指導《しどう》的な地位にあるようだ。きっとこれがマックセが話していた〝バカ者ののっぽのハインリヒ〟なんだろう。エデよりいくつか年上の感じがする一〇人ほどの男の子たちが、横に積まれた新聞束の上にすわり、足をブラブラさせながらプールで遊んでいるみたいに大声をあげて、楽しそうにさわいでいる。小さな女の子も一人そこにいた。

カウンターの向かい側、壁《かべ》一面にはベンチがおかれていて、そこには大人の男女がすわっていた。ブリキ箱に入った硬貨《こうか》を数えている人もいれば、トランプに熱中している人もいる。全員がなにかを待っているようだ。男の子をつれた気むずかしそうな面持《おもも》ちの女性は、毛糸のくつ下を編《あ》んでいる。ときどき編《あ》み物を中断《ちゅうだん》しては、息子《むすこ》の頭をかるくこづいている。

好奇心旺盛《こうきしんおうせい》なエデは、ほかの子どもたちがすわっている新聞束の上に腰《こし》かけ、その話に耳をかたむけたくなった。でも、仲間に加えてもらえるのか、どうするべきなのかわからず、ただそこで棒《ぼう》立ちになっていた。クラブンデ夫人ももうエデの相手をするひまはない。彼女《かのじょ》はブロンド髪《がみ》でのっぽのハインリヒと話している。彼《かれ》は額《ひたい》にしわをよせ、長さが半メートルほどもある紙に書かれた数字の計算に没頭《ぼっとう》しているが、エデが想像《そうぞう》していたほどにはかしこそうには見えない。急に頭をもたげて、一瞬《いっしゅん》エデのほうを見た。びっくりしたエデはちぢこまった。

その男がクラブンデ夫人に「いまは新聞配達員の空きはありません」と話しているのが聞こえた。新聞束の上に腰《こし》かけている男の子たちにもそれが聞こえたようだ。彼《かれ》らは肩《かた》をよせあいながら、耳をすませてエデのほうを見た。

「エマがきのうから病欠なんだから、彼女《かのじょ》の担当《たんとう》だった小屋つき菜園地区の新聞配達をさせればいいじゃない」と、だまってベンチにすわっていた女性が提案《ていあん》した。いままでエデを完全に無視《むし》していた男の子が、「菜園地区の新聞配達はぼくでもこなせる」と声をあげた。「そのとなりの地区を担当《たんとう》してるからぜんぜん問題ないし、新入りの配達員にはどうせわからないだろ」

その男の子は下くちびるをつきだし、挑発《ちょうはつ》的な顔でエデをにらんだ。それは縁日《えんにち》でジプシーの悪口をいっていた男の子だった。あのときと同じ毛糸のマフラーをまいている。

エデはその子をぶんなぐりたい衝動《しょうどう》にかられた。でも、まあ、雇《やと》われてからにしよう。新聞配達用のかばんを手にしたほかの男の子が、チェッと舌《した》うちをして、「こいつはまだ一四歳《さい》にもなってないんだろう?」とさけんだ。エデは急に男の子たちの一団《だん》にとりまかれた。おたがいの鼻がくっつくほどに近づいてくる子もいた。

「気もち悪いなー、この人ごみ！」

「いつからここは幼稚園《ようちえん》になったんだ？」

「見ろ、こいつはまだ哺乳《ほにゅう》びんで育てられてるんだぞ」

こんな罵声《ばせい》が飛び交い、エデは縁日《えんにち》の子と決着をつけることにした。

エデはくちびるをすぼめ、ひと息いれてから、歯のぬけたすき間から縁日《えんにち》の子がはいている左側のくつを目がけてつばをはいた。

「グスタヴおじさんの的中率よりすごいわ、びっくり。おじさんは去年シェーンホルツ城《じょう》*5であった射撃《しゃげき》大会で二位だったんだけど」小さな女の子がうっとりしてさけんだ。

毛糸のマフラーをまいた男の子は、「運が良かったな、くつの横に命中して。もう一度つばをはいてみろ、そしたらただじゃすまないからな、覚悟《かくご》しろ」と、怒《いか》りに満ちた顔で怒鳴《どな》った。

「ブタ野郎《やろう》、悪い冗談《じょうだん》はやめておけ」といったエデは、両足を広げてその男の子の前に立ちふさがった。「覚えてろよ！」エデには歯のぬけたすき間があることをほかの子たちはまだ知らない。

二人のために場所を空けろ！

のっぽのハインリヒまでが計算を中断《ちゅうだん》し、カウンターから身を乗りだした。

「この乳飲《ちの》み子を見ろよ、恐《こわ》くて歯をガタガタいわせてやがる」と新聞配達用のかばんを手にした太った男の子がエデをばかにした。

もう一度、エデはつばをはいた。こんども相手の左のくつの、すぐとなりに命中した！

「まあ、なんてこと」と、クラブンデ夫人がおどろいていった。

「つぎは宙《ちゅう》がえりしながらつばをはくから、おまえは目をまわしてひっくりかえることになるはずだ」エデはえらそうにいいはなった。

編《あ》み物をしている気むずかしそうな女性の息子《むすこ》がベンチから立ちあがり、笑って大よろこびしている。

「笑うのはお弁当を食べてからにしなさい」母親は小ごとをいい、サンドイッチを息子《むすこ》の目の前に差しだした。でも息子《むすこ》の笑いは止まらず、母親にまたかるく頭をこづかれた。

「この子のつばの命中率《めいちゅうりつ》は名人芸だ」のっぽのハインリヒがさけんだ。まだカウンターにひじをついたままの彼《かれ》は、スポーツ愛好家のように感心している。

「そのつばをふきとりなさい。ここはブタ小屋じゃないんだ」

そういって、ハインリヒはエデに新聞紙をわたした。顔がまっ赤になったエデは、自分がおかした罪《つみ》を帳消しにしようと、すぐにしゃがんだ。

「この子はすばらしい」オルイエ・ウェントランドもみとめた。自分の髪《かみ》の毛をいつもとても念入りに手入れしているため、彼《かれ》は「シャリャピン」*6ともよばれていた。「縁日《えんにち》でナイフ投げとして登場したらどうだ？　そのほうがずっともうかるぞ。それともう一つ、そんなふうにうまくつばをはくコツをおれにも教えてくれ」

自分は高い評価《ひょうか》を受けていると、エデははっきり感じとった。カウンターのところへ進みでたエデは、集配会社の支店長の顔を見あげて、「菜園地区の新聞配達をやらせてもらえないでしょうか、ハインリヒさん？」とたずねた。

毛糸のマフラーをまいた男の子が、意地悪な顔つきで、「児童労働法にひっかかるから、こいつはまだ働けないはずだ」と口出しをした。

「あいつがまだ働ける年齢《ねんれい》に達してない、なんていうのはどこのだれだ?」急にあらわれたロルモップス・ウィリがそうさけんだ。男の子の目の前にこぶしをつきだしたので、その子は自分の身を毛糸のマフラーですっぽりと包んだ。

「おまえは自転車こぎをしているようなやつだな! 上に向かっては身をかがめ、下に対してはふみつける。もしここでだれかにいちゃもんをつけようなんて思ってるんなら、クビになるからな、わかったか?」

それからハインリヒのほうへ向き、どうどうとつくり話を披露《ひろう》した。「ぼくらは同じ学校に通っています。エデはぼくの一級上のクラスにいます。ぼくが一回落第しているのに」

エデは興奮《こうふん》で耳が熱くまっ赤になっているが、クラブンデ夫人はほほえみながら彼《かれ》のほうを見た。縁日《えんにち》で会った男の子は、泣きだしそうな顔をして、目立たないように暗がりにおかれた新聞の束の上に腰《こし》かけている。

「自転車はもってるよな?」と、ハインリヒがエデに聞いた。

自転車が必要だなんて! エデは考えもしなかった。

言葉をつまらせながら、「残念ながら自転車はもっていません」とエデは答えた。うちひしがれてそこに立ちすくんでいる。泣きだしたいような気分だ。でも、そのときジプシーの女の子のことを思い出した。

「ハインリヒさん、自転車の代わりに馬を使ってもいいでしょうか？　ガールフレンドのおばあさんがポニーを飼《か》っているんです。そのポニーなら借りられます。たしかです」

集配会社にいた全員が大笑いをした。エデはまっ赤になった。のっぽのハインリヒも笑っている。「それなら、そのポニーに乗ってグルーネワルト*7へでもいきなさい」

だが、エデはひき下がらなかった。ハインリヒのそでをひっぱり、小声で「姉のリーゼから自転車を借ります。稲妻《いまずま》のように早く走れます。姉にないしょで練習しましたから。でも、姉につげ口しないでくださいい、ハインリヒさん」

「まあ、いいだろう」ハインリヒは折れた。「明日の二時からはじめなさい。これが購読《こうどく》者リストだ。白紙は夕刊《ゆうかん》のみ。黄紙は朝刊《ちょうかん》のみ。緑紙は朝刊《ちょうかん》と夕刊《ゆうかん》の両方だ。何人かの名前のところに『画報《がほう》』と書いてある。見落とさないようにな。そうでないともんくがでる。それから、九番集落のディートリッヒさんの定期購読《こうどく》の勧誘《かんゆう》をもう一度やってみてくれ。でもドアを開けないとか前金の支払《しはら》いをしぶった場合には、新聞を投げいれないように」

「ハインリヒさん、ありがとうございました」エデはつぶやき、えらそうな顔をして購読《こうどく》者リストを折りたたんでズボンのポケットにしまった。それからハンカチに結び目をつくり、「明日の二時」といって満足気に立ちさろうとした。

「おい、エデ、いっしょにこい」オルイェがエデをひき止めた。「新聞を運んでくる自動車の到着《とうちゃく》まで、みんなでデモごっこをやる。エデは機動襲撃《しゅうげき》*8隊の隊長をやるべきだ、みんな、そう思わないか？」

「いい考えだわ」小さな女の子が大賛成《さんせい》し、エデをかるく押《お》した。

その話をいくらか怪《あや》しげに思ったエデは、「でも、ぼくはきみたちのその遊びをぜんぜん知らないし」と切りかえした。

「だいじょうぶだよ、エデ」ロルモップス・ウィリがエデを安心させると、ほかの子たち全員がいっせいにわめいた。「すぐにおわかりになりますよ、隊長殿《どの》」

最高の笑い話を聞いたかのようにロルモップス・ウィリは腹《はら》をかかえて笑い転げ、ほかの子どもたちもみんな楽しそうにキャッキャッといっている。ここではどうやら、ロルモップス・ウィリがリーダー格のようだ。お人よしで太りぎみ、赤いほおの彼《かれ》は、おだやかそうに見えるがじつはなかなかしたたかだ。でも、とにかくいいやつだ。学校での成績《せいせき》は優秀《ゆうしゅう》とはいえないけれど、遊び場ではピカイチ。新聞配達をしていないときや学校の授業《じゅぎょう》がないときは、パンク通り*9へいけば彼《かれ》に会える可能性は高い。道でけんかがあると、彼《かれ》は必ずその場にいあわせる。だから、彼《かれ》のひざはいつもすり傷《きず》だらけ。小銭《こぜに》がちょっとあれば、まちがいなくニシンの酢漬《すづ》け（ロルモップス）を一つか二つ買い、パンなしでほおばるのが大好きだ。それが彼《かれ》の好物。だから、みんなにロルモップス・ウィリのあだ名でよばれている。

「いこうぜ！」全員が外へ飛びだした。

マックセが外に立っていた。エデが仕事にありついたことを聞くと、彼《かれ》はよろこびのあまり宙返《ちゅうがえ》りをした。

「いまからデモごっこをするんだ」とエデがいった。「いっしょにやらないか？」

「もちろん」マックセは、ほかの子たちの列に加わった。

列の三番目に立っている子がそれぞれ一歩ずつ前へ進みでた。その子たちが機動襲撃隊《しゅうげきたい》を編成《へんせい》した。ほかの子たちは労働者役だ。オルイェ・ウェントランドと、新聞少年用の帽子《ぼうし》をかぶりイギリス兵風のシャツを着た男の子、それにアウグスト・ピーペルの三人がエデの仲間だ。エデの横に立った彼《かれ》らは敬礼《けいれい》をした。それから足音をしのばせてある家の門をくぐり、エデも急ぎ足でその子たちのあとを追った。

「相手側がどういう作戦に出るか、まず見きわめましょう」とオルイェがエデにささやいた。「いずれにせよ、ピストルをおわたしします、隊長殿《どの》」

「弾《たま》はこめてあるのか？」とエデが聞いた。

「ちくしょう！」オルイェが、自分に対して腹《はら》を立てているのがはっきり見てとれた。それから彼《かれ》は、帽子《ぼうし》の中にかくしもっていたおもちゃのピストル用の弾丸《だんがん》が入った箱を、エデに手わたした。

「最高の弾《たま》だ。この一箱で六プップフェニヒはする」

エデはピストルの具合を試してからポケットにつっこんだ。この遊びはおもしろそうだ。

「ピストルの上におすわりにならないように、隊長殿《どの》」と、ピーペルが耳打ちした。

相手側の子たちが集まっている方角からさわがしい大声が聞こえてきた。なかなか意思統一《とういつ》をはかるのがむずかしそうだ。マックセが走って集配会社の建物へもどり、長い棒《ぼう》をもってもどってくると、ほかの子たちがその棒《ぼう》に赤い布地《ぬのじ》を結びつけているのが見えた。それから四列にならび、広告柱のまわりを儀式《ぎしき》ばって行進しているのがエデには見えた。棒《ぼう》に結びつけた赤旗をふりながら、マックセが先頭を歩いている。そして、全員が合唱している。

「左、左、左へと、赤いウェディングは前進する！」

エーワルトは携帯《けいたい》用のクシをとりだして、メロディーを吹《ふ》いている。オルイェが専門家《せんもんか》ぶって「これが労働者吹奏楽団《すいそうがくだん》だ」といった。

相手側の行進に加わりたい、というのがエデの本心だ。しかし、じきにはじまるとグスタヴにおさえつけられたので、身動きがとれなくなった。

相手側の子たちは、空き地になっている建設《けんせつ》用地の中を行進している。マックセが台の上に飛び乗って、髪《かみ》の毛をふりみだしながら「同志《どうし》、同志《どうし》！」とさけんでいる。

「突撃《とつげき》！」とオルイェがさけび、家の門から飛びだした。新聞少年用の帽子《ぼうし》をかぶった男の子は、労働者側にいるほうがずっと楽しそうなので、次回はそちら側に加わりたいとぐちをこぼしている。それでも、みんなオルイェのあとについていった。エデもしかたなしにそうした。

機動襲撃《しゅうげき》隊が建設《けんせつ》用地に走りこむと、「まず隊長をたたきつぶせ」と、相手側の子たちがいっせいにさけんだ。

ポケットからピストルをとりだしたエデは、パンパンパンと撃《う》ちまくった。

「やれるもんなら、やってみろ！」

相手側はすぐに攻撃開始。エデはロルモップス・ウィリにつき飛ばされ、鼻を打ちつけた。隊長を助けようとオルイェが走りよろうとしたが、エーワルトと小さな女の子におさえつけられた。アウグスト・ピーペルもほとんど反撃できないでいる。三人目の子といったら、板塀《いたべい》の後ろにかくれて、鼻をほじっている。エデは彼《かれ》を必死で探《さが》したが、どうしても見つからない。

「機動襲撃《しゅうげき》隊、この場に整列！」と、エデがさけんだ。

だが、そのときすでにエデの頭はあるデモ隊員の両足のあいだにはさまれていた。

「隊長にいまから自分の意見をはっきりいってやれ！」とロルモップス・ウィリがさけんだ。

そして、全員がエデに襲《おそ》いかかり、彼《かれ》は身動きすることもできなかった。

「ぼくは隊長なんかじゃない、エデだよ」と必死にさけんだ。「もうこんな遊びはやめる。だからはなせ」エデをおさえつけていた手を全員がゆるめ、立ちあがろうとするエデをエーワルトが手助けした。

「家へ帰ったら怒《おこ》られる」エデは、左目をおさえている。

「まあ、これは大変」と、小さな女の子がエデのけがを念入りに介護《かいご》した。

上着のボタンが二個もぎとられているが、それ以外の損傷《そんしょう》はないようだ。

「これ、落としたみたいだよ、エデ」と、エーワルトが一枚の紙切れをわたした。

それは緑色の購読《こうどく》者リストだった！　エデは急にめまいを覚えた。スモモと牛乳の食べあわせをしたときのように、お腹《なか》もいたくなった。購読《こうどく》者リストをエデは二回確認《かくにん》した。幸い一枚もなくなっていなかった。

「まあ、遊びだってデモはデモだ。これはふざけっこととはちがう」ロルモップス・ウィリがぶつぶついいながら、出血しているひざにハンカチをまいている。彼《かれ》の表情《ひょうじょう》からエデをあわれんでいるのがまざまざと読みとれた。

「次回はおまえが隊長をやれ」とエデは怒《おこ》った。「そうしたら同じ目にあわせてやる」

これに対してロルモップス・ウィリが切りかえした。

「やなこった！　おれは労働者がやりたいんだから。それか、機動襲撃隊《しゅうげきたい》の隊員の一人。それならがまんできる。その番が自分にまわってきたら、しかたないからな。でも隊長はおことわりだ。それなら遊ばないほうがましだ！」

そのとき、「新聞を積んだ自動車が到着《とうちゃく》する！」とエーワルトがさけんだ。そのとおり！　いま、黄色いその車が角を曲がった。これは幸運だった。もしその車が到着《とうちゃく》しなかったなら、エデとロルモップス・ウィリとの大げんかになるところだった。

子どもたちは大急ぎで集配会社へもどった。

エーワルトが思い出したようにエデと握手《あくしゅ》した。走りさる前にオルイェはエデにピストルをくれた。マックセひとりがその場に残った。

「いまからジプシーのところへいくかい？」とエデが提案《ていあん》した。

「ちょっと無理だ。アーエーゲー[*10]でストライキが起こった。とうさんがピケ要員[*11]をしている。おれもそこへいかなくちゃ」

「すごい、もちろんそっちを優先すべきだ」尊敬《そんけい》の念に満ちた顔でエデはいった。「でも、ウンクはどうしよう？　彼女《かのじょ》は待っているにちがいない」

「手紙を書こう」マックセは、手帳から一頁分《ページぶん》をちぎった。「たまたま封筒《ふうとう》も一枚ある」

エデもその提案《ていあん》に納得《なっとく》して、その紙切れにできるだけきれいな字で手紙を書いた。

「親愛なるウンク、待ちぼうけを食わせてごめん。友だちのマックセがどうしてもアーエーゲーにいかなくちゃならなくなった。だから、明日訪《たず》ねるよ。一一時、学校が終わってから。マックセもいっしょにくる。いいやつだ。ある秘密《ひみつ》を知った。明日教えてあげる。おばあさんやほかのかたがたにもよろしく。　エデより」

マックセが一文だけ加筆した。

「まだ見ず知らずだけど、元気いっぱいのマックセ・クラブンデもよろこんで同行します」

「でも、切手がなければ手紙は役立たず。どうすればいい？」とエデがマックセに聞いた。「お金だってまったくないし」

あぜんとしているエデにマックセは、「金なんか必要ない」と説明した。「切手をはるべきところにつばをつけて、そこを親ゆびでこする。そうすれば郵便局の職員《しょくいん》は切手がはがれ落ちたと思うだろう」

「すばらしい考えだ」とエデは絶賛《ぜっさん》した。「名探偵《たんてい》でもこのインチキは見ぬけないだろう」

「あたりまえだ」マックセはニコニコしながら答えた。「無産者は節約せざるをえないんだ。じゃ、また明日」

エデは家路を急いだ。幸せな気分だった。ポケットから購読者《こうどく》リストをとりだして、そこに書かれている名前を覚えようとした。

これで両親の手助けもできる。その第一歩をふみだした。

［註釈《ちゅうしゃく》］

＊1 揚《あ》げパン：ベルリンではジャム入りの揚《あ》げパンをプファンクーヘンという。

＊2 三〇年戦争：一六一八年から四八年にかけて、ドイツを中心に戦われた宗教《しゅうきょう》戦争。

＊3 シュミット：さまざまなつづりかたがあるシュミットは、ドイツで最多の姓《せい》である。

＊4 モェッラー：著者《ちょしゃ》はアルトゥル・モェッラー・ヴァン・デン・ブルック（Arthur Moeller van den Bruck, 1876-1925）の名を参考に、「スパイ」の名を「モェッラー」とした可能性が考えられる。ドイツ共産党の前身のスパルタクス団《だん》（一九一六年結成）の敵対組織《てきたいそしき》として、大資本《しほん》が資金提供《しきんていきょう》をした「反ボルシェヴィズム連盟《れんめい》」という極右組織《そしき》が一九一八年末に結成されたが、国粋主義《こくすいしゅぎ》者で反共主義《しゅぎ》者のモェッラーはその組織《そしき》のイデオローグの一人だった。

＊5 シェーンホルツ城《じょう》：ベルリン市北西部に建っていた古城《こじょう》のシェーンホルツ城《じょう》をベルリン射撃《しゃげき》同好会が一八八〇年に購入《こうにゅう》し、そこに、一八八四年シェーンホルツ射撃《しゃげき》場を設《もう》けた。

＊6 シャリャピン：ロシア出身の人気があった長髪《ちょうはつ》のオペラ歌手、フョードル・イヴァノヴィッチ・シャリャピン（Fyodor Ivanovich Chaliapin, 1873-1938）のことと思われる。

＊7 グルーネワルト：ベルリン市西部にある高級住宅《じゅうたく》街。

＊8 機動襲撃《しゅうげき》隊：ワイマール共和国時代にデモの鎮圧《ちんあつ》などをする警察《けいさつ》や軍隊のオートバイなどを使った移動《いどう》部隊。ナチス時代は突撃《とつげき》隊（ＳＡ）や親衛《しんえい》隊（ＳＳ）の機動襲撃《しゅうげき》隊が体制維持《たいせいいじ》や敵対《てきたい》者弾圧《だんあつ》を

任務《にんむ》とした。

＊9　パンク通り：ベルリンの労働者街・ウェディングにある通りの名前。

＊10　アーエーゲー：ドイツの電気メーカー（AEG＝Allgemeine Elektricitäts-Gesellschaft）。なお、一九三〇年前後にアーエーゲー社やテレフンケン社で起きたストライキを確認《かくにん》することはできなかった。第8章註釈《ちゅうしゃく》8も参照。

＊11　ピケ要員：ピケはピケット（picket）の略。労働争議に際して労働組合員が事業所や工場の入り口などを固め、スト破《やぶ》り（第5章註釈《ちゅうしゃく》5参照）を阻止《そし》するための要員。

第5章

すべての悪行が悪いわけじゃない

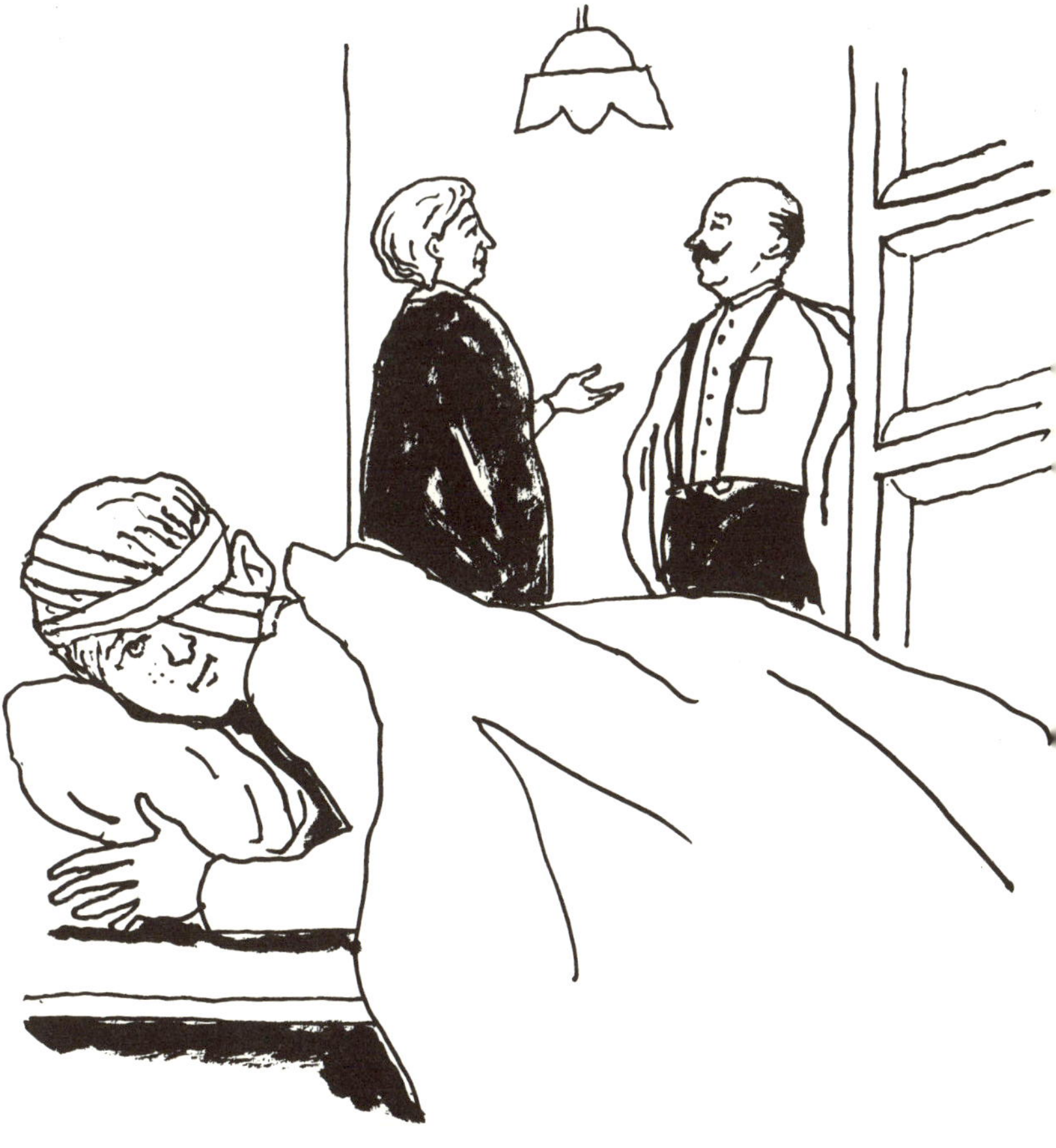

エデが家の玄関口《げんかん》にもどると、「だれにやられたの？」と、すぐにリーゼがたずねてきた。エデの目ははれあがり、あけることすらできない。

「しっ、おとうさんはどこ？」とエデは聞き、ひどくいたむ目を手でおさえた。

「寝室《しんしつ》よ。少し横になってるの。早く入ってらっしゃい」

「なんてザマなの。盗賊団《とうぞくだん》の首領《どん》みたい」シュペルリング夫人が首をかしげた。

「運動してるときにボールが目に当たったんだ」と歯ぬけのエデは気まずそうにボソボソといって、ちぎれたボタンが見えないように、ジャケットを大急ぎでぬいだ。

「いつから火曜に運動の授業《じゅぎょう》をやるようになったの？」シュペルリング夫人が怪《あや》しんでたずねた。

「宗教《しゅうきょう》の授業《じゅぎょう》の先生が病欠だったから、自由活動が一時間あった」エデはうそをつきつづけた。

「宗教《しゅうきょう》の授業《じゅぎょう》の先生、手術を受けるほどの大病でなければいいのにね」とリーゼがいって、クスクスと笑った。

水道の蛇口《じゃぐち》でエデは顔を冷やした。パシャッと水が四方八方へ飛び散った。ほんとうのことはないしょにしておかなければ、とエデは自分自身の肝《きも》に銘《めい》じた。この秘密《ひみつ》はぜったいにバラしちゃいけない。ほんとうのことを話せば、みんながびっくりぎょうてんし、やばい事態《じたい》になる。

ところが、エデはすぐに考え直し、白状《はくじょう》する決心をした。「遊んでいて、ほかの子にやられたんだ。でも、おとうさんにつげ口しないで」

よりくわしい話をエデの口から聞きだすことはできなかった。

シュペルリング夫人はぬれタオルでエデの目を冷やし、彼《かれ》の髪《かみ》の毛にブラシをかけた。それから、ラードをぬったパンと麦芽《ばくが》コーヒーをエデにあたえた。

エデはそれを一瞬《いっしゅん》で平らげた。「もう、おしまい?」と、シュペルリング夫人はびっくりした。ほんとうはお腹《なか》がまだすいていたけれど、節約に協力しなければとエデは考えた。

「もうお腹《なか》はいっぱいになったよ」と安心させ、シュペルリング夫人もそれを聞いてほっとした。

「シュペルリングさん、こんばんわ」という声がとつぜん聞こえてきた。

「まあ、おどろいた！　もしかしてアーベントシュトゥントさんですか?」

そう、彼《かれ》なのだ。アーベントシュトゥントだった。どこからともなくわき出たかのように、彼《かれ》はなんの前ぶれもなく室内に立っていた。

「門があいていたので、ベルを鳴らさずに上がってきました。時間がほとんどありません。もうすぐトランプゲームのスカート勝負がはじまりますから。わかりますね。こんにちは、こんにちは」

ソファに横たわったままのリーゼは、「とてもびっくりさせられましたよ」と苦情《くじょう》を発した。

アーベントシュトゥントはため息をつきながら、「さっき、ほんとうに腹《はら》立たしいことがありました」となげいた。「いつもの喫茶店《きっさてん》へ入り、『ローカル・アンツァイガー』*1の夕刊《ゆうかん》をもってくるようにとウエイターにいいつけました。そうしたらウエイターは笑いながら、「郵便局秘書官殿《ゆうびんきょくひしょかんどの》、その新聞ならコートのポケットからはみ出ているではないですか」とぬかしおった。無礼千万なやつです！　だからいってやったのです。「たのんだ新聞をすぐにもってこい、自分の新聞を読むためにわざわざ喫茶店《きっさてん》へくる人間がいると思うのか？」と。そのウエイターは腰《こし》をぬかさんばかりにおどろいていました、ハハハ……」

「わたしの友人、エデがここにいるじゃないか」アーベントシュトゥントはエデに歩みよった。エデをきびしく折檻《せっかん》しなければならないと数時間前にいったばかりなのに、あたかもそれを忘《わす》れてしまったかのように。「このテーブルよりも高く飛べるかな、きみは？　それができれば、ごほうびに現金《げんきん》一マルクをあげよう」

「あたりまえじゃないですか」と答えたエデは、こいつはなにかをたくらんでいるにちがいないと内心思った。いやに愛想《あいそ》がいい。もちろん、一マルクは手に入れたい。そのために、いっきにできるだけ高く飛びあがろうと、自分の両ひざを胸《むね》のところへ引っつけた。

アーベントシュトゥントは笑いながら、「ブラヴォ、ブラヴォ！　よくやった、いいぞ」と喝采《かっさい》し、チョッキにかくれた彼《かれ》の大きな腹《はら》が上下して、プリンのようにゆれ動いた。「さあ、こんどはテーブルに飛んでもらおうか。きみが一マルクを勝ちとったかどうか、それはそのあとから決めることにしよう」

「でも、でも……」エデは抗議し、あぜんとした表情《ひょうじょう》で一瞬《いっしゅん》そこに立ちすくんだ。それから気をとりなおした。こいつはぼくをペテンにかけようとしている。まあ、それは成功はしないだろうが。

「テーブルですか？　テーブルはすでに飛ぶ気力を失っています。なぜなら、ぼくのほうが高く飛べることを知っているからです。アーベントシュトゥントさん、すぐに一マルクを払《はら》ったほうが無難《ぶなん》ですよ」

リーゼは意地悪く笑った。

とりみだしたアーベントシュトゥントは、気まずそうに鼻めがねを外した。それからしぶい顔で財布《さいふ》をとりだし、かなりの時間をかけてその中をひっかきまわした。しばらくしてから「ここにきみの一グロッシェンがある」といったアーベントシュトゥントは、「銀製《せい》ではないけれど、その代わりピカピカに光っている」とつけ加えた。アーベントシュトゥントが大口を開けて大笑いをしたので、何本もある彼《かれ》の金歯がエデにもよく見えた。

「納得《なっとく》がいきませんね」エデはアーベントシュトゥントが彼《かれ》ににぎらせた硬貨《こうか》を不信の目でながめた。「まだ、だいぶ足りないのですが」

きびしい顔をした元郵便局秘書官《ゆうびんきょくひしょかん》は、「グロッシェンを大切にしない者にとって、マルクも無価値《かち》だ、エデ」といった。「それに、最初からきみと本気で賭《か》けごとをする気などなかった」

「あ、あ、あり、ありがとうございます」とエデは無理やりに礼をいって、けいべつの念をこめてニヤニヤと笑った。

「なんだって？　きみはいつからどもるようになったんだね？」といいながら、アーベントシュトゥントは手を耳にあてた。

真剣《しんけん》な面持《おもも》ちになったエデは、「近ごろはすべてが分割払《ぶんかつばら》いじゃないですか？　負けた賭《か》け金でさえも」といった。

ソファのほうから「だまされた」という声が聞こえた。

大きな音で鼻をかんだアーベントシュトゥントは、聞こえないふりをした。

エデはグロッシェン硬貨《こうか》をポケットにしまいこんだ。アーベントシュトゥントを信用していないことを見せつけるために、その前に硬貨《こうか》をかんでみせた。

とつぜん、「なぜだれもわたしを起こしてくれないのだ?」というおとうさんの声が聞こえた。

「えっ、わざわざ郵便局秘書官殿《ゆうびんきょくひしょかんどの》がお見えなのですか? いったいなにがありました? どうぞおかけください」

「長居はできません、ですからコートもぬぎません」アーベントシュトゥントはおとうさんと握《あく》手《しゅ》を交《か》わした。「いい情報《じょうほう》をお知らせしようと思い、少しよっただけです」

アーベントシュトゥントに強い不信感をいだいているエデは興味津々《きょうみしんしん》だった。片目《かため》に包帯をまいていなければ、きっともう一方の目も閉《と》じたことだろう。

「わたしは走りまわって、あなたのことを知人に相談しました。そのかいがありました。かんたんな仕事です。明朝五時に、きっかり五時ですよ。シュペルリングさん、わが家の門のところへきなさい。旧友でわたしの部屋の下の階に住んでいるアーエーゲー社のオェッツ技師《ぎし》が、自動車で工場までおくってくれます。会社の人事課に申し出る必要もありません、準備はすべて万端《ばんたん》です」

「やった!」歓声《かんせい》をあげたエデは、テーブルをたたいた。

「それはラッキー。それに自動車で職場《しょくば》までつれていってもらえるなんて」

「エデ、静かになさい。そんなに大騒ぎしなさんな」おとうさんは笑顔《えがお》である。「どれだけ幸せな気もちになっているか、それが郵便局秘書官殿《ゆうびんきょくひしょかんどの》におわかりになりますか？　まだ信じられないような気もちです」

「幸運だわ」おかあさんもニコニコしている。

「ただし」と、アーベントシュトゥントは片手を上げた。「ただし、いくらかがっかりさせなければなりません、シュペルリングさん。その仕事は臨時《りんじ》です。一時的なものです。まあ、それでも工場でまた仕事にありつけたことが重要ですからね。聞くところによれば、いろいろな配置がえがその工場で計画されているそうです。まあ、すべてまるくおさまるでしょう。ああ、腹痛《ふくつう》がする！じゃ、失礼します」

アーベントシュトゥントの胃にはアスパラガス・スープと半身のローストチキン、野ぢしゃ*2のサラダ、プラムのコンポート、ラム酒のプディング、それにピルゼン・ビール*3二本とブラック・コーヒーがつまっている。

「郵便局秘書官殿《ゆうびんきょくひしょかんどの》、どうぞまだお帰りにならないでください」

「いやいや、またこんど。あっ、そうだ、忘《わす》れるところだった！　おみやげをもってきたんです」

そういうと、アーベントシュトゥントはコートのポケットから一本のビンをひっぱりだした。

「食道楽のためのラズベリー・ジュースです」

心やさしいおじさんのような顔をして、アーベントシュトゥントはそのビンをテーブルの上においた。

思っていたほど悪いやつじゃないのかもしれない、そんな思いがエデの頭をかすめた。

「アーベントシュトゥントさん、このような無理をなさらないでください。これは、ご自分でお飲みになればいいのに」と、おかあさんも遠慮《えんりょ》した。

「家にまだ数本ありますから、どうぞ」とアーベントシュトゥントは答えた。「この一本はプレゼント用なのです。ネズミが中に落ちましたので。いつも家政婦のマリーにいっているのですがね。マリー、たえずフタをしっかりと閉《し》めておきなさいって。でも、彼女《かのじょ》はあまりいうことを聞いてくれません。いやになっちゃいますよ」

アーベントシュトゥントは自分のくちびるをかみしめた。それから山高帽《やまたかぼう》を少しあげて、だれとも握手《あくしゅ》もせずに、ドアからスタスタと出ていった。

「あんなものをおいていくなんて」と、リーゼがもんくをいった。「ひと口も飲まないから！」

「ぼくだって！　グロッシェンを受けとってやったのだって、ただ彼《かれ》を怒《おこ》らすためだったんだ」憎しみをこめてエデもいった。

「しっ、外で聞き耳を立てているかもしれない。もんくばかりもいってられなくなったぞ。なんたって、仕事を世話してくれたんだからな。いまはそれが重要だ」

労働意欲《いよく》満々になったおとうさんは、自分の口ひげをゆびでつかんでいる。「おかあさん、出かける用意をしなさい。『たくましいマックス』へくりだそう」

「すぐに気が大きくなるんだから」そういったおかあさんはいたずらっぽくほほえんだ。

「ほんとうは映画《えいが》館『スズメ』のほうがわたしはいいんだけど」

「よしわかった、それじゃ映画《えいが》館へいこう」おとうさんは、おかあさんといっしょに部屋の中を飛び歩いた。「映画《えいが》が終わってから『たくましいマックス』へいこう」

シュペルリング夫人は満足気にうなずいた。

「でも、夕ご飯のしたくをしなくちゃ」とおかあさんは思い出し、「ダメ、ダメ、やっぱりいけないわ」といった。

台所の手伝いをするのが大好きなエデが、「きょうはぼくがコックをやってもいいかな?」とねだった。「リーゼちゃんの好物、マッシュポテトと目玉焼きをつくるよ」

かん高い声で「それ、最高だわ」とリーゼがいった。

おかあさんもダメとはいえない状態《じょうたい》になった。

「はい、これ」と、おとうさんが子どもたちに五〇プッフェニヒずつをわたした。

「留守番《るすばん》をするほうびだ」とつけ加えた。

エデはあっけにとられた。

「ありがとう」エデはリーゼと二人で礼をいったが、二人ともまだ信じられないという顔だ。

シュペルリング夫人もかなりおどろいた顔をしている。おとうさんは自分自身の寛大《かんだい》な行ないに酔《よ》っているようで、決まり悪そうにせきをした。

「じゃ、いってくるわね」といって、おかあさんはリーゼとエデをだきしめた。「ちゃんとご飯を食べなさいよ」

「九時になったらベッドへ入るように」おとうさんが厳格《げんかく》にいった。

「いい子にしていなさいよ。リーゼ、あなたのほうが年上なんだから、気をつけなさいね。いたずらしちゃだめよ」

おとうさんは別れ際にきびしい顔をするつもりだったが、ほっぺたに口ひげがふれてむずがゆくなったので、自然に笑みがこみあげてきた。そして、「がんばれよ」といって、別れ際にリーゼとエデの肩《かた》をぽんとたたいた。

「おとうさんってなかなかすてきね」リーゼが、カラを割《わ》ったタマゴを二個フライパンに投げいれた。

もうじき八時になるが、二人は台所での作業をのんびりとこなしていた。ジャガイモをゆでる鍋《なべ》の前に立ったエデの両耳は熱気で熱くなっている。

「ふむ」とうなり、「あしたの朝、自動車で工場へいくとき、ぼくもいっしょにつれてってもらいたいな」といった。

「工場って、アーエーゲー社のことでしょう?」リーゼがいい直し、そしてかしこそうに頭をかしげた。

おどろいたエデの顔は青白くなった。それならマックセのおとうさんが働いてる工場じゃないか。ストライキがつづいてる工場で、だれも作業場に入らないようにクラブンデさんがピケ要員をしている工場じゃないか。そうすると、うちのおとうさんは? ダメだ、これは絶対《ぜったい》に阻止《そし》しなければ。こんなことをゆるしちゃいけない。でも、どうやって?

「リーゼちゃん、すぐにまた帰ってくるから」エデはその場をはなれようとした。「ぼくの分も食べてもいいからね。大急ぎでクラブンデさんのところへいってくるよ」

「いまごろになってそれに気づいたの？　きょうはわたしが責任者《せきにん》なんだから、いっちゃだめ！」

リーゼはきびしくいった。

「女の子はいつもこうなんだから」と、もんくをいってエデはリーゼに背《せ》を向けた。

「サッサと消えなさい！」リーゼは譲歩《じょうほ》した。「でも、おとうさんに見つからないようにね。そうでないとすごい剣幕《けんまく》で怒《おこ》られるからね！」

エデはかけ足でその場をさった。全速力で道路を走った。飛びはねて、土手を飛びこえた。

「ブッ、ブッ、ブッ」

猟師《りょうし》のような帽子《ぼうし》をかぶった太った男が、「気をつけろ！　このくそガキが！」と、走りさる車の中からさけんだ。

エデはようやく目的地に着いた。そして、すぐに階段《かいだん》をかけあがった。

マックセは興味《きょうみ》深そうに「家出か？」とたずねた。

「ちょっとよっただけだ。アーエーゲー社はどうなってる？」

「おまえ、新聞も読まないのか？」腹《はら》を立てたマックセが学者ぶった顔で聞いた。

エデは頭をゆらしながら、「読まない。子ども用の頁《ぺーじ》だけ」と答えた。

「もう新聞を読むべき年齢《ねんれい》だろうが」マックセはとてもえらそうにふるまった。

「きょう、おれがアーエーゲー社へいくと、大さわぎになっていた。緑の制服《せいふく》*4を着たやつらがそこらにいっぱいいいてな」

しびれを切らしたエデはマックセの話をさえぎった。「マックセ、すぐにうちへ帰らなきゃならない。ストライキはまだつづいているのか？」

マックセのおとうさんが割《わ》りこんできた。

「もちろんだ。さらに給料をへらされれば、もう生活できない。従業員《じゅうぎょういん》一三万人が！　これは大きなストライキだぞ、ほんとうに！」といった。

「ストライキはあとどれくらいつづくんですか、クラブンデさん？」

「われわれの要求が聞きいれられるまでだ。経営者側《けいえいしゃがわ》のおえらいさんたちは、すでに恐怖《きょうふ》でふるえているだろうよ。われわれはもう少しもちこたえる必要がある」

「わたしたちは失うものなんてどうせないんだから、あと数週間のひもじさだってがまんできるわ」クラブンデ夫人が口をはさんだ。

エデはとても不安になった。

「あのー、それで、大ぜいいるんですか？　その、その、ぼくがいいたいのは」エデは口ごもり、すぐに言葉を見つけることができなかった。

「ぼくが聞きたかったのは、ストライキなのに工場で働こうとする人は大ぜいいるのかってことです」

「残念ながらまだ何人かいるけど、われわれが工場へ入ろうとする裏切《うらぎ》り者を阻止《そし》している」といって、クラブンデさんは肩《かた》をすくめた。

「自家用車で乗りつけるやつらまでいるんでしょう、おとうさん？」マックセが不満げにいった。

「そんなやつらだって追っぱらうだけさ」笑顔《えがお》でふりかえったクラブンデさんは、こぶしをふりあげてみせた。

エデはゾッとした。体全体の血液が頭に逆流《ぎゃくりゅう》しているような気がした。いや、いまはいえない。はずかしすぎる。どうしてこうなったんだろう？　エデ自身にもそれはわからなかったが、彼《かれ》は急にクルッと向きを変え、おどろいているクラブンデ家の人たちを残して立ちさった。

時刻《じこく》はすでに九時、大変だ！　エデの頭はひどくガンガンしている。

全速力で家路を急ぎ、息を切らしながら自宅へもどった。幸いなことに両親はまだ外出先からもどっていない。エデが考えていることを両親がもし知ったなら……。

大急ぎで服をぬいだエデは、それをたたんでいすの上におき、毛布《もうふ》の下にもぐった。リーゼはすでに寝《ね》ている。まわりはまっくらだが、エデはベッドの中で聞き耳を立てた。そして、自分の考えを集中させた。とつぜん、入り口のドアのほうからガチャガチャという音がして、思いなやんでいるエデをビクッとさせた。両親が帰ってきたのだ。ベッドに横たわったエデは目を閉《と》じた。

「ぐっすりと寝《ね》ているわ」おかあさんが注意深くエデのまくらをととのえた。「きょう、あなたが五〇プッフェニヒをわたしたとき、エデは目をまん丸にしてたわね」

「自分の子どもだもの、やっぱり好きだよ。でも、それを表現《ひょうげん》するのが苦手だ」おとうさんは口ごもった。

エデはじっとしているのがむずかしかった。

「しっ、エデが」おとうさんがぶつぶつといった。

「だいじょうぶよ、ねむっているから。じゃあ、明日の四時に起こすわね」とおかあさんがいった。おとうさんは目覚まし時計をあわせ、ベッドに入ってナイトテーブルの明かりを消した。そして、「アーエーゲー社でどんな仕事にありつけるんだろう？」と、ひとりごとのようにつぶやいた。「アーエーゲー社の幹部はわたしになにを期待しているんだろう？　工場まで自動車でつれていってもらえるなんて。アーベントシュトゥントはわたしのことをよっぽど好意的に紹介《しょうかい》してくれたんだろうな」

「きょうの昼にあれだけ生意気なことをエデがいったのに、それでもわが家のことにこんなに気を配ってくださって。感謝《かんしゃ》しなくてはね。あなたも彼《かれ》をかなり怒《おこ》らせたし」おかあさんがいった。

「だいじょうぶさ。あの偽善《ぎぜん》的な五〇代男が、純粋《じゅんすい》な人類愛から四階までのぼってくるとは思えない。旋盤《せんばん》工として二〇年の経験《けいけん》があるわたしのような熟練《じゅくれん》工がほかに見つからなかったんだろう。仲介《ちゅうかい》者のアーベントシュトゥントは、経営者《けいえいしゃ》側から何らかの報酬《ほうしゅう》を得ているに決まってる」

「もしかしたらそうかもね。でも、それならきっと本雇《やと》いとして雇《やと》われるのではないかしら」といったおかあさんは大きなあくびをした。

「おやすみなさい！」

物音ひとつしない静けさがすぐに闇《やみ》夜を包んだ。エデ一人だけがまだ目を覚ましている。心配ごとのためになかなか寝つくことができない。彼《かれ》はすべてを理解《りかい》した。両親は世の中のことがわかっていないと、自分にいいきかせた。きっと、新聞の定期購読《こうどく》をやめたので、こういうことになったのだ。それを変えよう。明日から配達する新聞を一部両親にもわたそう。スト破《やぶ》り[*5]として利用され、そのために労働者たちからなぐられることになると、おとうさんを起こして教えるべきだろうか？

いや、そんなことはいえない。とんでもない。信じてもらえるかどうかもわからない。それに新聞配達をしていることがばれてしまう。エデはため息をついた。どうすればいいんだろう？　もうクラブンデさんを直視できなくなる。クラブンデさんが話していたとおりなんだ。団結《だんけつ》しなければならない、と話していた。絶対《ぜったい》にそうしなければならない、ともいっていた。

エデ・シュペルリングは、解決《かいけつ》しなくてはならない大きな課題に、その小さな頭をなやませた。腐《くさ》った魚の島の話をおとうさんがまだ理解《りかい》していないから。目覚まし時計のカチカチ音ばかりが聞こえ、時間だけがすぎていく。とつぜん、おとうさんが寝《ね》がえりをうち、毛布《もうふ》を自分のほうへひっぱって気もちよさそうにいびきをかきだした。

エデはベッドの中でそっとすわった。ベッドがきしんでミシミシと音をたてる。エデは恐《おそ》る恐《おそ》る目を見開いた。幸いなことにだれも物音には気づいていない。白いかけぶとんにくるまったおとうさんは、気もちよさそうに寝《ね》ている。大きな雪だるまのようだ。呼吸《こきゅう》をするたびに、ひげがふるえている。心臓《しんぞう》をドキドキさせながら、エデはおとうさんの足をまたいだ。そして、ベッドの横に立った。動くものは部屋になに一つない。エデはあわただしく目覚まし時計に手をのばして、瞬間的《しゅんかん》に《てき》そのベルを切った。

明日の朝、おとうさんが気づいたら大変なことになる！　もし目を覚ませば、それは不運を意味する！　でも、ほかの方法は思いうかばないので、こうするしかない。

エデは息を止めた。それから手探《てさぐ》りでそっとベッドへもどった。とてもつかれていた。エデの重いまぶたは自然に閉《と》じた。

［註釈《ちゅうしゃく》］

＊1 **『ローカル・アンツァイガー』**：一八八三年創刊《そうかん》の皇帝崇拝《こうていすうはい》・ドイツ国家主義《しゅぎ》的な保守系《ほしゅけい》新聞。連合軍指令によって一九四五年に発禁にされた。

＊2 **野ぢしゃ**：道ばたや土手などに群生する一年草。その葉をサラダに用いる。

＊3 **ピルゼン・ビール**：チェコ西部のプルゼミュ地方（ドイツ語地名はピルゼン）発祥《はっしょう》のビール。

＊4 **緑の制服《せいふく》**：警察《けいさつ》官のこと。

＊5 **スト破《やぶ》り**：ストライキに際して、経営者側について業務をつづける労働者、また経営者によって外部から連れてこられて働く労働者、つまりストライキを妨害《ぼうがい》する人員。

第6章

新しい友だちと新品の自転車

体育の授業《じゅぎょう》中、「きょうはウンクを訪《たず》ねにいくぞ」と、エデがマックセにうちあけた。下校中の二人は、ジプシーの家馬車が停まっている広場を目指して歩きつづけた。

マックセはその手に花束をもっている。かなり寒かったので、ときどきゆび先に温かい息を吹《ふ》きかけながら。

エデの手みやげは大きなハート型のプフェッファー・クーヘン[*1]で、ランドセルに入っている。薄《うす》い包み紙に注意深く包んで、学用品の上においてある。

とつぜんマックセが立ち止まって、ゆびをパシッと鳴らした。「エデ、市電八八番[*2]がくるぞ。これに乗っていこう。そうしないと新聞配達のアルバイトにおくれちまう」

二人は車道を走り、大急ぎで市電に飛び乗った。車両のすみの座席《ざせき》に腰《こし》かけた二人は、冷えきった手をすりあわせたので、じょじょに手足も温まってきた。

「アルバイトにいく前に、いったん家へもどらないと」エデが思い出して、自分のくちびるをかみしめた。「どうすればリーゼちゃんの自転車が借りられるだろう。まだ名案がぜんぜんうかばない。もしかしたら、彼女《かのじょ》は食後に自転車で散歩に出かけちゃうかも。そうしたらこっちはお手上げだ」

「たぶん、だいじょうぶだよ」マックセはエデを元気づけた。だが、さほど確信《かくしん》に満ちた表情《ひょうじょう》ではない。

「最新の笑い話、もう話したっけ?」とエデがマックセにたずねた。

「どんな?」

まずひと息いれたエデは、マックセがその話を聞きたそうにしているのをよろこんだ。そして、語りはじめた。「きのう、アーベントシュトゥントがまたわが家にやってきて、とうさんの仕事が見つかったと話したんだ。朝五時に自分の家の前で待っていなさい、アーエーゲー社の技師《ぎし》といっしょに、って」

おどろいたマックセは、「どういうことだよ」とエデの話をさえぎった。

「まあまあ、おれもわかってるから、最後まで話させろよ」エデは話しつづけた。「とにかく、アーエーゲー社の技師《ぎし》といっしょに工場へいけというんだ。それも自動車に乗って! 別に問題ないと思うし、とうさんに代わっておれもうれしい」

「バカか、おまえは?」マックセが怒《いか》りだした。

エデは反論《はんろん》を試みた。「ちょっと待て、あるいい考えがひらめいたんだ。聞いてくれ。勤勉《きんべん》な労働者だから工場側はどうしても自分を雇《やと》いたがっている、とうさんはそう信じてうたがわない。でも、とうさんが工場へいけば、そこでなぐられることになるだろう。おれはそれが心配だ」

「あたりまえじゃないか、おまえのおやじさんはやられる!」マックセは大声でさけび、興奮《こうふん》して自分の帽子《ぼうし》をさらに深くひきずりおろした。

「待てよ。エデ・シュペルリングは自分の父親がなぐりたおされるのをだまって見すごしたりはしない。きのうの晩、おまえの家を訪《たず》ねたよな。あのとき、急に勇気がなくなって、アーベントシュトゥントや自動車のことは話せなかったんだ。おれは大急ぎで家へもどって、ベッドで横になった。それからしばらくして両親が帰ってきた。そして、とうさんは目覚ましを四時にあわせた。五時にアーベントシュトゥントのところへこいっていわれたから、そうだろう？　やっととうさんが寝ついて部屋が静かになったとき、おれはベッドからぬけだして、目覚ましを止めた。どうだ？」

おどろいたマックセはあいた口がふさがらない。すべてを理解《りかい》できたとき、マックセは「すばらしい！　最高だ！」とさけんで大よろこびした。ちょうどそのとき車掌《しゃしょう》がきたので、マックセは「学生二枚」ときっぷを注文し、あまりのうれしさにその料金全額《ぜんがく》を自分のおこづかいから支払《しはら》った。せめてそれぐらいのことはしなくちゃならないと思ったのだ。

エデは満面の笑顔《えがお》だ。

「朝、おやじさんはなんていった？」

「なにも。おれの目覚めと同時に、とうさんは家を出た。たぶん、アーベントシュトゥントのところへ。昼に会うのが楽しみだ。そのとき、どんな結末になったか話してくれるだろう」

「あのいやらしいアーベントシュトゥントのうまい話に乗せられて、おまえのおやじさんはだまされてるんだ。事態《じたい》をよく説明してやれ。スト破《やぶ》りになりたいのか、って。くそったれ！」マックセは本気で怒《おこ》っている。

「まあまあ」とエデはなだめようとした。「そこまでいわなくても。とうさんだっていくらか学んだみたいだ。失業してからは以前のようにはいばり散らさなくなったし。自分がなにに利用されようとしているのか、そのうち彼《かれ》もわかるようになるさ」

「パンコウェア並木道《なみきみち》、パピーア通り」と車掌《しゃしょう》が停留所《ていりゅうじょ》をつげた。

「おっと、ここでおりなくちゃ！」

話に熱中していた二人は、あやうく乗りすごすところだった。大急ぎで市電から飛びおり、目的地へ向かった。パピーア通りの角を曲がったとき、マックセは「すんごい楽しみ」と本心をつぶやいた。

「ポニーやほかの馬も見られたらいいな。ワクワクする」

エデは四方八方を見まわした。ウンクのすがたはどこにも見当たらない。飲み屋の横をとおり、角を曲がると、そこに塀《へい》があった。せっかちな二人には、目的地は果てしなく遠いように感じられた。

「ここが四番地だ！」エデもマックセもその敷地《しきち》の中庭へかけこんだ。

「すごい、家馬車が三台も停まってる」興奮《こうふん》したマックセがさけび、「このうちのどれが、おれたちが目ざす家馬車なんだろう？　どうやったらわかるんだ？」とこぼした。

あたり一帯には、ひとっ子一人いない。ウンクがエデに説明した「小さな家」の前では、小さな男の子がただ一人、一方の足からもう一方の足へと交互《こうご》に飛びはねている。

とつぜん、馬車の中に人影《ひとかげ》が映《うつ》った。どこかのカーテンがあけられ、黒い瞳《ひとみ》が不信そうに二人の男の子を見つめている。ドアが開き、黒い皮製《せい》のゲートルをまいた足が見え、馬車に備《そな》えつけられた短いはしごのほうまでゆっくりと進んだ。それから二本目の足もあらわれ、乗馬用のムチと白黒もようのズボンが見えた。

「マックセ、あれを見ろ。これがウンクの家馬車にちがいない。あそこの緑色の！」正直にいえばエデもとても心細かったのだが、ほっとしてさけんだ。「窓《まど》のところに蹄鉄《ていてつ》とムチがかざってあるあの馬車だ。ウンクが説明したとおりだ。いこう！」

窓《まど》も煙突《えんとつ》もあって、タイヤつきの小さな家のように見える緑色の家馬車のほうへと、エデはマックセをひっぱっていった。

三段《だん》しかない小さなはしごをのぼったエデは、入り口のドアをノックした。

応答《おうとう》はなかった。

「だれかいればいいのに」

馬が走るパカパカという足音のように、エデの心臓《しんぞう》はドキドキとはげしく鼓動《こどう》している。ドアを押《お》しあけ、凍《こお》りついたように立ちすくんでいる、と、ウンクのおばあさんがそこに立っているではないか。白ネコのブラッピを肩《かた》にのせ、うでには赤ちゃんをだき、口にパイプをくわえて！　ネコのブラッピは気もちよさそうにのどをゴロゴロと鳴らしている。帽子《ぼうし》を手にしたエデは、それをグルグルと回した。気まずくなったとき、手元に帽子《ぼうし》があればエデがいつもやるクセだ。あいさつをするのも忘《わす》れるところだった。エデがはしごの上で立ち止まっているので、後ろのマックセが先へ進めなくなり、エデをかるく押《お》したのでエデは前へ一歩ほどよろめいた。そしてやっとわれにかえった。おばあさんは笑顔《えがお》だ。帽子《ぼうし》を横においたエデは、自分の手をおばあさんに差しだし、友人を紹介《しょうかい》した。

思案顔のおばあさんは、髪《かみ》かざり用のヘアピンで頭をかきながら、「坊《ぼう》やたち、ちょっとお待ち。

すぐにウンクをよんでくるから。見つかればいいんだけど」そういって、屋外へ走りだした。

目を丸くしているマックセは、「びっくりの連続で腰《こし》がぬけそう」といった。「うちと同じように鉢植《はちう》えの草花までかざってあるぞ」エデの目はサーチライトのように馬車の内部を見まわした。ちっぽけなストーヴ、小さなテーブル、二脚《きゃく》のいす、幅《はば》のせまいベッドが一台、窓《まど》にはボロボロのゆりいすがある。好奇心旺盛《こうきしんおうせい》なエデは、すぐにそのゆりいすにすわってみた。上下にゆり動かしたので、家馬車そのものもゆれだし、天井からつりさがった青いすすけた石油ランプもゆらゆらとゆれ、目を覚ましたハエたちが腹《はら》立たしそうに飛びまわった。

ゆりいすにすわったエデは、そこからすべてを見まわすことができた。裸のアフリカ人の人形がベッドの上におかれている。ベッドの横におかれた洋服ダンスの上には、山高帽《やまたかぼう》にステッキをもつチャーリー・チャップリン*3の写真があった。

石膏《せっこう》でできた踊《おど》る少女の像がその横におかれているが、その頭は残念ながらもげている。赤白縞模様《しまもよう》の寝具《しんぐ》。

「マックセ、おれはこの部屋が気に入った」

「でも、ずいぶん小さいな」

ドタバタと足音が聞こえたかと思ったその瞬間《しゅんかん》、急に一族の人たちがあらわれた。だが、全員がせまい家馬車の中にせいぞろいできたのが不思議なくらいだ。おばあさんと、エデのすがたを目にしたとたんに歓声《かんせい》をあげたウンク、二人の男の子と、さっき目にした黒い皮製《せい》のゲートルをまいた男。エデは自分の目をうたがったが、その男の左耳には金の耳かざりが刺《さ》さっていた。じっと興味《きょうみ》深そうにまわりを見まわしている黄色の皮製帽子《せいぼうし》をかぶった小さな女の子、エデの帽子《ぼうし》をふみつけながら足をひきずり馬車内を移動《いどう》する小さな男の子。たぶんその子がハインリヒだろう。心配そうにエデは自分の帽子《ぼうし》に目をやったものの、ひと言も発することはできなかった。「子どもにはおもちゃが必要だ」と自分自身を納得《なっとく》させた。もちろん、本心はおだやかではなかったが。

「こちらがエデよ」ウンクは自分のボーイフレンドを紹介《しょうかい》した。「こっちがきっとマックセね。こんにちは、よくきてくれたわね。手紙もありがとう」

「とどいたの？」二人は同時に声をあげた。

「とどかないって思ってたの？」

「切手のせいで……」とエデが口ごもった。

「遠慮《えんりょ》せずに白状《はくじょう》すればいいじゃないか。おれたち二人ともお金がなかったから、切手をはる代わりに封筒《ふうとう》につばをぬりつけただけなんだ。おれはいつもそうしている。でも、手紙はちゃんととどく」

感激《かんげき》したウンクは、「あんたたちって変わり者ね」と大よろこびした。そして、一同が大笑い。タバコを口にくわえてマッチをすった――読者のみなさんが信じようが信じまいがそれが事実――小さなハインリヒは、手にやけどをしてからはじめてタバコに火を点《つ》けるのを忘《わす》れていたことに気づいた。

黒い皮製《せい》のゲートルをまいた男――それこそがヌッキおじさん――は切手の件《けん》にいたく感銘《かんめい》し、二人の男の子にタバコをすすめた。でも、二人はそのさそいを固くことわり、タバコをすわなかった。そして、ヌッキはタバコを満足そうにまた自分の耳の後ろにはさんだ。

そのとき、ヌッキおじさんのこぶしに青い絵が描かれていることにエデは気づいた。そして、マックセをつついた。マックセもエデをつっつきかえした。ヌッキおじさんがそれに気づき、「刺青《いれずみ》だ。あらっても落ちない正真正銘《しょうしんしょうめい》の彫《ほ》り物だ」といった。

ヌッキは青い絵につばをかけ、手でこすってみせた。だが、その絵は消えなかった。

「その絵を見せてもらえますか?」とエデが聞いた。

「どうぞ、遠慮《えんりょ》なく」ヌッキおじさんは、自分の手を二人のほうへ差しだした。「ふつうは観賞代として六プッフェニヒもらってるけど、きみたちはロハでいい」

エデはその刺青《いれずみ》をじっくりと観察した。親ゆびから小ゆびのほうへ向かって飛んでいる、くちばしに赤い手紙をはさんだ青い伝書鳩《でんしょばと》の彫《ほ》り物だ。「すばらしい」マックセも感心した。敬意《けいい》を示そうとして、エデはぬけている歯のところから空気をいきおいよくシュッと吹《ふ》きだした。

「鳩《はと》の片方《かたほう》のつばさが小さすぎるのは、腹《はら》立たしいけど」ヌッキおじさんはもんくをいい、顔をゆがめた。たぶん、その伝書鳩《でんしょばと》の彫《ほ》り物をとても自慢《じまん》に思っているのを悟《さと》られたくなかったのだろう。「皇帝《こうてい》ウィルヘルム*4の彫《ほ》り物もある」と自慢《じまん》したヌッキは、ズボンをおろしたがっているみたいで、サスペンダーをさわっている。

「このいたずら小僧《こぞう》が!　若《わか》い男の子にそんなぶざまなものは見せられないでしょう」とおばあさんが怒《おこ》った。いたずら小僧《こぞう》はどんなに若《わか》く見積もったところで四〇歳《さい》の年齢《ねんれい》に達していたが、ききわけのいい少年のようにサスペンダーをまたもとにもどした。でも、納得《なっとく》していないのが、エデにもよくわかった。

「ほかの人たちはどこにいるんですか？」とマックセがたずねた。

「おかあさんのトゥラントは行商に出ているわ」ウンクが報告《ほうこく》した。「ファイニとパヤザは学校。カウラはおたふくかぜになったから、ほかの家馬車で休んでるの」

思いやりがあるエデは、納得《なっとく》したという意味をこめて頭を上下にふった。

「もう獣医《じゅうい》さんはよんだの？」とエデは聞いた。

そこにいる全員が爆笑《ばくしょう》した。

「子どもがかかる病気じゃないか」マックセはエデに代わってはずかしい思いをした。

口笛が聞こえ、小さな荒っぽい人物が、手すりにつかまることもなくいっきに三段《だん》のはしごを飛びあがって室内に入ってきた。

「きみにもできるかな？」とエデをやさしくつついたのは、いま飛びこんできたシェーフヘンだ。

「できません」エデは小声で答えた。

「サーカスで働いてるんだ」自己紹介《じこしょうかい》したシェーフヘンは、ほかの人たちを押《お》しのけたので、家馬車の壁《かべ》がこわれはしないかと心配したが、シェーフヘンはとても長い逆立《さかだ》ちをやってみせた。

シェーフヘンの上着のポケットから白いなにかが飛びだし、エデの体をよじのぼった。

エデは悲鳴をあげて、体をはたいた。またみんなが大笑い。一番笑ったのはシェーフヘンの父親のヌッキおじさんだ。

また二本足にもどったシェーフヘンは、体をそらせながら笑いが止まらない。いたずら小僧《こぞう》っぽいその顔の鼻の穴《あな》と、大きなまっ白い前歯だけが見えている。

「ただのハツカネズミじゃないか」エデを落ちつかせようと、そのペットをエデのシャツからとりだして、なにごともなかったように自分の胸《むね》ポケットへとしまいこんだ。

エデは、ここではなにが起ころうともおどろかないと決心した。

「若《わか》い男の子たちがきているというのに、なんて見苦しいかっこうをしているの」とおばあさんが機嫌《きげん》の悪い声をあげて、シェーフヘンをゆさぶった。「あんたの帽子《ぼうし》はどこ?」

シェーフヘンはもはやサーカスの芸人ではなく、ただのおさない男の子のようだ。泣き顔で「どこにあるかわからないよ、おばあさま」といった。

「それならこれをかぶりなさい」たなからむぎわら帽《ぼう》をおろしたおばあさんは、ほこりを吹《ふ》きはらってシェーフヘンの頭へのせた。

「これ、ぼくには小さすぎるよ」シェーフヘンはもんくをいった。「それに女の子用の帽子《ぼうし》だし、かんべんしてよ」

「じゃあ、少なくとも手でもっていなさい」きびしい顔つきでおばあさんはいった。シェーフヘンはいわれたとおりにその帽子《ぼうし》を手にもった。

馬車内は、アリ一ぴき出入りするすきまもないほどにこみあっていたので、もうだれかが入る場所はないだろう。でも、そのときドアが開いて、トゥラントが帰ってきた。ゆれるような静かな歩調でウンクに近づき、だきしめた。

ウンクは「ダヤ・マンガル・ゴディウィシュ・ワス?」*5と母親にたずねた。

「あまり」と答えたトゥラントは、ため息まじりでかばんをあけた。「小銭《こぜに》をかせぐのに、どれだけ走りまわらなけりゃならないことか」

「行商でもうけがあったのかって、おかあさんにたずねたの」とウンクが説明し、二人の男の子を母親に紹介《しょうかい》した。「この二人、お友だちなの。こちらがエデ。こっちがマックセで、きょう知りあったところよ」

読者のみなさん、トゥラントがいくつぐらいの年齢《ねんれい》か*6、想像《そうぞう》できますか？　彼女《かのじょ》はまだ若《わか》く、かわいらしいよそおいです。いまは仕事帰りでつかれているので、血色の悪い顔をしていますが。エデは彼女《かのじょ》を美人だと思いました。トゥラントがエデの髪《かみ》の毛をなでてくれたので、とても幸せな気分になりました。

「ウンク、なんてひどいかっこうをしているの？」とトゥラントが娘《むすめ》にいった。「きょうは、まだ一度も髪《かみ》の毛をといていないんじゃない？　そんなあなたを見てお友だちはどう思うかしら？」

「これは失礼しました。きょうは学校が休みだったので、気をぬいてしまったの」とウンクがあやまった。

そのときエデは、自分とマックセのことを、ウンクがずっと待っていたことに気づいた。

全員でテーブルを囲んで腰《こし》かけた。おばあさんはいつも用意周到《しゅうとう》だ。コーヒーが注がれたカップからは湯気が立ちのぼっている。エデはハート型のプフェッファー・クーヘンをテーブルの上においた。マックセがもってきた花束を生けるため、ウンクはガラスびんをその横においた。シェーフヘンと黄色の皮製帽子《せいぼうし》をかぶった小さな女の子のすわる場所がテーブルのまわりにはなかったので、床《ゆか》にあぐらをかいてコーヒーを飲んでいる。ネコのブラッビは気もちよさそうにおばあさんのひざの上で寝《ね》そべっている。「ヌッキ、二人の男の子にギターでなにか弾《ひ》いてやってよ」とウンクがたのんだ。

「ヌッキさん、ぜひお願いします」マックセとエデも必死にたのんだ。

熱心にヌッキにたのんだおかげで、ヌッキもついに折れ、ギターで数曲のジプシーのメロディーが演奏《えんそう》された。マックセとエデをのぞいた全員が、それにあわせて歌をうたった。二人は耳にしたことがない曲だった。悲しい曲のときは全員が涙声《なみだごえ》になった。楽しい曲のときはシェーフヘンがゆびでくちびるを鳴らした。「これスペインくちびるっていうのよ」ウンクが二人の客に説明した。エデはそれがとても気に入ったので、なるべく早く自分もできるようになりたいと思った。

「でも、かなりむずかしいのよ」とウンクがささやいた。

歌い終わると、一時、静けさが馬車内にもどった。床《ゆか》に飛びおりたネコのブラッビは、はしごを用心深くそっとおりて、狩《か》りに出かけた。

「ヌッキはギターが上手だこと」おばあさんが四〇歳《さい》のいたずら小僧《こぞう》をほめ、涙《なみだ》をぬぐった。

ほめられて大よろこびしたヌッキは、自分の太ももをたたいたので、パシッという大きな音がひびいた。

興奮《こうふん》のために、ウンクはまだコーヒーをひと口も飲んでいなかったので、「ウンク、早くお飲み」とトゥラントが娘《むすめ》をうながした。

幼いハインリヒまでが「心配をかける女の子だ」とため息をつき、自分のコーヒーをいっきに飲みほした。

「このチビ、いまなんていったの？」ウンクがおどろいていった。

ムッとしたハインリヒは、「なにがチビだ。市電に乗ったらちゃんと子ども料金を払《はら》わされるんだぞ」とウンクにかみついた。

エデは口達者な小さな男の子にあっけにとられた。

「馬を見せていただけますか？」

「あたりまえよ、ついてらっしゃい」

飛びあがったウンクは、二人の男の子と中庭を走りぬけた。

たがいに相手をやさしく嗅《か》ぎあいながら、二頭の馬が家畜《かちく》小屋の前に立っていた。「これがロッテで、これがエルナよ」ウンクは二人に説明した。子どもを見た二頭の馬はおどろき、いままでやっていた行動を中断《ちゅうだん》した。

「シャバッティはここにいないの？」とエデが聞いた。

「小屋の中にいるわ。ついてきて」

ただ一ぴき、さびしそうに小屋に立っているポニーは、子どもたちをぼんやりと見た。ハエがブンブンと飛びかっていて、ときどき耳をビクッと動かしている。パンの切れはしを口にはさんだウンクは、それをシャバッティにあたえた。ポニーはそのくちびるを前に突きだし、恐《おそ》る恐《おそ》るパンにかみついてからクシャクシャのタテガミをふった。

最初はびくつきながらポニーをなでていたエデも、あとからその毛皮を力強くなでさすった。

「乗馬したい？」ウンクがエデにたずねた。

「乗せてくれたら最高！」エデはよろこんだ。もっとも、少し恐《こわ》い気もちもあった。「馬に落とされないかな？　馬に乗ったことはまだ一度もないんだ」

「乗馬ははじめてなの？」信じられないという顔でウンクが聞いた。「じゃあ、わたしもいっしょに乗ったほうがよさそうね」

「ウンク、ぼくも乗せてよ」マックセも夢中《むちゅう》になってたのんだ。

「いいわよ。でもエデが先ね」シャバッティを小屋からつれだし、その上にウンクが乗った。マックセが手であぶみのかたちをつくり、それを利用してエデはじっと待っているポニーのウンクの前に乗った。

ウンクが「進め」とかけ声をかけると、シャバッティはすぐに歩きはじめた。でも、数歩進んだだけですねて歩かなくなり、エデは自分の恐怖心《きょうふしん》をおおいかくすように大声で笑った。ウンクがポニーの横腹《ばら》をかるくけると、シャバッティはまたぎょうぎよく歩きだした。

それからマックセも、ウンクといっしょに中庭で乗馬した。マックセは家から角ざとうをもってきていた。乗せてくれたお礼の印に、二人の男の子はシャバッティにさとうをあげた。

一二時の時報《じほう》がひびいた。

「残念だけど、ぼく、もう帰らなくちゃ」エデが思い出していった。そして、マックセにも急ぐようにうながした。

二人は緑色の家馬車のほうへと走っていった。おどろいているウンクがあとからついていったが、二人はもう馬のほうをふりかえる余裕《よゆう》すらなかった。

おばあさんは笑顔《えがお》で「おもしろかったかい？」と二人にたずねた。

「とっても楽しかったです。でも、もう大急ぎで帰らなければいけません」エデは息をつく間もなくお礼の言葉を伝えた。

「なにをそんなに急いでいるのよ？　なにか秘密《ひみつ》でもあるの？」と、ウンクが不平をいった。

そこまでいわれると、エデはもうだまっていられなくなって、急いでウンクにこれまでのことを報告《ほうこく》した。「ぼくのとうさん失業者になっただろ。だから、新聞配達のアルバイトをすることにしたんだ」

ウンクは「ブラヴァ・チャブ」といったが、それが「いい男の子」を意味するとエデにはすぐにわかった。

「おれたちも仕事がないんだ」ヌッキは肩《かた》をすくめ、「来月の家賃《やちん》をどうやって払《はら》えばいいのか。家馬車は、中庭においで家畜《かちく》小屋を使わせてもらうだけで、月に二〇マルクも払《はら》わなけりゃならないんだ」といった。

「払《はら》えなかったらここから移動《いどう》しなくちゃ」皮製《せい》の帽子《ぼうし》をかぶった女の子が話したが、彼女《かのじょ》が口を開いたのはそれがはじめてだった。

「次に移動《いどう》するときには天国へいくよ」おばあさんがため息をついた。

一同全員がため息をつき、暗い顔になった。

「まあ、お金さえもうかれば、苦労もいっぺんに吹《ふ》きとびますよ」確信《かくしん》に満ちた顔でエデがいった。

「お坊《ぼっ》ちゃん、新聞配達だけじゃそれほどもうからないよ。ここでは何人も食べさせなくちゃならないし。ほんとにいやになるよ」おばあさんがぐちをこぼした。

「そうだ、ぼくは自転車ももっていないんだった。自転車がなければ新聞配達もひと苦労だ」エデはつぶやいた。

「分割払《ぶんかつばら》いで自転車を買ったらどうだ?」とヌッキが提案《ていあん》した。「頭金五マルクを払《はら》えばだいじょうぶのはずだ」

あきらめ気分のエデは「それだけのお金が貯金できる前に死んじゃうよ」といった。「二時間後には新聞配達をはじめなければならないのに」

そこにいた全員が同情《どうじょう》的な顔をした。

「ここにある一ターラーをもっていけ」小さなハインリヒが、エデにボタン一個を手わたした。

それを見た全員が笑ったので、小さなハインリヒは泣きだした。

大急ぎで別れのあいさつをしたエデとマックセは、近いうちにまた訪問《ほうもん》すると約束した。ウンクはとちゅうまで二人をおくった。

エデがウンクに別れの握手《あくしゅ》をしようとしたとき、彼女《かのじょ》はいわくありげな顔で「見て」といった。

「クッチュ・マミ、[*7]五マルクもある。おじょうさん、こんな大金どうやって手に入れたのさ?」

「そんなのわたしの勝手でしょ! でも、どうしても知りたいなら教えてあげる。動物園にエサ用のクリを売っているの。まあ、いいたかったことは、これあげる! 自転車の頭金に使って」

「だめ、だめ、そんなのだめだよ」エデはウンクの申し出をこばんだ。

「ありがとうと礼をいって、さっさとポケットにしまえよ」とマックセが怒《おこ》った。「だまって受けとって」とウンクもたのんだ。「そうじゃないと、あんたを郵便ポストにほうりこんでやるから。受取人も差出人も書かずにね。わかった？」

エデはよろこびの笑顔《えがお》。

「いつ返せばいいの？」

「返せるときでいいわ。もちろん利子もつけてよ。当然でしょ。よければきょうの新聞配達にわたしもついていくわ」

「わあい」エデは歓声《かんせい》をあげた。「二時に給水塔《きゅうすいとう》のところでね」

「決定！」

エデは腹《はら》ペコになっていたので先を急いだ。

昼食後、エデはリーゼを廊下《ろうか》のすみへひっぱっていき、「リーゼちゃん、いまから話すことをないしょにできる？」と小声で聞いた。「しっ、両親に気づかれないようにしないと。いまから自転車屋にいっしょにきてくれる？　自転車を月賦《げっぷ》で買うつもりなんだ」

「そんなの無理に決まってるじゃない」リーゼはエデを笑いとばした。「現金《げんきん》つきおまけのあるタダの自転車でも買うつもり？」

「そうじゃないよ。ぼくを信じて」とエデはきっぱりといった。「とにかく急いで。二時から新聞配達があるんだ。その仕事をきょうからはじめるんだよ」と姉にうちあけた。

「ほんとにそんなことするの？」

「ちかって、ほんとうだよ」

リーゼは目を丸くした。「おどろいた。ちょっとすわらせて。おとうさんに気づかれないようにしなくちゃだめよ。ものすごく怒《おこ》られるから」

「おとうさんのもんくだって、すぐにおさまるさ」といったエデは、とても大人になった気分だった。「お金を見れば怒《おこ》ることだって忘《わす》れちゃうに決まってるよ」

「そうかもね」と、リーゼも納得《なっとく》したようすだ。「アーベントシュトゥントが紹介《しょうかい》してくれた仕事の話もだめになったようだし。だって、そうでなきゃ昼間から家にいて、あんなに機嫌《きげん》が悪いはずないもの」

「そうかもね」とエデはいいかけたが、目覚まし時計のことも、ストライキのことも、リーゼが知らないのを思い出して口をつぐんだ。

「さあ、これからどうなるのかしら」リーゼは心配顔でいって、片方《かたほう》のくつ下だけで部屋を飛びはねた。「頭金を払《はら》えなければ、自転車屋のカルワイトさんは自転車を売ってくれないわよ」

「早とちりしないでよ」エデは自慢《じまん》そうにウンクにもらった五マルクをポケットからひっぱりだした。

それを見たリーゼは、信じられないという顔をした。

「そんな大金をどうやって手に入れたの？」

「ウンクというジプシーの女の子にもらったんだ」

「へえー」といいつつ、リーゼは、そんな話は信用できないというふうに顔をゆがめた。

「まあ、信じてくれなくてもいいよ。彼女《かのじょ》からの寄付金《きふ》だ。今朝、マックセといっしょにジプシーたちの家馬車へいったんだ。マックセに聞けばわかるよ。おばあさんがいてコーヒーまでごちそうしてくれた。びっくりした？」

「昼食の前に？」リーゼはおどろきをかくせなかった。

「そうだよ。大ぜいの人がいて、みんなでコーヒーを飲んだんだ」とエデは報告《ほうこく》した。「それに音楽の演奏《えんそう》まであったんだよ」

「居心地《いごこち》の良さそうなところなのね」とリーゼはうらやましそうにいった。「美容院《びよういん》の仕事があったから、なにも知らなかったわ」

「つぎはいっしょにきたらいいよ」エデが気前よくいった。「でもとにかくいまは急いで、おじょうさん！」

「吸《す》いさし葉巻《はまき》のときみたいにビンタを食らわないように気をつけなさいよ」リーゼは忠告《ちゅうこく》しながら、悲しそうに自分のほおにふれた。「それにお金だって足りないわ。最低でもカルワイトさんは二〇マルクの頭金を要求するはずよ」

自信たっぷりのエデは、「まあ、だいじょうぶだろう」といった。「さあ、いこう、お姉ちゃん」

「いけばあんたにもわかるでしょうよ。あたしがいったとおり、そんな頭金じゃ無理だってことが」とリーゼは弟をいましめた。それを無視《むし》したエデは、姉を追いたてるように階段《かいだん》をかけおりた。

リーゼは自分の自転車を地下室へとりにいき、エデはその後部座席に乗った。二人は猛《もう》スピードで自転車屋へと向かった。

カルワイト自転車店のドアをエデがあけると、けたたましいベルが鳴りひびき、暗い顔をした頭でっかちの店主、カルワイトさんが、青い作業着を身につけて、ゆっくりと二階からおりてきた。

「いらっしゃい。ご希望は?」と声をかけて、自転車屋はトリ肉の骨をかじりつづけた。

またもや自分の帽子《ぼうし》を手で回しているエデは、ひと言も発することができない。

ふくれ面をしたリーゼが、「カルワイトさん、わたしです。あなたのお店で自転車を月賦《げっぷ》で買ったリーゼ・シュペルリングです。お忘《わす》れですか?」といった。

「あっ、そうか、こんにちは」とぶつぶついって、カルワイトさんは舌を使って歯にはさまったトリ肉をとりだした。

「シュペルリングさん、どんなご用事で当店にいらしたのですか?」

「新しいお客をつれてきました」と、リーゼは自信あり気にいった。「弟のエデです。頭金として五マルク払《はら》うといっています」

「頭金五マルク?」小ばかにしたような笑いをカルワイトさんはうかべた。「ご冗談《じょうだん》でしょう? 売値《うりね》の四分の一が頭金です。それ以下の頭金では売りません」

エデの期待はいっぺんに消えうせた。

「弟は新聞配達の仕事をはじめましたので、決まった収入《しゅうにゅう》があります」と、リーゼは自転車屋を説得《せっとく》しはじめた。「そのためにも一級の自転車が必要なのです」

自分の店をほこりにしているカルワイトさんは、「当店では最高の自転車しか売っていません」と得意顔でいった。「見てください。どれも一級の自転車ばかりです」

エデは切ない顔で自転車のほうをちらっと見た。

すてきなピカピカの自転車が何台もならべられている。幸せな購入者《こうにゅう》を待っているようだ。

天井からつるされた自転車まである。

「おたくで買った自転車は最高です、カルワイトさん。それで散歩に出かけると、道ゆく人たちがうらやましそうにふりかえるんです」と、リーゼはお世辞をいった。「同僚《どうりょう》のズーゼも同じような自転車をほしがっています。彼女《かのじょ》のお父さまにお伝えしたんですよ。トールマンさん、娘《むすめ》さんにもし自転車を買ってさしあげるときは、ぜひカルワイト自転車店をご利用くださいって」

「それはすばらしい」とカルワイトさんはさけんだ。「トールマン？　トールマン？　もしかしてボエットゲル通りにお住まいのパウル・トールマンさんのことですか？」カルワイトさんはまゆ毛をつりあげて、シャーロック・ホームズのような面持《おもも》ちになった。

「パウルというお名前なのかどうかは知りません。でも、ボエットゲル通りにお住まいなのはたしかです。ボエットゲル通り七番地の、お庭のあるおたくです」

「シュペルリングさん、では弟さんの頭金の件《けん》、いくらか大目に見ましょう。でも、月賦《げっぷ》はきちっと払《はら》ってもらわないとこまりますよ」

カルワイトさんはエデのほうへ目を走らせた。

とっさにエデの口から「心配ご無用」という言葉が飛びだした。

この無礼な言葉に対して、笑うべきか、怒《おこ》るべきか、カルワイトさんには判断《はんだん》がつかなかった。リーゼはエデの頭をかるくたたいた。

「ぼくがいおうとしたのは、心配なさらずに、夜はどうぞゆっくりお休みください、ということだったのです、カルワイトさん」エデは自分の発言を修正《しゅうせい》し、深くおじぎをした。

「もうわかったよ、若《わか》いお客さん」

自転車屋はきさくにエデの肩《かた》をたたいた。

「こっちへきなさい。この自転車などおすすめですよ。日曜日にしか自転車に乗らないような人のための自転車ではありません。汗《あせ》をかくこともなく、六日間レース*8にだって出場できますよ」真剣《しんけん》な顔つきでカルワイトさんはそういった。

長めのしっかりとしたハンドルが低い位置についた自転車だ。その横に立って、エデはうっとりしている。ショーウィンドウから差しこむ太陽の光が反射して、自転車のスポークがキラキラと光っている。

試しにベルを鳴らしてみたエデは、「ぼくの望みどおりの自転車だよ」とリーゼにささやいた。

「お値段《ねだん》はどれくらいですか？」と、リーゼがたずねた。

「逆《ぎゃく》ふみブレーキに手動ブレーキ、工具入れ、二重塗料《とりょう》の泥《どろ》よけ、照明器具などすべてが完備《かんび》した自転車ですので、値段《ねだん》は一一〇マルク」カルワイトさんは平然とそう答えた。

「一一〇！」エデは卒倒《そっとう》しそうになった。顔がまっ白になり、自分のおどろきをかくそうとしてにぎっている帽子《ぼうし》をくしゃくしゃにしている。

エデが値段《ねだん》を聞いておどろいたことに腹《はら》を立てたようなカルワイトさんは、「一一〇」とくりかした。「毎月の月賦《げっぷ》は一五マルク」

「毎月一五マルクですか?」エデは悲しそうにいった。「残念ながらその金額《きんがく》はぼくには払《はら》えません」

どうやらこの商売を逃したくないらしいカルワイトさんは、「では、月々一〇マルクでいかがでしょうか」と譲歩《じょうほ》した。「それ以上安くはできませんが。若《わか》いお客さん、それも払《はら》えないのなら、子ども用のキックスクーターでもお買いになったほうがいいでしょう。頭にたたきこんでいただきたいのは、当店のほうから月賦《げっぷ》のお支払《しはら》いを求めることはしません。お客さまが毎月一日に月賦《げっぷ》をきっちり払《はら》われないような場合には、自転車は没収《ぼっしゅう》されます。いままでの払《はら》いこみ金の払《はら》いもどしもしません。毎月初日に一〇マルクです。かなり妥協《だきょう》させていただいたと思いますが?」

「わかりました」リーゼは、エデに五マルクをわたした。

よろこびのあまりエデは、歯ぬけのすきまから痰《たん》つぼにうまくつばをはいてみせて、カルワイトさんの右手と握手《あくしゅ》した。商談は成立した。

「よかった。リーゼちゃん、ありがとう」

自転車の新しい所有者になったエデは、すぐに試し乗りをしてみた。カルワイト自転車店の前を何度も左へ右へと走ってみた。たしかに最高の自転車だ。何度も自転車のベルを鳴らしながら、自転車にさっそうと飛び乗ったり、飛びおりたりする自分のすがたを、エデはショーウィンドウに映《うつ》してみた。

「ここに一〇マルクあります、カルワイトさん」

契約書にサインをしたエデは、領収書《りょうしゅう》を受けとった。

「すばらしい自転車ね」とリーゼもほめてくれた。「ありがとうございました、カルワイトさん。では、また」

「さようなら、シュペルリングさんのおじょうさん。あっ、ついでにお話ししておきますが、お友だちのズーゼさんはクリスマスに自転車をプレゼントされますよ。でも、これはここだけの秘密《ひみつ》です」

かしこいエデは「あっ、そうか」と、気がついた。自転車屋のおやじさんはすでに分割払《ぶんかつばら》いの初回分の払《はら》いこみを受けとったのだと。

「シュペルリングさんのおじょうさん、さようなら。若《わか》いお客さんも。幸運をいのります」

「その言葉、お返しします！」とさけんだエデは、上体をかがめて自転車に飛び乗り、全力でペダルをこいだ。


【註釈《ちゅうしゃく》】

＊1　プフェッファー・クーヘン：より一般的なドイツ語名はレープ・クーヘン。しょうがや糖蜜《とうみつ》、シナモンなどの香辛料を使ったクッキー。

＊2　市電八八番線：ベルリン市北東のシェーン・アイへとリュダス・ドルフのあいだを結ぶ全長一四キ

ロの市電。

＊3　チャーリー・チャップリン：「喜劇王《きげき》」の異名《いみょう》をもつイギリス生まれの映画俳優《えいがはいゆう》で、多くの喜劇《きげき》作品を自作自演した。母親ハンナ・チャップリンは、芸名をリリ・ハーリーというダンサーで歌手だったが、イギリス・ロマ（ロマニチャル）の家系という。

＊4　皇帝《こうてい》ウィルヘルム：一八八八年から一九一八年まで在位《ざいい》したドイツ最後の皇帝《こうてい》、ウィルヘルム二世のことを指すと思われる。

＊5　ダヤ・マンガル・ゴディウィシュ・ワス？（Daja mangal godiwisch was?）：「行商はもうかった？」の意。なお、オーストリア・スィンティに確認《かくにん》したところ、語彙《ごい》がいくらか異《こと》なった。ダヨ・マンガル・ゴ・ディウェス・チュモニ（Dajo mangal go diwes tschumoni）。

＊6　一九〇三年生まれのトゥラントは一七歳《さい》でウンクを生んだので、当時は二七歳《さい》くらい。

＊7　クッチュ・マミ（Kutsch Mami!）：「最愛のおばあさん」を意味するスィンティ語の悪態《あくたい》。

＊8　六日間レース：六日間の自転車ロードレース。ベルリンで第一回目の六日間レースが開かれたのは一九〇九年で、現在までつづいている。

第7章

救世主、ヌッキおじさん

新品で一級品の自転車に乗ったエデがウンクのところへやってきたとき、ウンクは「あいた口がふさがらないわ、すごい！」と、あっけにとられつつも、とてもよろこんだ。

有頂天《うちょうてん》になったエデは、軽業師《かるわざし》のように自転車から飛びおりた。

「フレームのここ、トップチューブにおすわりよ」そういってエデは、ガールフレンドに自転車に同乗するようにやさしくすすめた。

新品の二輪車をウンクはこと細かく観察した。「とびきり最高の自転車じゃない！　これに乗ってるところを写真にとってもらいなさいよ。すばらしいわ！　ペダルをこいで、エデ」

エデはしっかりとハンドルをにぎり、ウンクをフレームの横棒《ぼう》に乗せた。いざ出発！　集配会社へと自転車を一目散に走らせた。

「ちょっと待っててね。ぼくがいないあいだ、自転車の番をしててくれるかい？　お願い」といったエデは、「配達する新聞をとってくるだけだから、すぐにもどるよ」と鼻息あらくいった。

「わかったわ」ウンクは二人がつれであることがだれの目にも明らかになるように、エデのニッケル製《せい》自転車のすぐ横に鼻高だかなようすで立っていた。集配会社の職員《しょくいん》たちは、エデを昔からの知りあいのように温かくむかえてくれた。ロルモップス・ウィリ、オルイェ、ピーペルやほかの友だち数人もそこにいた。

「こんにちは！」あいさつしたエデは、「ぼくの新しい自転車、もう見た？　外においてあるんだけど」と自慢《じまん》した。

　エデの自転車を見た友だちたちは、「チョーかっこいい！」と、ほめたたえた。ピーペルは知ったように「ブレンナボール[*1]だ」といい、「おじょうさん花よめ」というような言葉もささやいた。そして、そこにいた全員がピーペルの博学に敬意《けいい》をはらった。

　ヘルベルトという名前の男の子も、しのび足でそっとエデに近づいたが、「おまえとは絶交《ぜっこう》したはずだ。もう忘《わす》れたのか?」と、エデは彼《かれ》を無視《むし》した。

「ちょっとこっちへこい」集配会社支店長で、のっぽのハインリヒが、人差しゆびを使ったなぞに満ちたジェスチャーでエデをよんだ。「さっきクラブンデ家のおかあさんと話をしたが、おまえは新しい自転車を買ったそうじゃないか。それなら、前払《ばら》いで一〇マルクわたしておこう」

「ほんとうですか、ハインリヒさん」エデは歓声《かんせい》をあげた。「うれしすぎて、とても信じられません！」

「おれたち二人はきっとうまくやっていけるだろうさ」ハインリヒはエデを安心させた。「毎週はじめに支払《しはら》う週給から一マルクずつ引いていくからな」

　新聞配達の少年たちがいっせいに「新聞がとどいたぞ！」と大声でさけんで、待ちきれないというように足ぶみをはじめた。

　ガタガタと音を立てながら、新聞を山積みにした黄色いトラックが、いま集配会社前に到着《とうちゃく》した。

もう雑談《ざつだん》をしているひまはない。若《わか》い男が新聞を二束か三束ずつ屋内へ運びこむ。配達員の少年たち全員でそれを手伝った。

「こんどはおれの番だ、ハインリヒ」

「そんなに無理するなよ」

「落ちつけ、あわてるな」と、ハインリヒは走りまわる少年たちを落ちつかせ、同時に束になった新聞の山を数えている。

長いこと待たせているからウンクはきっと怒《おこ》っているだろうな。そんな考えがエデの脳裏《のうり》にうかんだ。そこでヒジを使い、ほかの少年たちを押《お》しのけて最前列まで進んだ。

「ハインリヒ、こんどこそぼくの番だ」

エデのすがたを目にしたハインリヒは、「カバンは？　もってないのか？」と聞いて、机《つくえ》のひきだしから緑色の帆布《はんぷ》カバンをとりだした。「だれかが忘《わす》れてった物だ。もち主が名乗り出なければ、これを使え。八九軒《けん》分の定期購読《こうどく》新聞と、おまえ用の一紙、ぜんぶで九〇部ある。これを配達してくれ！」

エデは部数をたしかめてから、「ありがとう」と礼をいい、外へ飛びだした。

「こんなに長く待たせるなんて、ずいぶんゆっくりしてたのね」ウンクは不満たらたらだ。「さっさといこうよ」とエデを急かした。

新聞配達の少年たちみんながそうするように、エデも新聞をつめたカバンを肩《かた》にかけ、自転車で走りだした。

「ウンク、このあいだ貸《か》してくれた五マルクだけど、ハインリヒが一〇マルク前払《ばら》いしてくれたから、いますぐにでも返せるよ」エデは自転車を走らせながら、ウンクに伝えた。

「そんな大口たたかないほうがいいわよ。だって利子も払《はら》ってもらわなくちゃこまるし。もうしばらく待って」ウンクは冗談《じょうだん》のようにいった。「そのお金、おかあさんにわたしたほうがいいんじゃないの？」

それを想像《そうぞう》するだけで、エデの身体をよろこびの雷《かみなり》がかけぬけた。

「この自転車の乗り心地、家馬車よりも快適《かいてき》ね」と、ウンクがほめた。

「えっ、あの家馬車で移動《いどう》もするの？　中庭に停めているだけかと思った」

「そんなことないわ」ウンクが答えたそのとき、二人の乗った自転車のすぐ横を大きなバスが曲がったので、ウンクはびっくりして自転車のベルを鳴らした。「学校が休みのとき、トゥラントやおばあちゃん、それにネコのブラッビをつれてあの家馬車でいなかへいくのよ」

「それは楽しそうだ」エデは自転車のスピードを落とした。「いなかでもトゥラントさんは行商をするの？」

「いなかは住民があまり多くないから行商はしないわ」ウンクは足をブラブラさせた。「農民たちがわたしたちにイヌをけしかけたりすることもあるのよ。でも、いなかへいけば家馬車をタダで停められるし。それに農民たちが栽培《さいばい》している果物！　リンゴやサクランボ、それにプラムなんかもほんとうにおいしいのよ、エデ。小川の魚だって。釣竿《つりざお》で釣《つ》りをするのよ」

エデは「やっぱりかっぱらいをするのか！」と声をあげ、おどろきのあまりペダルをふむのを忘《わす》れた。

　でも、心配はご無用。この自転車はペダルをふまなくてもしばらくのあいだなら惰性《だせい》で走ってくれる。ウンクは怒《いか》りでまっ赤になった。「億万長者のようにホテルへいって、レストランのメニューから注文できるんなら、どれだけいいでしょうよ」と自己防衛《じこぼうえい》をした。「あんたからなにかをかっぱらってやろうなんて思ったこともないし。でも、木にリンゴがなっていて、お腹《なか》がすいてたら？　おいしそうな魚が小川で泳いでたらどう？　それがわからないエデはお坊《ぼっ》ちゃまなのね？」

「そうだよな、たしかに魚は水の中をスイスイと泳いでいる。ほんとうなら、すべてのものはすべての人間のためにあるはずだ。労働をする人間は空腹《くうふく》でいちゃいけないんだ。クラブンデさんもそういっている」エデはウンクの気もちをくみとろうとした。「そうだね、ウンク。ぼくもよく考えてみるよ」

「それよりも学校が休みに入ったら、わたしたちといっしょにいなかにいくことを考えてみたら？」

　エデは変わった男の子だとウンクは思った。

「そんなこと、ウンクのおばあさんがゆるしてくれないだろう。それにぼくのとうさんだって」

　エデはためらいながらいった。

「あなたのおとうさんなら口説《くど》き落とす自信があるわ。それにわたしのおばあちゃんのことなんか、心配しなくてもだいじょうぶ」とウンクは答えた。

「くそっ、雨がふってきた」エデはようやく雨に気づいた。二人ともずぶぬれだ。「ガールフレン

ド も新聞もビショビショビだ」ぬぎすてた上着で新聞が入っているかばんをつつもうとエデは考えたが、ウンクはそれを制《せい》した。「かぜをひくからそんなことやめなさいよ」

エデは自転車をできるかぎり全速力でこいで、前を走っているバスにピッタリとひっついた。そして、手をのばしてバスのとってにつかまった。（とても危険《きけん》な行動なので、読者のみなさんはまねをしないように！）

「やめなさい、やめて！　もしバスがすべったら、わたしたちだって転ぶだけじゃすまないんだから！」ジプシーの女の子も警告《けいこく》した。

「心配しないで！」

「ここの左手がもう小屋つき菜園地区だから、バスをはなしなさいよ」ウンクがさけんだ。ようやくエデがバスのとってをはなしたので、ウンクはほっとした。エデは農道のほうへ自転車を走らせた。石ころ、ガラスのかけら、はりがね、灰《はい》やがれきが散乱《さんらん》しているので、エデは注意深く運転しなければならなかった。

立て札があった。そこには「小屋つき菜園地区フィデレン・アルムート」と書かれていた。

小さな家が建ちならんでいる。垣根《かきね》で囲った小さな敷地《しきち》がいくつも連なり、それらの敷地《しきち》には花や野菜が植えられ、人のほかにイヌやニワトリもそこにいた。これが「小屋つき菜園」なのだ。同じような大きさの敷地《しきち》ばかりがいくつも連なっているが、それぞれの敷地《しきち》には番地がつけられていたので、エデは助かった。もし、番地がなかったなら、新聞の配達もできなかったろう。

片手《かたて》でハンドルをにぎり自転車をノロノロと走らせているエデは、口を使って手ぶくろをはずした。

「とても寒いけど。手ぶくろのままじゃ新聞がうまく投げいれられない」

「それじゃあ、わたしがここにいる意味がまったくないじゃない。手ぶくろをつけなさいよ。新聞を投げいれるのは、わたしにまかせて」とウンクがいった。

「女はいつも自分の思いどおりにするんだな」自分の父親と同じようにエデは不満を口にして手ぶくろをはめた。「止まらなくちゃ。ここが最初の定期購読者《こうどく》の菜園だ」

ブレーキをかけたエデは自転車からおりて、新聞を新聞受けに投げいれた。

「よし、先を急ごう」

次の定期購読《こうどく》者の菜園が近づいたとき、ウンクはひらめいた。

「自転車を止めなくてもおりなくてもだいじょうぶよ。わたしが新聞を投げいれるから」

走っている自転車の上からウンクが新聞を郵便《ゆうびん》受けにうまく投げいれるのを、エデは好奇心《こうきしん》いっぱいの顔で見守った。この方法のおかげでだいぶ時間を節約できた。

「走ってる自転車からつばを的《まと》に命中させることならぼくにもできるけど」と、負けおしみをいったエデは、「新聞を郵便《ゆうびん》受けに投げいれる自信はないな」とつづけた。

うまく投げいれられるか、失敗か、郵便《ゆうびん》受けがあるたびに二人は賭《か》けをした。勝つのは決まってウンク。でも一度だけ、郵便《ゆうびん》受けにうまくはいらずに、新聞が垣根《かきね》を飛びこえて堆肥温床《たいひおんしょう》の中へ落ちてしまったことがあったが。

次の菜園でエデはブレーキをふんだ。

「ちょっと待ってて。集金しなくちゃ」

エデはよび鈴《りん》をかなり長いあいだ押《お》しつづけた。しばらくして足をひきずりながら女の人が出てきた。新聞を受けとって、そのまま屋内へひきかえそうとした。

「ちょっと待ってください、ミュラーさん！　新聞代の集金にきました」とエデがさけんだ。

女の人は「夫がまだ帰っていませんから」とぶつぶついうと、小さな家のドアをまた閉《と》じた。

エデは自分の髪《かみ》の毛をかきむしった。

どんな仕事であろうと、最初は学ぶ必要がある。新聞配達だって同じこと。

災難《さいなん》だ！　つぎの難題《なんだい》は、悪名高い定期購読《こうどく》者のディートリッヒ家だ。

エデはしつこくよび鈴《りん》を鳴らしたが、だれもドアを開けない。エデの前の担当《たんとう》者も「ドアを開けない」とディートリッヒさんの定期購読《こうどく》の契約《けいやく》書に書きこんでいた。今回も残念ながらそうなるようだ。

「まあ、しかたがない」ため息をつきながら、エデは立ちさろうとした。

「外にだれかいるのか？」そのとき、屋内から声が聞こえた。

「新聞配達の者です」エデは立ち止まった。

「だれだ？」

「エデ・シュペルリングといいます、新聞配達の」

「新聞を投げいれなさい」男の人の声がして、カーテンごしに人影《ひとかげ》が映《うつ》った。

「集金をしてからでないと、新聞は投げいれません」エデはきっぱり答えた。

カーテンの後ろにいる見ず知らずのディートリッヒさんはかなり気分を害したようだ。それでも木ぐつをはいてゆっくりと玄関《げんかん》のほうへ歩みよった。「そんなに人をうたがわんでもいいだろう」ひどく傷《きず》ついたような顔をして、エデが手にもつ新聞を受けとろうと、垣根《かきね》の上から手をのばした。

「集金を終えてから新聞をおわたしします」エデはディートリッヒさんにそう伝え、新聞をわたそうとしなかった。

「二〇マルクでつり銭《せん》があるかね？」ディートリッヒさんは、ずるそうなまなざしでエデを観察した。

「もちろんです」エデはズボンのポケットに手をいれた。

「いや、その必要はない」とても不機嫌《ふきげん》な顔をしながら菜園所有者はしぶしぶと支払《しはら》いに応《おう》じた。


自転車を走らせている最中、急にウンクが「マニ・ボック」*2といった。

「マニ・ボック」それはジプシー語で「お腹《なか》がすいた」という意味だ。もちろんエデはすぐにはわからなかったが、ウンクが説明してくれた。エデは「ぼくも」といって、お腹《なか》をさすった。

「プラム・ムースをぬったサンドイッチが残っているから分けましょう」とウンクが提案《ていあん》し、二人でそのパンを分けて食べた。

パンをほおばりながら「プラム・ムースか」とつぶやき、エデはなごりおしそうに自分のくちびるをなめた。

「もしもこのサンドイッチがなかったら、とっくに餓死《がし》しているところだったわね」ウンクがため息まじりにいった。「ときどきお昼はこれだけなのよ」

「のっぽのハインリヒが雇《やと》ってくれなかったら、ぼくんちだって同じだったよ」エデは、懸命《けんめい》にペダルをふみつづけた。

つぎの定期購《こうどく》読者はすぐに代金を支払《しはら》ってくれた。エデが別れのあいさつをすると、おまけにチップまでくれた。

「グロッシェンをやろう。でも、タバコを買っちゃだめだぞ」定期購読《こうどく》者はエデを元気づけようと肩《かた》をぽんとたたいた。

新聞配達の仕事はかんたんそうに見えるが、じつはかなりきびしい労働だ。エデもウンクも冬眠《とうみん》前のアマガエルのようにつかれきった。

「そんなにのろのろ走らないでよ」とウンクがいった。

残る力をふりしぼってエデは自転車をいきおいよくこいだ。新聞配達の少年たちみんながこうなんだと自分にいい聞かせ、それをいくらかのなぐさめにした。

最後の定期購読《こうどく》者は、緑色のエプロンをつけて大きなジョウロでダリアに水をやっていた。老人は、「冗談《じょうだん》じゃない、もっと早くに配達してくれなけりゃ、定期購読《こうどく》をやめるまでだ。カタツムリみたいにのろいじゃないか。これじゃあ自分で新聞をとりにいったほうが早い」と怒《おこ》った。

初日のアルバイトを終え、つかれきった新聞配達員のエデ・シュペルリングは、「この仕事も楽じゃない」とため息をつき、空になった帆布《はんぷ》カバンを自転車にくくりつけて自分用の新聞を上着のポケットにつっこんだ。自転車を押《お》しながら二人はでこぼこ道をふらふらと歩いた。

菜園地区から道路へ出たあと、広い草地に出た。「エデ、ここでひと休みしたいわ」とウンクがいった。

「そうしようか」エデも賛成した。自転車を木によりかけ、短い草の上を歩いた二人は、草地に寝《ね》そべって手足をのばした。

その草地には大ぜいの人たちがいた。何人もの男の子たち、なかには父親といっしょの子もいた。凧揚《たこあ》げをしている子もいた。輪になって話しあいをしている子どもたちのグループ、ヤギが数頭、はだしで走りまわっている男の子や女の子、それに小屋へつれもどそうと、棒《ぼう》を手にガチョウたちを追いまわしているおばあさんもいた。

菜園地区の向こう側、地平線のかなたには、何本かの高い煙突《えんとつ》や、教会の塔《とう》、レンガづくりの公会堂が見える。

突風《とっぷう》が吹《ふ》き、色とりどりの紙の凧《たこ》がパリバリと音を立てながらいきおいよく空中を舞《ま》っている。それを見てウンクは大よろこびした。ところどころに電気が灯《とも》り、草地はゆっくりと霧《きり》に包まれ、夕闇《ゆうやみ》がせまった。

エデは思い出したように、「新聞にはなにが書いてあるかな」といい、えらそうな顔になった。エデは体を起こして、上着のポケットからとりだした新聞を読みはじめた。

「陸上競技《きょうぎ》、芸術的《げいじゅつ》なトレーニング　棒《ぼう》高とび」といった見だしが目に飛びこんだ。「ウンク、見て！　四メートル二八センチのバーをプロコップ・プラハが飛びこえたって。すごいぞ！　どんどん高く飛べ！」エデはプロコップ選手の写真へ向けて声援《せいえん》をおくった。「落ちたらけがをするような高さまで飛んでくれて、感謝《かんしゃ》！」歯ぬけがあるすき間からエデはつばをはいた。

あお向けになったウンクは、空に舞《ま》う凧《たこ》をながめている。糸の切れた凧《たこ》が、墜落《ついらく》する飛行機のように地面に落ちた。

「ウンク、おどろかないで」エデは彼女《かのじょ》のうでをつかんだ。「アーエーゲー社の前で衝突《しょうとつ》。今朝、労働者たちがストライキに突入《とつにゅう》したアーエーゲー社の門前で、スト決行中の労働者とスト破《やぶ》り要員としてつれてこられた労働者とのあいだで衝突《しょうとつ》があった。オェッツ技師《ぎし》が自家用車でつれてきた六人の労働者と技師《ぎし》自身も殴打《おうだ》された。こう書いてある。新聞さえ読めば、だれだってわかることだ」

「だからどうしたっていうの？」ウンクがつまらなさそうな顔でいった。「そんなに大さわぎしなくたっていいじゃない」

「オェッツといえば、ぼくのおとうさんを自動車で工場までつれていく予定だった人だ。わからないの？　まぬけな女の子だな」エデは責めるようにいった。「スト破《やぶ》りとしてだよ、わかるだろ？　おとうさんに仕事をあっせんしたアーベントシュトゥントってやつは、そんな仕事だとはひと言もいわなかった。まあ、もしアーエーゲー社にいってれば、おとうさんもしこたまなぐられてただろうな」

ウンクはおどろいて言葉を失った。彼女《かのじょ》の口は開いたままだ。「親孝行《おやこうこう》でりっぱな息子《むすこ》がいなければね」エデは自分で自分をほめて、新聞記事のつづきを読んだ。

「その現場《げんば》に立ちあえなくて残念だったな。オェッツや彼《かれ》がつれてきた労働者たちをこっぱみじんにたたきのめしたんだけどな。なんと！　ストを打っている労働者二人が逮捕《たいほ》、三人目は指名手配だって？　マックセのおとうさんだったらどうしよう。すぐにクラブンデさんのところにいかなくちゃ」エデは飛び起きた。「いっしょにくるかい、ウンク？」

「もちろんよ。あんた一人でいかせるもんですか」ウンクは心配をよそおっていたが、エデについていきたいほんとうの理由は、好奇心《こうきしん》だった。

エデは急に立ち止まって、迷子《まいご》になった小さな子どものような混乱《こんらん》した面持《おもも》ちになった。

「ウンク！　ウンク！　自転車が見えるかい？」エデは大声でわめき、自分の目をこすった。

エデが冗談《じょうだん》をいっているのか、本気なのか、ウンクはとっさに事態《じたい》が飲みこめなかった。

木はまだ立っているが、自転車はあとかたもない！

「自転車をかっぱらわれた！」エデは大きく目を見開いた。

ウンクも「心配したとおりだわ」とくやしがり、自分のポニー・テイルの髪《かみ》をかきむしった。

「だまっててくれ、ちくしょー」

いったいどこを探《さが》したらいいんだろう？　ベルリンの街は広い。泥棒《どろぼう》はどっちの方向へ自転車を走らせたのか？　でも、なにもしなければ、さらに遠くへにげられてしまう。きっと郊外《こうがい》へにげたにちがいない。なぜなら、泥棒《どろぼう》は明るいところをさけるから。

エデは大急ぎで走りだした。市電を追いかける犬のように舌《した》をたらして。ウンクも息を切らしながら彼《かれ》を追いかけた。

菜園地区の住人や散歩している人たちのかたわらを猛《もう》スピードで走りぬけたが、いき先も定まらず、ただつっ走っている気の動転した二人の子どもたちを、気にとめてくれる人はいなかった。

同じ方向へ歩いている少年に、「もしかしてぼくの自転車を盗《ぬす》んだ犯人《はんにん》を見なかった？」と、エデはさけぶようにたずねた。

「エデ・シュペルリングじゃないか？」笑顔《えがお》で答えた血色が悪いその小さな少年は、「大災害《さいがい》が起きたみたいに大さわぎしてるけど、どうしたんだ？」と聞いてきた。少年は緑一色。ネクタイもくつ下も帽子《ぼうし》も、目の色までが緑色。

「あっ、エーリヒ・ランプ」エデは思い出した。（読者の皆さんも第2章に登場したマッチ売りの少年を覚えているでしょう？）

「ランプじゃなくてランプルだよ」少年は訂正《ていせい》した。「いいかげんに名前くらい覚えてくれよ。自転車泥棒《どろぼう》を探《さが》しているのか？　おれに出会えて運が良かったかもな。そいつかどうかはわからないけど、いまさっき火事現場《げんば》へ急行する消防車《しょうぼうしゃ》のような速さで走りさったやつがいたぞ」

「どっちへ？」エデはあわてて聞きかえした。「どんなかっこうだった？」

「あっちのほうだ」エーリヒはうでで方向をしめした。「まっすぐ。直進すればいい。魚のような丸い目で、馬のような歯に、だんご鼻だ」

「魚のような目？　馬のような歯？　だんご鼻？」少年の言葉をくりかえすエデのほおを絶望《ぜつぼう》の涙《なみだ》が数つぶ流れた。「そんな顔なら動物園で探《さが》したほうが早いよ」

「自転車はもうれつなスピードで走ってる。とくに盗《ぬす》んだ自転車はな。もたもたするな、もしかしたらまだつかまえられるかも」少年はいった。

「ひとごとみたいにいうなよ」がっかりしたエデは苦しそうにいった。「ぜったいに自転車を見つけなくちゃ。クリスマスまでベルリンの街じゅうを走りまわることになっても」

「あんまり走りまくると早く歳《とし》をとるぞ」エーリヒ・ランプルはエデをからかった。「それじゃ、先を急げ。おれはおまえたちの速さにはついていけない」

「えっ、いっしょにきてくれないのか？」エデはマッチ売りの少年のそでをひっぱった。「助けてくれよ」

「もうあきらめたほうがいいだろう。毎日たくさんの自転車が盗《ぬす》まれる。でもそのほとんどは二度と見つからない」そういって、マッチ売りの少年は売り物がはいった箱をたたいた。箱の中のマッチはカタカタと音を立てた。「それにおれには用事がある。泥棒《どろぼう》は自分たちでつかまえてくれ」

「だめか！」失望をかくし、自分をはげますために、エデはぬけた歯のすきまからつばをはいた。

「ウンク、急ごう」

「あの役立たずの変人、何時間つまらない演説《えんぜつ》をぶってんのよ」ウンクは怒《おこ》りながら、信じられないような速さで走るエデのあとを追った。

ウンクもあきらめたくはなかった。だが、エデに聞こえないように小さな声で、「もう走れない」と本音をつぶやいた。あたりはますます暗くなっていた。ウンクは転んでしまった。泥棒《どろぼう》ににげられてしまわないかとウンクは気が気でなかった。

「信じられない、おどろいた」エデは急に野原を横ぎった。「自転車泥棒《どろぼう》があそこを走ってる！早くつかまえよう」

「エデ、もうつかまらないわよ。遠すぎるわ、無理よ」ウンクはなげいた。「すごい速さで走ってるわ。それにエデ、あれほんとにあなたの自転車なの?」

「もちろんぼくの自転車だ。自分の自転車くらいすぐに見わけがつく」エデは、ひたすら自転車泥棒《どろぼう》を追いかけた。

けれど、もうれつなスピードで自転車をこぐ人物に二人は追いつけなかった。エデの自転車に乗ったその男は、猛《もう》スピードなうえに、角を曲がりくねりながら自転車を走らせている。おまけに、エデはその地区の地理にはまるでうとかった。逆《ぎゃく》に自転車に乗った人物は、そこら一帯を自分の庭のように走りまわっている。

「ヌッキ! ヌッキ! アドシャルドゥ![3] 止まって、ヌッキ」ウンクが急にさけび声をあげて、夢中《むちゅう》で両手を打ちあわせた。「きょうはつぎつぎとびっくりなことばかり起こるわね」

「きみたちはどこからきたんだ?」ヌッキもさけびかえした。ムチをピシャッと鳴らし、ロッテのひく馬車をとめた。馬車の後ろには白馬がつながっている
「ヌッキさん、ぼくの自転車が盗《ぬす》まれたんです!」動転しているエデはしどろもどろでうったえた。「犯人《はんにん》はあそこを走っています」

ヌッキは、青い伝書鳩《でんしょばと》の刺青《いれずみ》があるこぶしを、エデがしめしたほうへふりあげた。そして、自分の耳の後ろをひっかいてから子どもたちを馬車に乗せた。「進め!」ロッテに声をかけ、ヌッキはムチをバシッと打ちならした。ウンクが手綱《たづな》をにぎり、三人組は泥棒《どろぼう》を追いかけた。

「ベルリンはなんてせまいんだ」エデは興奮《こうふん》しながらいった。「最初はランプル、こんどはヌッキさん、しかもこんなに中心街からはなれた小道で会うなんて」

「偶然《ぐうぜん》だよ。この白馬をロンドン通りへ返しにいくところだった。パヤ・ディモウィチの馬だけど、きょう一日だけ貸《か》してもらってたんだ」ヌッキはタバコに火を点《つ》けた。タバコはヌッキがしゃべるたびに下くちびるのところでブラブラしている。

「進め」ヌッキが声をあげる。あせっているエデも「進め！」と大声をあげた。

ロッテは左へ少し方向転換《てんかん》をしてからこんどは右へと向きを変え、いままで経験《けいけん》したことのないスピードで走り、蹄鉄《ていてつ》の音がパッカパッカと辺りにひびいた。空を飛ぶじゅうたんのように三人が乗った馬車は進んだ。

「あれだ、あいつが泥棒《どろぼう》だ！」

「あそこを走ってる！　はやく、はやく！」

じきに馬車は自転車に追いついた。全速力でにげる泥棒《どろぼう》は、ちらりと後ろを見て、姿勢《しせい》をさらに低くかがめて、さらにスピードを上げた。ものすごい追跡劇《ついせきげき》が展開《てんかい》された。

「助けて！　だれか！　泥棒《どろぼう》をつかまえるのを手伝って！」エデはさけんだ。

自分で泥棒《どろぼう》をとりおさえたかったヌッキは、エデのそのさけびに少しいらついた。そうでなくても、助けてくれるような人はまったく見当たらない。人気のないせまい街道を馬車はつっ走っている。街道の片側には菜園が広がり、反対側はイモ畑。あたりはすでにまっ暗だ。とつぜん、泥棒《どろぼう》のすがたを見失った。

「どこへ消えたんだ？」ぶつくさいいつつ、ヌッキは「止まれ」と指示《しじ》をした。ロッテはある小さな家のまん前で止まった。

女の人が家の中から飛びだしてきて、おどろいた顔で屋根のほうを見あげている。エデは、「ぼくの自転車を盗《ぬす》んだ犯人《はんにん》を見かけませんでしたか?」とたずねた。

「屋根にのぼろうとしてるじゃないの!」

なんてことだ、泥棒《どろぼう》が屋根によじのぼってる! ほんとうに魚の目とだんご鼻の少年だった。暗くて歯は見えない。屋根にかかったハシゴの上で、泥棒《どろぼう》は釘《くぎ》ぬきを使って屋根ふき用の板紙をはずそうとしていた。

「このずるがしこい屋根男、さっさとおりてきなさい!」ウンクが大声でさけんだ。

なにごとかと家の中からあらわれた青年が、「わたしたちが家にいてほんとうに運が良かった」といった。「屋根の上で作業の音がしたので、びっくりしたんです」

「ハシゴの男、ここの住人かと思いました」そして、「ぼくの自転車、ここにあるじゃないか!」

エデはおどりあがった。

ハシゴからおりてきた少年は、「おまえ頭がおかしいんじゃないのか?」と弁明《べんめい》した。「これはおれの自転車だ、わかったか?」

「生意気なやつだ」エデは泥棒《どろぼう》の少年を力いっぱいなぐった。

凧《たこ》を手にとおりかかった少年が、「待ってろ、緑の制服《せいふく》をよんでくるから」とエデに加勢《かせい》した。

あたかも自分が被害《ひがい》者であるかのように。

でも、エデは警察沙汰《けいさつざた》になるのはさけたかった。

泥棒《どろぼう》をおさえつけているエデは、凧《たこ》を手にした少年に「水よりもつかみどころのないものはなんだ?」と謎《なぞ》かけを出した。

意味がわからないと、少年は頭をふった。

「きみだよ!」怒《いか》りに満ちた顔でエデはそうさけんだ。

「なんで?」

「よけいなことをするからだ。自転車を盗《ぬす》まれたのはこのぼくだ。その泥棒《どろぼう》をどうしようとこっちの勝手だろ。きみがしゃしゃり出るのはありがためいわくだ。わかったか?」

「そのとおり!」ヌッキも同意した。

「警察《けいさつ》官をよぶなんてどういうつもりだ? さっさとうせろ!」

不運な自転車泥棒《どろぼう》をエデは左に右に何度もこづいた。

「新聞配達の少年から自転車を盗《ぬす》むなんて! あんたってサイテー」ウンクもものすごい剣幕《けんまく》で怒《おこ》っている。

「はなしてくれよう」エデにえり元をつかまれて少年は身動きがとれない。

「そうしてやろう」そして、エデは思いっきり少年に罵声《ばせい》をあびせかけた。「とっとと立ちされ、このコソ泥《どろ》! 二度とすがたをあらわすな。こんどおまえを見かけたら、二つにひきさいて二人の若年《じゃくねん》失業者にしてやる! 覚えとけ!」

にげていたときと同じような速度で、少年はその場からさっていった。

「森深くかくれなさい!」ウンクも少年を大声でののしって、その褐色《かっしょく》*4のにぎりこぶしをふりあげた。「森の中でキノコでも拾って、葉っぱのほこりをはらいながら生きなさいよ!」

「じゃあ、帰るぞ」別れのしるしとして二本のゆびを帽子《ぼうし》にかざし、ヌッキはムチを鳴らしてさっていった。

「ありがとう、ヌッキさん！」エデはさけんだ。それから自分の自転車を点検《てんけん》した。幸いどこもこわれてはいなかった。エデは胸《むね》をなでおろした。エデがよろこんでいるのを見て、ウンクもよろこんだ。

【註釈《ちゅうしゃく》】

＊1 **ブレンナボール**：一八七一年に創設《そうせつ》された乳母車《うば》、自転車、オートバイや自動車を製造《せいぞう》したドイツ・ブランデンブルク州の会社。

＊2 **マニ・ボック**（Mani bock）：「お腹《なか》がすいた」の意。オーストリア・スィンティはマン・ヒ・ボク（Man hi bok）という。

＊3 **アドシャルドゥ**（adschardu）：「止まれ」の意。

＊4 **褐色《かっしょく》**：学術的・科学的な用語でなく、社会的に構成《こうせい》された概念《がいねん》である「ジプシー」などという呼称《こしょう》（＝蔑称《べっしょう》〈軽蔑《けいべつ》するよび名〉）で命名されるようになった人びとが中央ヨーロッパにたどりついた一五世紀の当初から、その皮ふの色は悪の代名詞でもある「黒」＝悪魔《あくま》、ないしは「暗褐色《あんかっしょく》」と描写《びょうしゃ》された。「ジプシー」の皮ふを「黒」ないしは「褐色《かっしょく》」とするのは社会に流布《るふ》したステレオタイプ（一面的・固定的な考え方）の一つである。ほかの民族同様、ロマ民族も多様性があるため、その皮ふ、髪《かみ》や目の色も多様であり、さまざまな外見のロマがいる。

第8章

「エデにお礼をいうべきでしょう！」

エデは夕食にまにあった。きょうの献立《こんだて》は、ニシンの切り身一切れずつ、おかあさんがせんたくを手伝っているおたくからいただいたホウレン草、コーヒー、パン、そして「青帯の白鳥印、つくり立て」印のマーガリン。[*1] こんな献立《こんだて》は、物語とは関係ないと考える読者もいるでしょう。でも、細かなことまで知りたがる読者もいます。どんなものを食べたのか、それは無視《むし》していいことではありません。とりわけ食料品が不足していた時代には。

しばらくのあいだ、特別なことはなにも起こらなかった。タラのウロコでもとるように、おとうさんはマーガリンが入った容器の底をナイフで念入りにひっかいて、最後の残りをパンにぬった。大きなパンの切れはしをいっぺんに口へ運び、コーヒーカップの中身もゴックンとひと口で飲みほし、彼《かれ》のその日の夕食は終わった。夕食を終えると口笛を吹《ふ》いた。リーゼはホウレン草が入っていた大皿をなめた。エデはニシンを飲みこみ、コーヒーで流しこんだ。そのあいだひと言もしゃべらなかった。（みなさんにこれだけはお伝えします、そうでないと「エデの家ではたえずなにかが起こっているのに、ぼくの家ではなにも起きない。そんなのおかしい」と思う読者がきっといるでしょうから。）物音一つせず、室内が静まりかえったそのとき、エデはため息をつきながら、「まだめちゃくちゃお腹《なか》がすいてるのに」といった。

「おや、なんだって?」おどろいたおとうさんは、エデの顔をのぞきこもうとした。でも、おとうさんにはエデの顔がなかなか見えない。

いいきみだと思ったエデは、だれにも聞こえないように声も出さずに笑った。

そして、「もう食べ物はないのかな?」と、あつかましい態度《たいど》をとった。

うろたえたおとうさんはエデのほうをのぞき見た。幸いにもエデがポケットからとりだした二枚の銀貨には気づかなかったが、その言葉とはまるで正反対に、エデの楽しそうな顔が目にはいった。

おかあさんは自分の皿をエデの前におき、「わたしはもうお腹《なか》いっぱい。だからこれを食べなさい、エデ」といった。

それがおかあさんの本心ではないと見ぬいたエデは、「とんでもない!」と、その申し出をことわり、「そんな必要ない。お金ならあるんだ」と、銀行員のように銀貨をテーブルの上にならべた。

「エデ、そんな大金をどうやって手に入れたの?」あわてふためいたシュペルリング夫人は、自分の両手をひざの上においた。

しゃんとした姿勢《しせい》でエデは、「朝夕の二回、九八軒《けん》の新聞配達をしてるんだ。週給二〇マルク四〇、それに自転車を使っているので月に九マルクの補助金《ほじょ》もあるんだ」といった。

それらをすでに知っていたリーゼは、「みなさま、びっくりなさらないようにね」と甘ったるい声でいいそえた。

おとうさんはおどろいた顔でテーブルにおかれた二枚の五マルク銀貨をしげしげと見つめた。

「思いもかけないことだわ」シュペルリング夫人はただ頭をゆらしている。事態《じたい》をようやく飲みこむと、おかあさんは飛びあがり、何度もエデにキスをした。それを数えた人はいないので、おかあさんがエデに何回キスしたのかはわからない。

おとうさんはとても気まずい顔になった。息子《むすこ》の行為《こうい》に感動している自分が腹立《はらだ》たしかった。怒《いか》りの気もちがあったのなら、気分はもっと楽だったろうに。

エデの肩《かた》をぽんとたたいたが、エデの顔を直視することができない。

エデはコーヒーカップから大きなひと口を飲み、ほこりとよろこびをかくそうとした。最高に幸せな気分だった。その幸せが二年でも三年でもつづいてほしいと願った。

そして、エデはようやく話しはじめた。「仕事はかんたんに見つかったんだ。マックセのおかあさんが新聞の集配会社へつれていってくれたから。そして、そこの支店長《してんちょう》でのっぽのハインリヒが配達員として雇《やと》ってくれた」

話のすじを失いそうだと感じたシュペルリング夫人は、両手をもみながら、「のっぽのハインリヒってどんな人なの？」と聞いた。「はじめて聞く人だわ」

「あとで話すよ」エデはつづけた。「ことの発端《ほったん》はこうだった。ジプシーのおばあさんの吸《す》いさし葉巻《はまき》のところから話ははじまる」おかあさんとリーゼは大笑いをした。おとうさんは顔がまっ赤だ。

エデは大急ぎで話をつづけたが、それはおとうさんに対するやさしさのあらわれだった。

「どこまで話したっけ？　そうだ、ウンクのおばあさんのところまでだったね。あっ、彼女《かのじょ》を外に待たせてるんだ」

「だれを？　おばあさんを？」三人が合唱のように声をあげた。

「ちがうよ、ウンクだよ」エデは早口で答えた。「自転車の番をしながらぼくを待ってるんだよ。じつはきょう、自転車が盗《ぬす》まれたんだ。でも、またとり返した」

「勇敢《ゆうかん》な男の子ね」おかあさんは自慢気《じまんげ》にいった。「いまの世の中ってほんとうに物騒《ぶっそう》で、いろいろなことが起こるのね。自転車はもっているのね、ちゃんと?」

親ゆびで姉のほうを指してめくばせをしたエデは「自転車を手に入れられたのは、リーゼちゃんが助けてくれたから。最初の月賦《げっぷ》を払《はら》うのに五マルクを貸《か》してくれた。残りの五マルクはウンクに借りたんだ。それにリーゼちゃんはカルワイト自転車店までついていってくれた。ぼく一人だったらたぶん売ってもらえなかっただろうね」

エデの話を熱心に聞いているおとうさんは、不思議そうに頭をふり、おかあさんはリーゼに感謝《かんしゃ》のえしゃくをした。

「早くよんでらっしゃいよ、ウンクを」リーゼがいった。「とっても興味《きょうみ》あるわ」

エデはすでに戸口のところにいたが、「つれてきてもいいの?」と確認《かくにん》をとってから飛びだした。

そして、クリスマス・プレゼントを見せびらかすように、ウンクと新しい自転車を披露《ひろう》した。

ずぶぬれになったウンクは、ガタガタとふるえている。雨つぶをいっぱいつけながら、笑顔《えがお》でみんなと握手《あくしゅ》した。

おとうさんはウンクをできるかぎりていねいにもてなした。アーベントシュトゥントに対してさえ、これほどのおべっかは使わないだろうと思うくらい。自分の毛糸のチョッキをウンクに貸《か》してやり、自分のいすにすわるようすすめた。

「息子《むすこ》さんとそっくりですね」ウンクはキャッキャッと笑った。「エデとはじめて会った日も、とても寒い日でした。でも、エデがカーディガンを貸《か》してくれたんです。ありがとうございます」そういって、ウンクはおとうさんのいすに腰《こし》かけた。

おとうさんはクシャクシャのネクタイを急いでととのえた。

エデの自転車をふいているおかあさんは、その手を休め、「ウンクさん、お茶でも飲みますか？」とたずねた。「リーゼちゃん、ちょっとクリッメル商店へ……」

「ありがとうございます。でも、時間がありませんから」ウンクはあわただしく説明をした。「もうじきわたしたちは出かけなければなりません。でも、シュペルリングさん、その前に一つだけお願いがあります」

「なんでも聞きいれましょう、おじょうさん。ハックション」

「シュペルリングさん、お大事に！ くしゃみはいい前兆《ぜんちょう》です」ウンクは、そういいながらいたずらっ子みたいに笑った。「夏休みになったら、わたしのおばあさんやおかあさん、それにネコのブラッビたちといっしょに、エデも家馬車で郊外《こうがい》の緑地を旅するのをゆるしてもらえませんか？」

「あっ、そう？」おとうさんは間をおいてから答えた。「まあ、そのことは少し考えさせてください」

下くちびるをかみしめたウンクは、責めるようにエデのおとうさんを見た。

「おとうさん、ゆるしてあげなさいよ」おかあさんが口ぞえした。「馬車で緑地へ旅するなんて、きっととてもとても健康的なことでしょう」

「エデのおかあさんって最高ですね」ウンクはおかあさんをほめた。それはシュペルリング家の人びとの心をつかんだ。

「よし、ゆるすことにしよう。小さな魔女《まじょ》さん」おとうさんは最終的には承諾《しょうだく》して、エデの左をこづいた（だれもが情《じょう》のない人間とは思われたくないものです）。

「やったー」とエデ。こんなにかんたんにウンクがおとうさんを説得《せっとく》できるなんてびっくりだったが、つぎには信じられないほどのよろこびがエデを包んだ。

シュペルリング夫人はエデよりもさらによろこんでいるようだ。自分のほおをエデのほおによせて、「やっぱりおかあさんの息子《むすこ》だわ」と耳打ちし、五〇プッフェニヒ硬貨《こうか》をにぎらせた。「すべて順調ね、エデ」おかあさんはほんとうにそういったんです。その意味が理解《りかい》できない読者にこっそり教えましょう。これを書いている著者《ちょしゃ》のわたしにも理解《りかい》できません。

「でも、やっぱり、夏休みにはぼくはどこへもいけないよ、ウンク」エデは思い出した。「だって、新聞配達のアルバイトがあるもん」それを請《う》け負《お》ったことをはじめてくやんだ。

「まあ、じゃあ、わたしが代わって配達をしようか。でも自転車が、わたしには自転車がない」おとうさんがつぶやいた。

両手をポケットにつっこんだエデは、「それが問題なら相談に応《おう》じますよ」と、気前よくつけげた。「でも、お願いだからぼくの自転車に乗るときは、細心の注意をはらってね」

「わかった、わかった」とおとうさん。「新聞配達をやれば、新しい仕事が転がりこむ可能性だってあるだろうしな。そうなれば、おまえはもうアルバイトなんかやらなくてもすむ。以前のようにまた遊びまわれる。きょう寝《ね》すごしてしまったのは失態《しったい》だった。まあ、あとでアーベントシュトゥントがくるから、仕事の件《けん》はまた丸くおさまるかもな」

エデは急に飛びあがった。クラブンデ家を訪《たず》ねて、事態《じたい》についてたずねるつもりだったことを思い出した。

「出かけなくちゃ、だいじな用事を思い出したんだ。なるべく早く帰ってくるよ。いっしょにくるかい、ウンク？」

両親があ然としているあいだに、二人は外へ飛びだした。

走って汗《あせ》をかいたウンクは、「おとうさんはゆるしてくれるって！　わたしがいったとおりになったでしょう、エデ」と自慢《じまん》した。「それにあんたのおとうさんってやさしいわね」

「いまはそうだ」エデもそれをみとめた。「まあ、ウンクのような女の子がいれば」

「そんなことないわ、おバカさん」ウンクは怒《おこ》った。「新聞配達がおとうさんに良い印象をあたえたのよ。これからおとうさんはなんだってエデに協力してくれるわよ。賭《か》ける？」

「そうかもね」と答えたエデは内心、とてもよろこんでいた。「でも、それはぼくが新聞配達をしているからだけじゃない。とうさんが失業してなければ、どうなっていたことか。もちろん、仕事はあったほうがいいに決まってる。でも、わかるよね。いまの状態《じょうたい》をぼくはよろこんでいる！　ほとんど」

エデはその発言をしめくくる勇気がなかった。

カルトッフェル・プッファー*2を売っているコットラブ商店でエデは止まった。熱い鉄板の上でジュージューと音を立てている焼きたてのパンケーキを三つ買った。おいしそうなパンケーキを前にウンクはよだれがたれそうだ。お腹《なか》がすいてるうえに、焼きたてのパンケーキが大好物。

「最初は給油が必要だ」エデはパンケーキ三つをぎょうぎょうしくウンクに差しだした。ウンクがそうしてといったので、小さくひと口だけエデがかじった。二人は先を急いだ。

二人が乗った自転車がクラブンデ家に近づいたとき、エデは急に逆《ぎゃく》ふみブレーキをかけた。家の門の前に男がいる。黒っぽいレインコートを着て、帽子《ぼうし》をななめにかぶったあの男は、スパイのモェッラーじゃないか？

「あの男、スバイじゃないか？」エデはウンクに耳打ちした。

「それってどんな動物？」ウンクがたずねた。

「スパイだよ。人のことをいろいろと嗅《か》ぎまわるんだ。マックセのおとうさんのことを嗅《か》ぎまわってるにちがいない。警察《けいさつ》の手先だよ、わかるかい？」

「悪いやつね！」

「これからどうしよう？」

二人が再《ふたた》び門のほうを向くと、もうモェッラーのすがたはそこになかった。「とにかく、ぼくはマックセのところへいってくるよ。すぐにまたもどるけど、一人じゃ恐《こわ》いかい？」

「ぜんぜん恐《こわ》くなんかないよ」ウンクは答えた。「それにあんたの自転車の番だってしなくちゃ」

一人残されたウンクはやっぱりふるえた。彼女《かのじょ》が勇敢《ゆうかん》でいなくてはならなかった時間は、幸いなことにあまり長くなかった。エデはすぐにもどってきた。

「どうだった？」

エデはウンクの問いかけには答えず「ライニッケンドルフの〇八一七番」とぶつぶついいながら、きょうの午後の自転車泥棒《どろぼう》みたいに、無計画にあちこちを走りまわった。ときどきエデは心配そうに後ろを見た。よかった、モェッラーはついてきていない。

「細心の注意をはらわなくちゃならないんだ」エデは小声でささやいた。「クラブンデさんは家にいなかった。いまはミュラーという偽名《ぎめい》を使っているそうだ。電話をかけるようたのまれた。あっ、番号、やっぱり忘《わす》れた！」

「物忘《わす》れのひどい大学教授《きょうじゅ》みたいね。ライニッケンドルフの〇八一七番じゃないの」ウンクが助け舟《ぶね》を出した。

「そうだった！」とさけんだものの、じきにまた物思いにふけった。「どこかにクラブンデさんのかくれ家はないかな？　いまいるところはいつまでも安全じゃないって、クラブンデ家のおかあさんがいってた」エデは暗い顔になった。

「わたしたちの馬車があるじゃない、当然のことよ」

自分の考えが名案だと思ったウンクは、大はしゃぎしている。

ウンクはすごいことを考え出すな、尊敬《そんけい》に値《あたい》する。エデは感心したものの、それを悟《さと》られないように素知《そし》らぬ顔で歯のすきまからつばをはいた。

「ちょっと待ってて。電話してくる」小声でいって、エデは自転車をカフェ・レストラン・リンデンホーフ*3の前で停めた。

「いつもわたしは外で待ちぼうけなのね」ウンクは不満たらたらだ。

「お願いだから、がまんして」エデは、「もう一回捕《と》り物をやる余裕《よゆう》はないけど。ちょっとだけ待ってて」とたのんだ。

ウンクはふくれ面だ。でも、エデを待つのが自分の運命とあきらめた。

電話ボックスのとびらを注意深く閉《し》めて、エデは公衆《こうしゅう》電話に一〇プッフェニヒ硬貨《こうか》を入れ、番号をまわした。電話はすぐにつながった。

受話器の向こうから聞いたことのない大声がして「もしもし！」と怒鳴《どな》った。電話機の振動《しんどう》板がメリメリと音をたてた。

せっかく暗記してたのに、おどろいたひょうしに、話すべき内容がわからなくなったエデは、落ちつこうとして、「そちらはライニッケンドルフの〇八一七番でしょうか？」と確認《かくにん》した。

「そうですが、どのようなご用件《ようけん》でしょうか？」見ず知らずの人が電話の向こうでたずねた。

「ミュラーさんに代わっていただけますか？」エデはどきどきしてつっかえながら話した。

「いいえ、彼《かれ》はいま、出かけています。なにかお伝えしましょうか？」

「はい、エデです。エデ・シュペルリングですが」

それ以上、エデは言葉をつづけることができなかった。

「エデさんですか？　いつもの声とはちがいますね」という声が返ってきた。「はい、ミュラーですが、なんの用件《ようけん》でしょうか？」「うまくつながった」よろこんだエデは、「クラ、いや、ミュラーさん、六つ玉橋*4で落ち合いましょう、ぼくはすぐにそこへ向かいます」

マックセのおとうさんは「了解《りょうかい》、エデ」と答え、受話器をおいた。

六つ玉橋までは遠くない。スケート選手のような大回転でエデは歩いていたクラブンデさんのまわりを走行し、彼《かれ》のまん前で自転車を止めた。

「ぼくの友だちのウンクです」エデはガールフレンドを紹介《しょうかい》した。

「そうだと思った。彼女《かのじょ》のことはマックセから聞いているよ」

全員が握手《あくしゅ》を交《か》わした。

「モェッラーがおたくの前で見張《みは》っています、クラブンデさん」

「それはよろこばしい」皮肉をいいながらも「いままでかくれていた場所にはもうもどれない。そこもスパイが待ちぶせしているんだ」と、クラブンデさんは現状《げんじょう》を説明した。

それを聞いたエデとウンクの二人はおどろきをかくせなかった。

「どのスパイだって、一〇〇メートルはなれた距離《きょり》からでも、すぐに見わけがつくけどね」と、子どもたちを安心させようと、クラブンデさんはつけ加えた。「でも、いまどこへならにげられるだろう？　ちくしょう！　ちくしょう！」

「ぼくたちに名案があります」エデはウンクのほうを見た。「ジプシーの家馬車、そこが最良のかくれ家になります」

感激《かんげき》したクラブンデさんは「きみたちはすごい」と大声でさけんで、満足そうに両手をすりあわせた。「それはありがたい。でも、いいのかな？」ウンクのほうを向いてたずねた。

「もちろんです。ついてきてください」とウンクは答えた。

「ウンクは信用できます」エデはクラブンデさんのうでをたたいて自慢《じまん》そうにつげた。しばらく考えこんだウンクは、「クラブンデさんの居場所《いばしょ》くらいなら、わが家の家馬車にまだあります」といった。

「入り口のドアをエデが外から閉《し》めてくれれば！」

「缶《かん》づめの中のイワシみたいにギュウギュウづめでせまいですが、どうぞいらしてください」

「ミュラーさん、自転車は乗れますか？　ぼくは後ろに乗ります」

ウンクを自転車の荷台に乗せていざ出発！　それほど遠い道のりではなかった。

家馬車の入り口でウンクは、「マッメリ・ガラウェス・ガラチャウェス・ヴォネ・マレスタ！[*5]」とさけんだ。「おばあちゃん、男の子の友だちを匿《かくま》わなければならない」というのがその意味だ。

もちろんジプシー語が堪能《たんのう》なおばあさんは吸《す》っていたパイプの火を消してから、とつぜんあらわれたよそ者を注意深く観察した。

だれにも聞こえないように手で口をおおって「ピエレンゲリ・パレスティ[*6]」と、ウンクはおばあさんに耳打ちした。

「クッチュ・マミ！（最愛のおばあさん）」とおばあさんは自分自身をほめ、興奮《こうふん》ぎみに自分の頭をヘアピンでかいた。「警察《けいさつ》に追われているのかい？　それならここにいなさい。でも、しっ、しー、静かに。もうみんな寝《ね》ているからね」エデは馬車の中を見まわした。ヌッキおじさん、ヌッキの息子《むすこ》でサーカス芸人のシェーフヘン、小さなハインリヒ、ウンクのおかあさんのトゥラントにネコのブラッビ、みんなが毛布《もうふ》にくるまって床《ゆか》で寝《ね》ている。ゆりいすは天井からつるされていた。おばあさんとクラブンデさん、それにエデとウンクは肩《かた》をよせあってそこに立っているが、アリ一ぴきとおるすき間もないほど、馬車の中はこんでいる。

あくびをしたヌッキが急に体を起こし、まわりを見まわしてキョトンとした。

「いったいなにがあったんだ?」寝《ね》ぼけまなこでヌッキがいった。

おばあさんが「ガラウェス・ガラチャウェス・ヴォネ・マレスタ」と説明、「ピエレンゲリ・パレスティ」ともつけ加えた。

その言葉を聞いているだけで、エデは歯のいたみを感じた。「冗談《じょうだん》じゃない、そんなことゆるせるか」とヌッキはいきどおり、大声を出したので全員が目を覚ました。「ここには場所はありませんから、おひきとりください」

「このわんぱく小僧《こぞう》!」おばあさんがヌッキをすごい剣幕《けんまく》で怒鳴《どな》りつけた。満月を見て鳴くネコみたいな声で泣きだした小さなハインリヒをおばあさんはだきあげた。「おだまり! これはもう決定ずみなんだ。この人をここから追いだせば警察《けいさつ》につかまってしまうんだ。もう忘《わす》れたのかい?馬車停留《ていりゅう》地の使用料の二〇マルクが払《はら》えなかったとき、真夜中に緑の制服《せいふく》のやつらにたたき起こされて、そこから追いだされたことを」

ヌッキは目を閉《と》じて不規則《きそく》な大きないびきをかいている。だが、じつは目は覚めていた。

おばあさんがハインリヒをあやしていたが、寝ついたので床《ゆか》に寝《ね》かせた。

「ヘテト・ボック？」[*7]おばあさんはクラブンデさんに声をかけながらかまどの火を点《つ》けた。

おばあさんの言葉をエデは自慢《じまん》そうにドイツ語に訳《やく》した。「お腹《なか》がすいているかという意味です、クラブンデさん。でも、ぼくはもう帰らなくちゃ。お休みなさい。ゆっくり休んでください。明日、またきます」

自転車に乗ってエデはさった。クラブンデさんのかくれ家が確保できて、胸《むね》をなでおろした。

少し走ると、プロヴィンツ通りで怪《あや》しげな人影《ひとかげ》を見かけた。レインコートに身を包み、家々にそってしのび足で歩く男。エデはスピードを落とし、ぶきみな散歩人をじっくりと観察した。せきばらいをして、手で顔をおおい、ゆびのすき間からあたりを見まわしている。モェッラーか？　あの悪党《あくとう》の？　エデはゾッとした。電光石火で向きを変え、プロヴィンツ通りを反対方向に走った。家馬車へはもどれない。モェッラーにクラブンデさんのかくれ家を教えることになる。

どうしていいかわからず、エデは夢中《むちゅう》で自転車をこいだ。ジプシーの家馬車に電話があればいいのに。

でも、窮地《きゅうち》におちいると人間は名案がうかぶものだ。とてつもなく長く感じられた一分間、エデは自転車でプロヴィンツ通りをつっ走ったが、急にあることを思いついた。最初の角を右に曲がり、次の横道へ入って少し進む。すると、プロヴィンツ通りからだいぶ遠ざかる。そこからパピーア通りはもう目の前だ。もし、モェッラーが飛行機で家々の上空を飛んでいたら、エデを発見できたかもしれない。でも、この道ならモェッラーに発見される心配もなく、あの人がかくれている場所までいきつける！

「急いで！ 急いで！」エデは、あぜんとしているクラブンデさんに家馬車から出るようにうながした。「ピエレンゲリ・パレスティ」

びっくりしたおばあさんは、火が消えてもう煙《けむり》の出ないパイプを一ぷくしてからうなだれた。いっしょについていけないのをウンクはとても残念がったが、翌日の放課後に報告《ほうこく》するからというエデの約束を受けいれた。カップに残っていたクラブンデさんのコーヒーを小さなハインリヒがいっきに飲みほし、夜の訪問者《ほうもん》の証拠《しょうこ》は跡形《あとかた》もなく消えた。気もちよくねむっているところをとつぜん起こされて白ネコのブラッピだけは機嫌《きげん》が悪かった。大きな目をギラギラと光らせ、いびきをかいてるジプシーたちの上を落ちつきなく歩きまわっている。

ゲズントブルンネン駅の周辺を一五分ほど自転車で走りまわったものの、二人とも名案がうかばない。「これからどうしようか？」マックセのおとうさんがなげいた。

エデも「わかりません」と答えるしかなかった。環状線《かんじょう》駅の時計は九時七分前を指している。すでにエデはそうとうにつかれている。そして、両親は自分のことを心配しているだろう。

いらついたクラブンデさんはゆびをパチッとならし、「最悪だ！ 窮地《きゅうち》におちいってしまった！」と機嫌《きげん》悪そうな声でこぼした。

「ほかの手が思いつかない以上」とエデが切りだした。「わが家にかくれるしかありません、クラブンデさん」

「でも、きみのおとうさんは？」クラブンデさんは頭を横にふり、エデの提案《ていあん》をこばんだ。「それにきみたちが住んでいるアパートには、わたしを知っている人もいる」

「ぼくにまかせてください！　おとうさんが日曜日に着る背広《せびろ》をとってきます。それを着ればだれもクラブンデさんの正体は見ぬけませんよ」笑顔《えがお》をうかべたエデは確信《かくしん》ありげにいった。

クラブンデさんは反対したが、エデは考えを変えようとしなかった。シュペルリング家のアパートから数件《けん》となりの建物の入り口で、エデはクラブンデさんを自転車からおろし、そこで待つようたのんだ。

大急ぎでエデは自宅へ向かった。

どうやっておとうさんを説得《せっとく》したらいいだろう？　大変な事態《じたい》になった。

静かに玄関《げんかん》のドアをあけ、電気をつけ、立ち止まって、耳に手をかざした。

腹《はら》が立つ！　あのアーベントシュトゥントがまた長居《ながい》している。廊下《ろうか》にいても彼《かれ》の声がはっきり聞こえる。あいつがいるあいだはクラブンデさんの名前を絶対《ぜったい》に口にはできない。しかし、これでおくれが出ることを、エデは内心よろこんだ。というのは、クラブンデさんを匿《かくま》うようおとうさんにたのんだところで、了解《りょうかい》してくれるかどうか、未知数だったからだ。

「とりあえずおとうさんの日曜用の背広《せびろ》を用意しよう」エデは注意深く洋服ダンスをあけた。「運が悪い！　きょうにかぎってその服がタンスにない。なんてこった！」

落ちついて考えよう。でも、長く考える余裕《よゆう》はない。クラブンデさんが外で待っている。おとうさんの日曜用の背広《せびろ》は？　どこを探《さが》したらいいだろう。たぶん、寝室《しんしつ》だろう。もう打つ手はない。

あきらめて立ちさろうと思ったそのとき、アーベントシュトゥントの服が目にとまった。えりに毛皮がついたコート、山高帽《やまたかぼう》に手ぶくろが差しこまれた杖《つえ》。思い立ってコートと帽子《ぼうし》を手にしたエデは、階段《かいだん》をかけおりた。「どうせあとであの悪党《あくとう》にぜんぶ返すんだ」と自分の行為《こうい》を正当化した。

「ここに衣装がそろっています」エデは、クラブンデさんがコートにそでをとおすのを手伝った。

「残念なことにアーベントシュトゥントはひげをおいていきませんでしたけど！　さあ、これでミュラーさんの一丁できあがり！」クラブンデさんは完全に別人に見える。二人とも笑いを押《お》し殺すのに必死だ。

二人は自転車に飛び乗った。小さすぎる帽子《ぼうし》とはるかに大きすぎるコートで自転車に乗っているクラブンデさんのすがたは、実にこっけいだ。着なれない服を身に着けて、クラブンデさんはコチコチになって自転車に乗っている。そのすがたは剝製《はくせい》のオウムのようだ。これですべてうまくいけばいい、そう願いながら、エデはお腹《なか》がいたくなった。すぐに目的地へ到着《とうちゃく》。クラブンデさんは屋内へすべりこんだ。用心のため電気はつけなかった。

「ここまでは順調」エデは小声で「階段《かいだん》がギシギシならないよう気をつけてください」と注意した。泥棒《どろぼう》のように二人はそっと上の階へのぼった。ポケットからカギを出す前、エデは入り口のドアのカギ穴《あな》から中をのぞき見た。玄関《げんかん》ホールはまっ暗だ。念のためエデは耳をドアに当て、中のようすをうかがった。

「安全なようです」エデは、「くつをぬいだほうがいいですか？　クラブンデさん」とたずねた。

そのとき、道路のほうからだれかが建物に入ってきた。

エデはカギをそっとカギ穴《あな》に差しこみ、錠《じょう》を回転させた。「さあ、はやく中へ！」

クラブンデさんの手をつかんだエデは、彼《かれ》を中へにひきこんだ。

「アーベントシュトゥントの服をもとの場所へもどします。クラブンデさんはかくれていてください。あの幽霊《ゆうれい》がすがたを消すまで。でもどこに？　あっ、そうだ、洋服ダンスの中で待っていてください」

「場所はあるかい？」クラブンデさんがたずねた。

「問題ありません。服はほとんど入っていませんから」エデが小声で答えた。洋服ダンスの戸が閉《と》じられ、クラブンデさんのすがたは見えなくなった。ちょうどそのとき、台所のドアが開き、リーゼが出てきた。彼女《かのじょ》が玄関《げんかん》ホールの電気を点《つ》けると、おとうさん、おかあさんにアーベントシュトゥントも台所から出てきた。

点検《てんけん》するように、エデはアーベントシュトゥントの服に目をやった。すべて問題なし。ただ、帽《ぼう》子《し》かけの山高帽《やまたかぼう》だけがまだいくらかゆれている。

失敗したらどうしよう？　エデは心細くなった。でも、なに一つ失敗することなく、すべてがうまくいった。山高帽《やまたかぼう》がまだゆれていることにだれ一人気づかない。エデのすがたまでまったくの無《む》視《し》だ。

「今朝みたいに明日は寝《ね》すごさないでくださいよ、シュペルリングさん。明日は時間どおりにあらわれると約束しましたので、おくれないように。自動車は待ってくれませんから」アーベントシュトゥントが命令口調でおとうさんに話している。

「そんなことはさせない！」怒《おこ》ったエデがさけんだ。

「なんだ?」と全員がおどろいた。アーベントシュトゥントの顔は蒼白《そうはく》だ。

「いまいったとおりだ。自分の父親がふくろだたきにあうのをぼくはゆるさない。スト破《やぶ》りなんかさせるもんか！　今朝、オェッツの自動車で工場へ乗りつけた労働者たちはボコボコにされたんだ。みんな知らないのか?」エデはうったえた。

「うそいうな！　このバカなガキめ！」アーベントシュトゥントが大声でわめき、「わたしは早く帰らねば」と、帰りじたくをはじめた。どうやら退役《たいえき》した元郵便局秘書官殿《ゆうびんきょくひしょかんどの》はとてもご多忙《たぼう》のようだ。

でも、エデは自分の主張《しゅちょう》を曲げなかった。新聞をふりまわし、「ここにちゃんと印刷されてる！　アーエーゲー社の門の前でスト破《やぶ》りとピケ要員とが衝突《しょうとつ》。オェッツ技師《ぎし》と彼《かれ》が自家用車でつれてきて工場内へ潜《もぐ》らせようとした労働者六人が殴打《おうだ》される」

「はじ知らずな誤報《ごほう》だ」アーベントシュトゥントは激怒《げきど》して、「明日は警察《けいさつ》の治安部隊も待機させるので心配にはおよびません。それに働く意思がある労働者をトラックで工場の中庭までおくっていきます。退社《たいしゃ》するときも同じことをします。そうすれば、ならず者どもに妨害《ぼうがい》されることもありません」といった。

礼儀《れいぎ》正しい面持《おもも》ちで、シュペルリング家のおとうさんは「もうお話はわかりました」とアーベントシュトゥントの発言をさえぎった。「事態《じたい》はのみこめました。ただ、それを前もって教えていただけなかったことが残念でなりません。[*8]警察《けいさつ》官に守られながら工場へはいった体験は前にもあります。一年前の金属《きんぞく》加工労働者のストライキのときです。そのほうびとしてわたしは職工《しょっこう》長に昇進《しょうしん》させてもらいました。でも、いまは、当時ほどにわたしも世間のことにうとくはありません。ですからこれ以上の説得《せっとく》はやめて、どうぞおひきとりください、郵便局秘書官殿《ゆうびんきょくひしょかんどの》」

「よくいってくれた、ブラヴォ！」エデは歓声《かんせい》をあげた。「万国の労働者は団結《だんけつ》すべきです。ピケを張《は》ってる労働者がならず者なんじゃなくて、ならず者はあなたのような人やスト破《やぶ》りをする労働者です！　アーベントシュトゥントさん」

エデの言葉を聞いたときのアーベントシュトゥントの顔ときたら！　読者のみなさんにもお見せしたかった。ザリガニのようにまっ赤になり、その憤激《ふんげき》は頂点《ちょうてん》に達した。「それがわたしに対する感謝《かんしゃ》の態度《たいど》か！　この無礼で生意気な悪ガキは、敬《うやま》うべき老人を侮辱《ぶじょく》して、ゆるされるとでも思っているのか？　一分でもここに長居《い》するのは時間がもったいない。無産階級の人間とは接触《せっしょく》しないほうが無難《ぶなん》だ。結末は必ずこうなる！　このならず者どもは働きたがらない労働忌避《きひ》者なのだ！」

おかあさんが「さっさと出ていきなさい！」と声を荒《あら》げた。これほどに怒《おこ》っているおかあさんをエデは見たことがない。げんこつをふりあげ、アーベントシュトゥントに歩みよった。

「わたしにふれるな！」元郵便局秘書官《ゆうびんきょくひしょかん》は、わめきながら杖《つえ》をふりまわした。「もう帰る！」

「それならもたもたせずに、さっさと消えうせろ！」そんな低い声がどこからともなく聞こえた。洋服ダンスのドアが開いた。アーベントシュトゥントが気づくまもなく、ヌッとあらわれた手が元郵便局秘書官《ゆうびんきょくひしょかん》のえり元をつかんで暗い階段《かいだん》へとつき落とした。

おとうさん、おかあさん、リーゼとエデの全員が、硬直《こうちょく》したようにそこに立ちすくんだ。

「みなさん、こんばんは」クラブンデ家のおとうさんは、魔術師《まじゅつし》のようにタンスの中からあらわれた。「おじゃまして申しわけありません」

「びっくりしたわ」シュペルリング家のおかあさんはおどろき、おとうさんはどうしていいかわからないようすだ。幽霊《ゆうれい》があらわれたのだろうか？ いったいこれはだれだ？

「マックセのおとうさんだよ」とエデが紹介《しょうかい》した。「集配会社へぼくをつれていってくれたクラブンデ夫人のご主人。タンスの中にかくれるように提案《ていあん》したのはぼく。今朝アーエーゲー社で起こった騒動《そうどう》の関係で警察《けいさつ》に追われてるんだ」

「びっくりしたわ」もう一度、シュペルリング夫人がいった。「こんなせまいところで。大変でしたでしょう？」

クラブンデ家のおとうさんはただほほえんだ。

「なんとかがまんしました、ただ終わりのころには殺虫剤《ざい》のにおいが鼻につきましたけど。がまんの限界《げんかい》だと思ったとき、タンスの戸をあけました」

「ハクション！」とリーゼがくしゃみをし、みんなが笑った。

「もうおいとましなければなりません。これ以上ここにとどまれば、ごめいわくをおかけしてしまいます」

「でも、どちらへ？」とおかあさんが問うた。

「まあ、それは自分でもまだわかりません」クラブンデさんは肩《かた》をすくめた。「まあ橋げたのところにでもかくれることにします」シュペルリング夫人は頭をふった。

「そんなことをなさらなくても」とおかあさんが反対した。「そうじゃないですか、あなた？」

シュペルリング家のおとうさんは、温厚《おんこう》なほほえみをうかべ、とつぜんの訪問者《ほうもん》を逮捕《たいほ》するかのようにその肩《かた》に手をおいた。「そんなことは絶対《ぜったい》にゆるしませんぞ」断定《だんてい》的な口調で、クラブンデさんをリビングへとひきいれた。

「ちょっと待った！」エデがさけび、さきにリビングへかけこんで窓《まど》の外を確認《かくにん》した。「警察《けいさつ》のスパイはいないみたいだ。ちょうどアーベントシュトゥントが角を曲がっていく。死にそうなカラスみたいに」

「これであのむかつくやつから解放《かいほう》されるわ。あいつは二度とここにはあらわれないでしょうね」リーゼが大よろこびして、いいきみだと窓《まど》の外をのぞいた。

「そんな過激《かげき》なことをいってはいけないよ、リーゼ。それよりもコーヒーをわかしなさい」とシュペルリング家のおとうさんが娘《むすめ》に注意した。

おかあさんはこまった顔をしている。「ほんとうに申しわけないのですが、あいにくコーヒーを切らしています。あのアーベントシュトゥントが最後のコーヒーを飲んでいきました。どうしましょう？」

「それは大変だ」クラブンデさんが口をはさんだ。「コーヒーがいただけないのなら、おじゃましたことがむだになりました。いや、これは冗談《じょうだん》です。コーヒーを飲まなくても懇談《こんだん》はできます。同志《どうし》がごちそうしてくれる一杯《ぱい》の水のほうが、アーベントシュトゥントが銀製《せい》のポットから注ぐモカ*9よりもおいしいでしょう！」

「それではサンドウィッチはいかが？」シュペルリング夫人はそれをクラブンデさんのまん前に

ならべた。
「何人ものおかあさんがたに囲まれたようです」クラブンデさんは、「ありがとうございます」と
サンドウィッチを口に運んだ。
ぎこちなく立ちあがったシュペルリング家のおとうさんが、両手をぎょうぎょうしく客人の前に
差しだした。
「遠慮《えんりょ》なさらないでください。そんな必要はありません。同僚《どうりょう》！　お礼をいわなければならない
のはこちらです。きょうのご恩《おん》は忘《わす》れません」
「どうしたのですか？　いったいどうなさいました？」クラブンデさんが話をさえぎった。「感謝《かんしゃ》
したいのなら、エデにお礼をいうべきでしょう！　子どもはやたらにほめるべきではないかもしれ
ません。でも、エデはまちがいなく、すごい少年です」
「いたい」足をリーゼにつねられて、エデがさけんだ。
クラブンデさんは話をつづけた。
「りっぱな息子《むすこ》さんですから、ほこりに思っていいはずです。彼《かれ》がいなければ水とパンだけの生
活でしたでしょう。それに、あのアーベントホゥント[*10]（宵《よい》のイヌ）に、あなたもだまされていたこ
とでしょう」
「フッフッフ、アーベントホゥント！　でもそのとおりね！」リーゼがいうと、全員が大笑いに
なった。
それから、シュペルリング家のおとうさんは、考え深そうな顔になった。「そうそう、あの根性《こんじょう》

の曲がった五〇代男！　あれほどきたない手を使うとは思いもよりませんでした。ストライキなんていう言葉を一度も口にしたことのない男だ。今朝、目覚まし時計が鳴らなくてほんとうに助かった。こうなることを事前に察知していたみたいだ」

「察知してたさ」エデはもうおさえきれなかった。「でも、目覚まし時計を止めただけじゃなくて、ほかにもいろいろ助け舟《ぶね》を出したんだよ」そして、自分の夜中の行動について報告《ほうこく》した。

おとうさんとおかあさんの両目は大きくなるばかり。リーゼは感服のまなざしを弟に向けた。「まあ、鳴らない目覚まし時計に勝るものはない」エデは自分の武勇伝《ぶゆうでん》をしめくくった。

「自動車のおむかえを寝《ね》すごしてしまうおとうさんもりっぱだわ」シュペルリング夫人が笑いながらつけ加えた。

おとうさんは真剣《しんけん》な顔になって「寝《ね》すごすのは今回が最初で最後だ。これだけは約束できる」といった。「さて、こっちへきてごらん、エデ」

そういったおとうさんの声がとてもきびしいものに聞こえたので、シュペルリング夫人は不安な気もちになった。エデもおののいた。なぜなら、おとうさんは手をあげ、ビンタを食らわそうとしているようにも見えたからだ。でも、おとうさんは、片手でエデをだきあげ、もう一方の手でクラブンデさんと握手《あくしゅ》した。

「甘《あま》んじて罰《ばつ》は受けいれることにしましょう。明日の朝、クラブンデ同僚《どうりょう》のためにアーエーゲー社の門の前で待機します。息子《むすこ》の望みもかなえましょう」

「やったー！」歓声《かんせい》をあげたエデは、「こんどマックセが窓《まど》の外で口笛を吹《ふ》いたとき、足湯に浸《つ》かるとか、いわないでね！」とお願いした。

［註釈《ちゅうしゃく》］

*1 **「青帯の白鳥印、つくり立て」印のマーガリン**：一九二〇年代に売られていた高級なマーガリン。

*2 **カルトッフェル・プッファー**：ジャガイモのパンケーキ。

*3 **リンデンホーフ**：一九二〇年代に団地《だんち》が建造《けんぞう》されたベルリン市南部の地域《ちいき》名。

*4 **六つ玉橋**：ベルリン市北西部のライニッケンドルフ区にある橋で、正式名をテーゲル港橋という。一九二二年までその橋の通行料として五プッフェニヒが徴収《ちょうしゅう》されたが、五プッフェニヒが旧硬貨《こうか》の六クロイツァーに相当したため、「六つ玉橋」とよばれた。

*5 **マッメリ・ガラウェス・ガラチャウェス・ヴォネ・マレスタ**（Mammeli garawes gala tschawes vone melesta）：「おばあちゃん、男の子の友だちを匿《かくま》わなければ」の意。オーストリア・スィンティは五つ目の言葉をヴォネでなく、フニ（funi）と発音・表記した。

*6 **ピエレンゲリ・パレスティ**（Pierengeri Palesti）：「警察《けいさつ》に追われている」の意。

*7 **ヘテト・ボック？**（Hetet bock）：「お腹《なか》がすいた？」の意。オーストリア・スィンティはヒ・タメン・ボク（Hi tamen bok）と発音・表記した。

*8 **金属《きんぞく》加工労働者のストライキ**：一九三〇年一〇月、ドイツ金属《きんぞく》加工労働者連合が指揮《しき》し、一三万人の金属《きんぞく》加工労働者が参加した賃金《ちんぎん》カット反対のストライキがベルリンで起きた。共産主義《しゅぎ》者でピケ要員であるマックセの父親が、「従業員《じゅうぎょう》一三万人」（一四一頁《ぺーじ》）といっているので、この金属《きんぞく》加工労

働者によるストライキがモデルであったとも考えられる。

＊9　モカ：もともとオスマン帝国《ていこく》の領土《りょうど》であったイエメンのコーヒー豆を使った濃《こ》いコーヒー。

＊10　アーベントホゥント（Abendhund）：元郵便局秘書官《ゆうびんきょくひしょかん》のアーベントシュトゥント（Abendstund＝宵《よい》の時）の名前をもじった名で、その意味は「宵《よい》のイヌ」。

補遺《ほい》　不思議な出会い、ウラルルの国、ジプシー語の便りやそのほかのこと

ジプシーの少女、ウンクと出会ってから、ほんとうにもう数十年もたったのでしょうか？　そうなのでしょう。子どもにとっては、一年という時間は果てしなく長く感じられますが、大人の時間ははや足に進んでいきます。あの時――あなたがたのだれもがまだ生まれていない一九二九年四月――わたしははじめてウンクと出会いました。当時、わたしと夫は、ベルリンのライニッケンドルフ区に住んでいました。春の心地よい天気にさそわれて幸せな気分になったある日、あたりをぶらぶら散策《さんさく》しながら、街外れまでたどり着きました。冬眠《とうみん》から覚めたばかりで活気をとりもどした小屋つき菜園地区がそこにありました。新芽が萌《も》えだし、やぶが生いしげる空き地、ごみの山、坂道があり、遠慮《えんりょ》がちに生えた弱々しい草を、そこで数頭のヤギが食《は》んでいました。街中より空が巨大に感じられました。大都会の石造《づく》りの建造物《けんぞう》は、そこからははるか後方にありました。そよ風に顔をなでられて夢心地《ゆめごこち》になったわたしは、金色の雲がうかぶ大空へ向かって、色とりどりの凧《たこ》を揚《あ》げ、

楽しそうに遊んでいる少年たちをながめていました。

坂道をのぼりつめると、それまでなかった数台のジプシーの家馬車がそこに停まっていることに気づきました。いちばん大きな家馬車は、緑色のペンキがぬり立てのようで、窓《まど》に乗馬用のムチや蹄鉄《ていてつ》のかざりがほどこされていました。家馬車の出入り口から一〇歳《さい》ぐらいのはだしの女の子がおりてきました。その子はぼろぼろの服を身につけていたのですが、そのしなやかな身のこなしのため、エレガントに見えました。表情《ひょうじょう》ゆたかなその小さな顔は、気品に満ちていました。いたずら小僧《こぞう》のような大きな目に、絹《きぬ》のような髪《かみ》の毛のおかっぱ頭、笑うと健康そうな白い歯がのぞく快活《かいかつ》な大きな口、その子から目をそらすことができませんでした。その子もわたしのことを気に入ってくれたようでした。

その小さなジプシーの女の子と心からの友情《ゆうじょう》関係で結ばれました。視野《しや》のせまい隣人《りんじん》たちはそれを快《こころよ》く思っていませんでしたが、ウンクという名のその女の子は、しばらくするとわが家へ遊びにくるようになりました。ウンク一人ではありません。その美しい母親トゥラントも、パイプを吸《す》うおばあさんもつれてきましたし、シェーフヘン、ファイニ、カウラやパヤザなど、ウンクのいとこたちも日々わが家を訪《おとず》れる客人になりました。いくつもの階段《かいだん》をのぼって、コーヒーの湯気とその香《かお》りがただよい、お湯の出るお風呂《ふろ》まであった最上階のわたしたちのアパートを大よろこびで訪《たず》ねてくれたものです。（まさに潔癖症《けっぺきしょう》にとりつかれたように、彼《かれ》らはいつも風呂《ふろ》おけまでゴシゴシとこすっていきました。）その全員が清潔《せいけつ》で礼儀《れいぎ》正しく、わたし自身はどんどんジプシーのような風貌《ふうぼう》になっていきました。

ある日、角のタバコ屋のおかみさんに「あんたもジプシーなんでしょう？」と、悪意に満ちた顔でたずねられました。

放浪民《ほうろう》という重荷を背負《せお》っているにもかかわらず、ジプシーの友人たちは興味《きょうみ》深く魅力《みりょく》的な人びとばかりでしたので、「はい、そうです」とほこらしげに答えました。わたしたちの祖国《そこく》で異邦《いほう》人《じん》と見なされ、偏見《へんけん》と軽蔑《けいべつ》にさらされているそれらの人びとは、それに不信感と憎悪《ぞうお》でこたえます。彼《かれ》らをたえず追いまわし、生活の糧《かて》をえるための仕事をさまたげ、どこにも定住させようとしない警察《けいさつ》官と役人を、彼《かれ》らはとりわけ憎《にく》んでいました。そのような苦い経験《けいけん》を積み重ねているのにもかかわらず、それでもジプシーの友人たちは、自分たちに対して人間らしく接《せっ》する相手をその純真《じゅんしん》な心の中に受けいれてくれました。

わたしたちの色彩《しきさい》ゆたかな一団《だん》にはほかにどんな人たちが加わっていたでしょうか。口ひげをたくわえた旋盤《せんばん》工シュペルリング家の一二歳《さい》の息子《むすこ》で、そばかすだらけの顔をしたエデ、クラブンデ家のおとうさんとその息子《むすこ》のマックセ、ドェンホッフ広場にあった美容院《びよういん》の見習いだったエデのお姉さんリーゼもときどき加わっていました。当然のことながら、わたしのやさしい夫のフランツ・カール・ワイスコップフもそこにいました。そして、チェコスロヴァキアからベルリンへ遊びにきて数週間わが家に泊《と》まった若《わか》い作家のユリウス・フチーク[*1]が加わることもありました。

わたしたちは集まると、いつもヌッキおじさんがその「あこがれのフライパン」で古いジプシーの調べを奏《かな》で、標準ドイツ語、ベルリン方言、ジプシー語とチェコ語などさまざまな言語が飛び交い、全員が踊《おど》りくるって競いあうように歌ったものです。「ツィーディ・ツィーディ・ランズラ・パリイエ・モシュチェンディー・パリイエ・チャウェンディー・ツィーディマン・ブド・ロホ・ホウィー……」。*2
これはジプシーたちが神秘《しんぴ》に満ちた国、ウラル*3に旅立つときの歌です。その国にどのような特別な事情《じじょう》があったのか、またこの歌の続きも残念ながら忘《わす》れてしまいましたが、ジプシーの友人たちのだれかと再会《さいかい》できたその日——馬のひづめがパカパカと鳴る音が聞こえると、いつも彼《かれ》らに無性《むしょう》に会いたくなります——この歌のことをくわしく聞き、読者のみなさんにもお伝えしましょう。

当時、新しい友人たちの生活にかかわる多くのことをメモに書きとめました。ジプシー語やベルリン方言、あるいはエデが教えてくれた元郵便局秘書官《ゆうびんきょくひしょかん》アーベントシュトゥントのもの言い、それらのことがメモ箱にどんどんふえていきました。日曜日に家族でアルト・グリーニッケ*4へ遠足に出かけ、食堂の調理場でわかした湯でおかあさんがコーヒーをいれ、シュペルリング家のおとうさんが生活協同組合「硬《かた》いターラー」の仲間たちとトランプ・ゲームのスカートに興《きょう》じたことを報告《ほうこく》してくれたのはリーゼ。そのほかにも多くのメモをとりました。

子どもや大人の友だちとの話しあい（わたしのメモも）の題材は、ほとんどの場合、金銭《きんせん》問題に関連していました！　友人たちにはお金のたくわえがなかったからです。その当時、子どもも大人もその生活は困窮《こんきゅう》していました。それが最大の心配事で、みんなが必死にそこからぬけだす方法を模索《もさく》していました。エデには使い走り少年から百万長者に出世する夢《ゆめ》がありましたが、結局は新聞配達少年になりました。クラブンデ家のおとうさんは労働者の連帯とその正当な闘《たたか》いについていつも語っていました。児童労働の悲惨《ひさん》さや失業状態《じょうたい》について多くの知識《ちしき》をもちあわせていました。

当時、児童労働は法的に禁止《きんし》されていたのですが、家族を餓死《がし》から救うために多くの子どもたちは労働に就《つ》かざるをえませんでした。何千人もの子どもは自分のベッドがなく、それよりも多く子どもは朝食ぬきで学校へ通いました。そして、学校の状態《じょうたい》は現在よりも厳格《げんかく》でした。（そのため、ウンクは内部から学校をながめるよりも、外から見ているほうがいいと考えるようになりました。）ドイツでは六百万人の失業者がちまたにあふれていました！　当時、一方で多くのまどわされた人びとがヒットラーの演説《えんぜつ》に耳をかたむけるようになりました。他方、最も優秀《ゆうしゅう》な労働者たちは自ら行動を起こして抵抗《ていこう》しないかぎり、自分たちがおちいっているこの困窮状態《こんきゅうじょうたい》の改善《かいぜん》は望めないことに気づきました。大都会では大きなストライキが闘《たたか》われました。その飢餓的賃金《きがてきちんぎん》のさらなるカットを阻止《そし》するため、一三万人の金属《きんぞく》加工労働者（クラブンデ家のおとうさんもその一人でした）がアーエーゲー社（総合《そうごう》電力会社）の工場での労働を放棄《ほうき》しました。

生まれてもいなかったあなたがたは、それを体験していませんが、そのような状態《じょうたい》だったのです。その後はどうなったのか、それはあなたがたも知っているでしょう。ヒットラー時代の結末がどうなったのか、それはベルリンやほかの廃墟《はいきょ》と化した都市、無数の障《しょう》がい者、戦争未亡人《みぼうじん》、孤児《こじ》や戦《せん》没《ぼっ》兵士の墓地が物語っています。

エデはどうなったのでしょう？　彼《かれ》が両親やリーゼといっしょに暮《く》らしていたアパートは、もう跡形《あとかた》もありませんので、エデやその家族の運命についてもまったくわかりません。でも、頭脳明《ずのうめい》晰《せき》で心もやさしかった彼《かれ》が、その立場を急変させた可能性はないだろうと確信《かくしん》していました。

そして、やはりわたしの確信《かくしん》はまちがっていませんでした！　数カ月前、ようやくエデがあらわれたのです。彼《かれ》もわたしのことを探《さが》していたそうです。とつぜん、りっぱに成人した男性がわたしの部屋にふみこんできました。ひげ面《づら》だったにもかかわらず、子どものころのエデの面影《おもかげ》がたしかにありました。「あなたのことを忘《わす》れたことはありません」と彼《かれ》はいいました。「あなたと話しあった内容もいまでも覚えていますし、あなたが書いた本ももっています。もちろん、ぼくは忠実《ちゅうじつ》なナチ兵などにはなりませんでした。ドイツ国防軍《こくぼうぐん》に召集《しょうしゅう》されましたが、敵前逃亡《てきぜんとうぼう》をしてソ連軍側に寝《ね》がえりました。妻《つま》もそこからつれ帰りました。長男のマクスィムはもう一五歳《さい》、娘《むすめ》のスィルヴィアはもうじき入学します。両親は祖父母《そふぼ》になり、リーゼはおばさんになりました」

　クラブンデ家のおとうさんは何年間もブーヘンワルト強制収容所《きょうせいしゅうようじょ》*5にとらわれていました。でも、その信条《しんじょう》は変わっていません、彼《かれ》はいまも毅然《きぜん》とした闘士《とうし》のままです。彼《かれ》の息子《むすこ》マックセもすでに一女の父親になりました。

　クラブンデ家のおとうさんとマックセ・クラブンデの二人はアーエーゲー社の旋盤《せんばん》工として働いています。そして、世界平和のため西ベルリンで闘《たたか》っています。

元郵便局秘書官《ゆうびんきょくひしょかん》のアーベントシュトゥントは行方不明です。もしかしたらくずれ落ちた自宅《じたく》のがれきの下にうもれ、自らが望んだ戦争の犠牲《ぎせい》になったのかもしれません。ひょっとすれば、どこかでひょっこり生きていて、時代がうつり変わっていくことに対して不機嫌《ふきげん》にもんくをたれているかもしれません。当時、エデのおとうさんが最終的に正しく見ぬいたように、あの「根性《こんじょう》の曲がった五〇代男」は、絶対《ぜったい》にまともな人間になっているはずもありません。

　ウンク、おばあさん、トゥラントにいとこたちはどうなったのでしょう？　それは探索《たんさく》しないほうがいいのかもしれません！　ヒットラー政権《せいけん》下の初期、非《ひ》合法的にベルリンへきたユリウス・フチークは、当時その家族を探《さが》したのですが、その居場所《い》をつきとめることはできませんでした。以前、わたしたちが住んでいたアパートの近くにあらわれたとき、角のタバコ屋のおかみさんが彼《かれ》に気づき、警察《けいさつ》に通報《つうほう》しました。逮捕《たいほ》されないようにと、彼《かれ》は大急ぎでその場から立ちさるしかありませんでした。

ジプシーの友人たちはもう生きていないのではないかと危惧《きぐ》しています。ヒットラーとその野蛮《やばん》な仲間たちは、ユダヤ人もジプシーもまるで人間ではない、家畜《かちく》以下の存在《そんざい》であるかのように追いはらい、撃《う》ち殺し、ガス殺にしました。ナチス占領に抵抗《ていこう》したチェコ民族の英雄《えいゆう》、ユリウス・フチークを殺したのと同じように……。それでもわたしは――あらゆる理性的判断《はんだん》に反して――エデとウンクに再会《さいかい》できる望みを完全にすてさったわけではありません。いままでに何度となく二人を思い起こさせるような行動、ふるまい、髪《かみ》の毛や声の似《に》た人物を追いかけたことがあります。でも、いつも別人でした。あのときから長い時間が経過《けいか》しました、その時代ははや足で走りさり、そのあいだに子どもは大人に成長しました。

『エデとウンク』に登場しないものの、それでもこの本と深いかかわりのある人たちがいます。『エデとウンク』の読者のみなさんです。

現在、ある日刊《にっかん》紙の編集《へんしゅう》者になった男性は、「ヒットラー時代、あなたの本を地中にうめてかくしもっていました」と語りました。「一〇歳《さい》の誕生《たんじょう》日に母親からプレゼントされた本でした。現在もその本を所有しています」彼《かれ》は自分の濃《こ》いブロンドのひげをなでていましたが、夢想《むそう》的な彼《かれ》の目はメガネごしに笑っているように見えました。「クラブンデ家のおとうさんの「腐《くさ》った魚の島」、あれはわたしにとっての最初の、どういえばいいのか、経済学《けいざい》の授業《じゅぎょう》でした。ごぞんじでしたか?」

数年前、ちょうど『エデとウンク』の再版《さいはん》が決定されたとき、ハノーヴァーのある教諭《きょうゆ》から手紙を受けとりました。彼《かれ》もわたしの初期からの読者の一人でした。現在、四人の子どもの父親だそうです。年齢《ねんれい》を重ねて、時間がいかに早くすぎさるかを思い知ります。ファシスト勢力《せいりょく》に抵抗《ていこう》したためにその人は五年間も強制収容所《きょうせいしゅうようじょ》に監禁《かんきん》されたそうですが、世界平和を保持《ほじ》するため、彼《かれ》は現在もファシストと闘《たたか》いつづけています。「ここで活動するのは容易《ようい》ではありません」と彼《かれ》は書いています。「しかし、威圧《いあつ》に屈《くっ》しません。なぜなら、当時のエデとウンクと同じように、わたしたちも世界に貢献《こうけん》したいと考えるからです。前回の手紙でお知らせしましたわたしの弟、彼《かれ》は現在地下に潜《せん》伏《ぷく》しています。ブラヴァ・チャブ! ピエレンゲリ・パレスティ。この言葉、あなたなら理解《りかい》できますよね」

もちろん理解《りかい》できます。これはジプシー語で――スパイには意味不明であっても――どの言葉もなじみがあります。

若《わか》い読者のみなさんもこの本を読んでくだされればそれらの言葉がわかるようになりますし、さらにさまざまなことが理解《りかい》できるようになるでしょう。

さあ、それではエデとウンクの話をはじめましょう。

(一九五四年版『エデとウンク』の加筆章)

※この文章(補遺)は、一九五四年版の原書では第一章として物語の冒頭におかれていました。

［註釈《ちゅうしゃく》］

＊1　ユリウス・フチーク（Julius Fučik, 1903-1943）：一九四二年四月にプラハでナチスの秘密警察《ひみつけいさつ》に逮捕《たいほ》され、翌年《よく》九月にベルリンで処刑《しょけい》されたチェコスロヴァキア出身の共産主義《しゅぎ》者であり、ジャーナリストで作家。監獄《かんごく》でひそかに書き残した獄中記《ごくちゅうき》『絞首台《こうしゅだい》からのレポート』が没《ぼっ》二年後の四五年一〇月にプラハで初めて出版され、約八〇の言語に翻訳《ほんやく》された（日本語訳《やく》：栗栖《くりす》継訳《けいやく》、岩波文庫、一九七七年）

＊2　ツィーディ・ツィーディ・ランズラ・パリイェ・モシュチェンディー・パリイェ・チャウェンディー・ツィーディマン・ブド・ロホ・ホウィー（Ziehdi ziehdi ranzla, palije moschtschendieh, palije tschawendieh, ziehdiman bud lo-ho-howieh）：スィンティの童謡《どうよう》。

＊3　ウラルル：オーストリア・スィンティの組織《そしき》、「ケタニ協会」のギッタ・マーテルさんの教えによれば、「ウラルル」はスィンティ語でチェコスロヴァキアのこと。

アレクス・ウェディングとロマの友人たちの集いには、二人のチェコスロヴァキアの共産主義《しゅぎ》者の作家（F・C・ワイスコップフとユリウス・フチーク）も加わったが、なぜ「ウラルル」＝チェコスロヴァキアが「神秘《しんぴ》に満ちた国」と描写《びょうしゃ》されたのかは不詳《ふしょう》。

第一次世界大戦後の一九一八年に独立《どくりつ》したチェコスロヴァキアは、たしかにロマを二一年から少数民族と承認《しょうにん》したが、多数派《は》国民は「ジプシー」に対して不信をいだきつづけ、二八年には大人四人と子ども二人のロマが殺害されたロマ襲撃《しゅうげき》事件などが起きた（Donald Kenrick,〔『ロマ民族の世界。ジプシー歴史事典』〕University of Hertfordshire Press, Hertfordshire, 2004, p.60）。第二次世界大戦後、八九年の「ヴィロード革命《かくめい》」を経て、九三年からチェコとスロヴァキアという二つの共和国に分離《ぶんり》し、両共和国は二〇〇四年五月から欧州《おうしゅう》連合（ＥＵ）加盟《かめい》国になったが、両国でのロマ差別はいまだきびしく（本書「訳者による解題」二七一頁上段参照）、多くのロマが両国から西側ＥＵ諸国《しょこく》やカナダへ亡命《ぼうめい》している。〇二年五月、チェコ・プラハの日本大使館に難民申請《なんみんしんせい》の可能性を打診《だしん》したロマ民族人権団体《じんけんだんたい》に対し、日本大使館員は「チャンスはまったくなく、日本へいっても多額《たがく》の航空運賃《うんちん》を使うだけで、失望するだけだ。投獄《とうごく》される可能性もある」と答えたという（「『日本は難民《なんみん》を一切みとめない』日本大使館員が発言と報道」、『朝日新聞』二〇〇二年五月四日）。

＊4 **アルト・グリーニッケ**：その遠足の話は原書六頁《ぺーじ》（本書一一頁）にのっているが、アルト・グリーニッケという地名の言及《げんきゅう》はない。原書一七頁《ぺーじ》（本書三二頁《ぺーじ》〔第2章註釈《ちゅうしゃく》2〕）にグリーニッケが登場する。その地区は現在でも森林、湖や公園など、総《そう》面積の七〇パーセントほどを自然が占《し》めている。

＊5 **ブーヘンワルト強制収容所《きょうせいしゅうようじょ》（KZ Buchenwald）**：ドイツ中部ワイマールの近くにナチスが一九三七年七月に設立《せつりつ》。四五年四月の閉鎖《へいさ》までのべ二四万人の被拘禁者《ひこうきんしゃ》（ナチスが「劣等《れっとう》人種」と見なしたユダヤ民族やロマ民族のほか障《しょう》がい者や同性愛者、また共産主義者などナチス政権《せいけん》に反対した人びと）が収容《しゅうよう》され、約五万五千人が死亡《しぼう》したと推定《すいてい》される。

訳者《やくしゃ》による解題《かいだい》

ウンクたちのその後

金子マーティン

前頁《ページ》とびら写真

ベルリン・フリードリヒハイン地区にある「エデとウンク通り」の標識
（撮影・金子マーティン）

１　ロマ民族とは

この物語は架空《かくう》の作り話ではありません。エデ（Ede）とウンク（Unku）をはじめとする本書の登場人物は実在した人びとがモデルになっています。

物語のあと、ウンクとその家族たちはどのような時代を生きたのでしょうか。

その前に、「ジプシー」とよばれたロマ民族について説明します。

『エデとウンク』の主人公の１人ウンクは、15世紀初期からドイツで暮《く》らすロマ民族の下部《かぶ》グループ、スインティ（Sinti）出身の少女です。

ロマ*1（Roma）とは、インド北西部を発祥《はっしょう》の地とし、日本などごく少数の国を除《のぞ》くほぼ全世界に離散《りさん》する少数民族の自称《じしょう》です。21世紀の現在でも、ロマは世界各地で「ジプシー」などの他称《たしょう》でよばれ、厳《きび》しい迫害《はくがい》を被《こうむ》りつづけています。

現在、ヨーロッパで暮《く》らすロマ民族は１、０００万人から１、２００万人と推定《すいてい》されています。ロマ民族はヨーロッパ社会最大の少数民族です。ヨーロッパのほかにも、中近東や北アフリカ、アメリカ大陸、オーストラリア大陸などで暮《く》らすロマ民族を合わせると、全世界では１、５００万人から２、０００万人のロマ民族がいると推定《すいてい》されています。

ロマに対する差別的呼称《こしょう》

ロマの他称《たしょう》には、「ジプシー」（英語）、「ツィガーン」（フランス語）や「ツィゴイナー」（ドイツ語）など、「ジ」や「ツィ」ではじまるものが多くみられますが、それらの言葉は、そうよばれた人びとを傷《きず》つける呼称《こしょう》なので、どれも使われるべきではありません。

「ジプシー」の語源《ごげん》は「エジップシャン」、つまり「エジプト人」です。しかし、ロマ民族の故郷《こきょう》はエジプトではなくインド北西部で、それを最初に科学的に裏《うら》づけたのが比較《ひかく》言語学者のリュディガーです。

リュディガー（Johann Christian Christoph Rüdiger,

1751-1822）は1782年に発表した「ジプシーの言語とそのインド起源《きげん》について」という題の48頁《ページ》ほどの学術論文《がくじゅつろんぶん》のなかで、「ジプシー」の言語とインド中部や北部で話されているヒンディー語との類似《るいじ》性《せい》を明らかにしました。今日《こんにち》ではロマがインド発祥《はっしょう》の少数民族であることが国際常識《こくさいじょうしき》になっています。「ツィ」ではじまるロマの他称《たしょう》の語源《ごげん》は、中世ギリシャ語の「アツィガノイ（Athiganoi）」だとされます。その語の意味として2つの解釈《かいしゃく》が成り立ちます。1つは「不可触民《ふかしょくみん》」、つまり接《せっ》してはならない穢《けが》れた人びとという意味。他方は「他者に触《ふ》れたがらない人びと」、つまりロマに属《ぞく》さない多数派《は》の人間との密接《みっせつ》な接触《せっしょく》を避《さ》けるロマ民族の儀礼的清浄《ぎれいてきせいじょ》感《うかん》に関係します。

いずれにせよ、ロマ民族に対して多数派《は》社会が使いつづけた他称《たしょう》は歴史的誤認《ごにん》にもとづいているか、あるいは「悪の代名詞《だいめいし》」などとして使われた言葉なので、当事者であるロマの大多数は、そのような呼称《こしょう》を不快な言葉、差別的な言葉として拒絶《きょぜつ》していますす。あらゆる少数民族は、その自称《じしょう》でよばれるべきなのです。

思いこみ：「馬車生活をする放浪《ほうろう》の民《たみ》」

ロマ民族が中央ヨーロッパへたどり着いたのは15世紀前半のことです。イスラム教徒によるインド北西部への侵略《しんりゃく》が起きたため、ロマ民族の先祖《せんぞ》は11世紀はじめごろから西方への移動《いどう》を何派《なんぱ》にも分かれて開始したと考えられます。

言葉も風貌《ふうぼう》も異《こと》なる人びとの故郷《こきょう》がどこなのか、それは多数派《は》ヨーロッパ人にとって長いあいだ謎《なぞ》でした。そのためさまざまな憶測《おくそく》や偏見《へんけん》を生みました。「馬車生活をする放浪《ほうろう》の民《たみ》」という思いこみもその1つです。みなさんもそう信じているかもしれません。しかし、史実《しじつ》はこうです。ワラキア公国《こうこく》とモルダヴィア公国《こうこく》（どちらも現《げん》ルーマニア）へ向かったロマ民族の一群《いちぐん》は、そこで14世紀から19世紀までのほぼ500年間、自由を奪《うば》われた奴隷《どれい》や農奴《のうど》として貴族《きぞく》や修道院《しゅうどういん》などの所有物《しょゆうぶつ》にされ、停留《ていりゅう》を余儀《よぎ》なくされたので「移動《いどう》の自由」などありませんでした。ほかのヨーロッパ中世諸国《しょこく》はロマ民族の定住を許《ゆる》さず、ロマは捕《つか》まれば厳《きび》しく罰《ばっ》せられたので、自らと家族の生命を守るために国から国への逃亡《とうぼう》をくり返すしかなく、移動《いどう》生活を送らざるをえなかったのです。

1939年10月17日、ドイツのナチス政権《せいけん》は「収《しゅう》監通達《かんつうたつ》」を発し、勢力圏《せいりょくけん》内でのロマの移住《いじゅう》を完全に禁止《きんし》しました。それ以降《いこう》の移動《いどう》は、あとで述《の》べますが、絶滅収容所《ぜつめつしゅうようじょ》への移送のみでした。とにかく、ロマ民族が移住《いじゅう》生活をしたのは第2次大戦前のことで、現在ではロマの圧倒的《あっとうてき》多数が定住生活者です。

作り話：「ジプシーの人肉食」

ロマにまつわるいくつかの作り話がロマ差別につながっています。根強く残っているものに「人肉食」と「子どもの誘拐《ゆうかい》」があります。

本書第2章、縁日《えんにち》でエデはウンクと出会います。そこに通りかかった男の子は、「世界中周知《しゅうち》の事実《じじつ》だろ、ジプシーが子どもを誘拐《ゆうかい》して殺すことくらい」と差別に満ちた偏見《へんけん》を口にします。15世紀前半にロマがヨーロッパに出現《しゅつげん》しますが、その200年後くらいから「ジプシーの人肉食」の作り話が流布《るふ》していたことがわかっています。

1631年、スペインで処刑《しょけい》された5人の「ジプシー」の罪状《ざいじょう》は「人肉食」でした。フランスでも「ジプシー」の一団《いちだん》が「人肉食」のかどで1682年に処刑されました。それから約百年後の1782年、「150人のジプシー」が関与《かんよ》したとされる「人肉食事件」がハンガリー西部で「発覚《はっかく》」します。逮《たい》捕《ほ》された「ジプシー」は拷問《ごうもん》にかけられ、「人肉食」の「証言《しょうげん》」が引き出されました。そして、「人肉食」の罪状《ざいじょう》で40余人の「ジプシー」が死刑《しけい》に処《しょ》せられたのです。

この「人食いジプシー事件」を、ヨーロッパ各国の新聞はセンセーショナルに報道《ほうどう》しましたが、「ジプシー」に食べられたとされる被害《ひがい》農民の人数は、「28人」から「84人」までとまちまちでした。死刑執行《しっこう》後、ハプスブルク家の神聖《しんせい》ローマ皇帝《こうてい》ヨーゼフ2世がハンガリーへ調査団《ちょうさだん》を派遣《はけん》、「人肉食事件」について詳細《しょうさい》に調査《ちょうさ》するよう命じます。その結果、「ジプシーに食べられた」と信じられていた農民の全員が生きている事実が判明《はんめい》しました。

この事件は多数派《は》住民から犯罪者とみなされている少数民族に対する冤罪《えんざい》（罪《つみ》がないのに罰《ばっ》せられること）の典型《てんけい》例です。

ところが、冤罪《えんざい》が証明された後も、「ジプシーの人肉食」の話を広めることに専念《せんねん》した「ジプシー研究者」がいます。『ジプシー　ヨーロッパにおけるこの民族の生活様式、心身状態《しんしんじょうたい》、風俗習慣《ふうぞくしゅうかん》と運命、ならびにその起源《きげん》についての歴史的試論《しろん》』（以下『ジプシー』と略）を1783年（初版）に著《あらわ》したハインリヒ・グレルマン（Heinrich Moritz Gottlieb Grellmann, 1753-1804）です。

「ジプシーの食べ物と飲み物」という章で、グレルマンは15頁《ページ》にわたって「ジプシーの人肉食」をとりあつかいました。

このほか、グレルマンはこの本の中で、なんの実《じっ》証《しょう》もないまま「ジプシー」をインド最下層《さいかそう》のカースト、シュードラ（sūdrā）の出自《しゅつじ》だと決めつけ、「怠《なま》け者」「泥棒《どろぼう》」「うそつき」「ペテン師《し》」「占《うらな》い師」「スパイ」「子ども誘拐犯《ゆうかいはん》」「売春婦《ばいしゅんふ》」「近親相姦集団《きんしんそうかんしゅうだん》」「人食い人種《じんしゅ》」など、ありとあらゆる否定《ひてい》的・犯罪的な特質《とくしつ》をロマの属性《ぞくせい》とし、「音楽的才能《さいのう》」以外には1つの長所もちあわせない、とまで断言《だんげん》しました。

この本は、初版発行の4年後、増補改訂《ぞうほかいてい》版が発行され、英語、フランス語とオランダ語にも翻訳《ほんやく》されました。グレルマンによるロマに対する差別的記述《きじゅつ》は、後世《こうせい》の「ジプシー観《かん》」に多大な影響《えいきょう》をおよぼしつづけています。

作り話：「ジプシーの人さらい」

「人肉食」と同じく根強く残るロマに対する作り話が「子どもの誘拐《ゆうかい》」です。『ドン・キホーテ』の作者でもあるスペインの有名な作家、ミゲル・デ・セルヴァンテス（Miguel de Cervantes, 1547-1616）は1613年に「ジプシー娘（La Gitanilla）」という短篇《たんぺん》小説を発表しました（日本語訳《やく》：牛島信明訳《やく》『スペイン中世・黄金世紀文学選集』⑤所収、国書刊行会、1993年）。幼《おさな》いころ「ジプシー」の老婆《ろうば》に誘拐《ゆうかい》され、その老婆の孫娘として育てられた高貴《こうき》な出自《しゅつじ》の娘と、貴族《きぞく》の息子の恋愛《れんあい》物語です。最終的に娘が「ジプシー」の出身《しゅっしん》でないことが判明《はんめい》し、2人はめでたく結婚《けっこん》します。セルヴァンテスのこの小説によって「子どもをさらうジプシー」の話が広まり、同じ題《だい》材《ざい》の小説を書いた作家が17世紀から19世紀にかけてのヨーロッパにあふれました。

日本でも政治家の石原慎太郎衆議院議員《しゅうぎいんぎいん》（当時）が、「ヨーロッパで行われている幼児《ようじ》の誘拐《ゆうかい》はジプシーたちの新しい仕事」とまちがった主張《しゅちょう》をしました。（石原慎太郎「性の荒廃《こうはい》と蘇生《そせい》」、『中央公論』1989年10月号、182頁《ページ》）。

ところが、史実《しじつ》はその嫌疑《けんぎ》の正反対でした。多数派《は》社会の為政者《いせいしゃ》（たとえば、ハプスブルク家のマリア・テレズィア）やキリスト教「慈善《じぜん》団体」（たとえば、スイスのプロ・ユヴェントゥーテ）が、ロマの子どもたちを強制的に親元からひきはなすという人権侵害《じんけんしんがい》を1970年代初頭《しょとう》まで犯《おか》しつづけていました。ロマは多数派《は》国民の子どもをさらったのではなく、権《けん》力《りょく》によってとりあげられた自分たちの子どもをとり返しただけなのです。

1904年に『予審判事《よしんはんじ》の手引書』を著《あらわ》したオーストリアの裁判官《さいばんかん》で犯罪人類学者のハンス・グロース（Hans Gross, 1847-1915）は、「ジプシーは本当に子どもを誘拐《ゆうかい》するのだろうか？　それを目撃《もくげき》した者はいない。それを裏《うら》づける公的書類もない。……私《し》見《けん》では、子どもを誘拐《ゆうかい》するジプシーの話というのは、一時社会を震撼《しんかん》させたジプシーによる人肉食の話と同類である」と書いています。ロマ社会はそもそも多産であるため、多数派《は》住民の子どもをさらう必要性などありません。

もっとも、自分の子どもを育てる財力《ざいりょく》に欠ける極貧《ごくひん》の多数派《は》住民の親が、自分の子どもをロマに託《たく》すことや、望まない子どもを産んだ未婚《みこん》の母がその赤子をロマにひきとってもらうことはあったと、1960年代末まで移動《いどう》生活をつづけたスィンティ女性のローザ・ウィンター（Rosa Winter, 1923-2005）は証言《しょうげん》しています（ローザ・ウィンター「スィンティの生活はこんな風だった」、ルードウィク・ラーハ編《へん》著《ちょ》／金子マーティン訳《やく》『私たちはこの世に存在《そんざい》すべきではなかった――スィンティ女性三代記（上）』所収《しょしゅう》、凱風社《がいふう》、2009年、95～96頁《ページ》）。

２０１３年には、「ジプシーは子どもを誘拐《ゆうかい》する」という作り話が現代《げんだい》においてもなお、いかに根強く人びとの脳裏《のうり》を支配《しはい》しつづけているかを示《しめ》す「事件」が起きました。

ギリシャのロマ居住区で警察《けいさつ》が発見した金髪《きんぱつ》で青い目の女の子・マリアちゃんを育てていた夫妻《ふさい》が「誘拐罪《ゆうかいざい》」で起訴《きそ》され、マリアちゃんは「保護《ほご》」されました。しかし、マリアちゃんの実母《じつぼ》はブルガリアのロマ女性で、ギリシャへ出稼《でかせ》ぎで来ていたときにその子を出産したのですが、経済的《けいざいてき》に養《やしな》えなかったためギリシャ・ロマの家庭に里子《さとご》としてあずけていたのです。

ギリシャでその女の子が発見された数日後、今度はアイルランド警察《けいさつ》が、あるロマ夫妻の金髪で青い目の子ども２人を「保護」しました。ところが、ＤＮＡ鑑定《かんてい》の結果、その２児《じ》はロマ夫妻の実子《じっし》と判明《はんめい》しました。

さらにセルビアでは、スキンヘッドのグループが「肌《はだ》が浅黒《あさぐろ》くない」との理由で、ロマの男児を両親の元からつれさろうとする事件が発生しました。ギリシャでのマリアちゃんの報道《ほうどう》に反応《はんのう》した行動とみられています。（「金髪の子連れ　ロマを疑《うたが》う目」『毎日新聞』２０１３年10月27日）。

ステレオタイプ：「ジプシーは黒髪《くろかみ》、肌は浅黒い」

ロマが中央ヨーロッパにたどり着いた15世紀の当初から、その皮膚《ひふ》の色は悪・悪魔《あくま》の代名詞《だいめいし》でもある「黒」、ないしは「暗褐色《あんかっしょく》」と描写《びょうしゃ》されてきました。

実際《じっさい》に、当事者の「ジプシー」と出会った体験があるヨーロッパ人は多くなかったと考えられます。というのは、各中世国家において捕《つか》まれば処罰《しょばつ》される対象だった「ジプシー」は、社会の片隅《かたすみ》で隠《かく》れるようにして暮《く》らしていたからです。しかし、当時から現在まで「ジプシー」に対するさまざまな思いこみや偏見《へんけん》は再生産《さいせいさん》されつづけています。

「ジプシー」の皮膚《ひふ》を「黒」ないしは「褐色《かっしょく》」とするのは社会に流布《るふ》したステレオタイプの１つです。スィンティの当事者はこう証言《しょうげん》しています。「きょうだいが12人いました。そのうち、４人がブロンドで碧眼《へきがん》」（ローザ・ウィンター、前掲書《ぜんけいしょ》、55頁《ページ》）。金髪《きんぱつ》や青い目のロマは決して珍《めずら》しくないのです。

ロマ民族にはロマニ語（Rómani shib）という独自《どくじ》の言語や古い習慣《しゅうかん》がありますが、ほかの民族同様、ロマ民族も決して均一的《きんいつてき》な集団《しゅうだん》ではなく、多様性があります。その皮膚《ひふ》、髪《かみ》や目の色も多様で、さまざまな外見のロマがいるのです。

ウンクの遠縁《とおえん》にあたるベルリン在住《ざいじゅう》の老齢《ろうれい》のスィンティ女性、フラウマ（Flauma）は、「ウンクはみんなのなかでもっとも色の黒い女の子で、（……）スィンティ語でウンクという名前の意味はスズガエル」と1966年に証言《しょうげん》しています。（「ウンクの最後の踊《おど》り」『アレクス・ウェディング――その40年間から。回想、作文と断片《だんぺん》。その70歳の誕生日《たんじょうび》に寄せて』、Kinderbuchverlag, Berlin, 1975, p. 298.）。スズガエルの背面は灰褐色《はいかっしょく》とされるので、ウンクはたしかに皮《ひ》膚《ふ》の色が濃いほうだったようです。

本書『エデとウンク』では、ウンクの皮膚《ひふ》の色は「クルミ色」や「褐色」と描写《びょうしゃ》され、ロマのことは「シュイゴイナー」＝「ジプシー」と、当事者が忌《き》避《ひ》する用語が一貫《いっかん》して用いられています。著者《ちょしゃ》アレクス・ウェディング（Alex Wedding）も、圧倒的《あっとうてき》多数のヨーロッパ人と同じ先入観《せんにゅうかん》にとらわれ、物語が書かれたワイマール共和国当時の時代的制約から決して自由ではなかったといえるでしょう。

ウンクの生《お》い立《た》ち

ユダヤ民族が国家社会主義《しゅぎ》ドイツ労働者党（ナチ党）によって徹底的《てっていてき》な迫害《はくがい》を被《こうむ》り、多くのユダヤ人が殺されたことはみなさんもご存じでしょう。しかし、〝劣等《れっとう》民族〟というユダヤ民族と同じ「根拠《こんきょ》」、そしてアウシュユウィッツ＝ビルケナウなどの絶滅《ぜつめつ》収《しゅ》容所《うようじょ》でとらわれるというユダヤ民族と同じ「方法」で、数十万人ものロマがナチスによって虐殺《ぎゃくさつ》されたことは、いまだによく知られていません。

本書に登場するウンクも、ナチスによってアウシュウィッツの絶滅収容所《ぜつめつしゅうようじょ》へ送られました。

「ウンク」はスィンティの民族名で、ドイツ語名は、エルナ・ラウエンブルガー（Erna Lauenburger, 1920-1943）といいます。

ウンクの母方の祖父《そふ》は、音楽家のグスタヴ・フランツ・トールマン（Gustav Franz Thormann, 1884-?）。祖母《そぼ》は歌手のマリー・ラウエンブルガー（Marie Lauenburger, 1884-1944）で、その夫妻《ふさい》の娘《むすめ》アンナ・トールマン（Anna Thormann, 1903-1943）がウンクの実母です。ウンクの祖母の民族名はヌッツァ（Nutza）、母親の民族名はトゥラント（Turant）といいました。

ウンクは1920年3月4日、出生証明書によれば、ベルリン市北西部ライニッケンドルフ区の小屋つき菜園《さいえん》地区にあるグリューネル・ウェーグ11番地で生まれました。[*2] 出生証明書には未婚《みこん》の母から生まれたと記されています。[*3] ウンクの両親はロマの伝《でん》統的結婚式《とうてきけっこんしき》を挙げていたものの、ドイツ当局は「ジプシー風結婚《けっこん》」を「婚姻《こんいん》」とは認めていなかったからです。

ウンクが育った場所は同区内のパピーア通り4番地にあった家馬車停留地《ていりゅうち》です。[*4]

本書『エデとウンク』以外にもウンクの写真が掲《けい》載《さい》されている戦前の図書があります。

「ベルリン市伝道会《でんどう》」の女性伝道師《でんどう》フリーダ・ツェッラー＝プリンツナー（Frieda Zeller-Plinzner, 1883-1970）が自らの伝道《でんどう》活動について著《あらわ》した『ジプシー収容所《しゅうようじょ》のイエス』という冊子《さっし》にウンクが登場します。ツェッラー＝プリンツナー自身が洗礼《せんれい》の代母となり、「黒髪《くろかみ》できらりと光る白い歯の12歳の少女、ウンク」が洗礼を受けたと書かれており、12歳当時のウンクの写真数枚が掲載されています。[*5]

「ベルリン市伝道会《でんどう》」は1887年、ベルリンのプロテスタント教団《きょうだん》によって創設《そうせつ》されました。「異《い》教徒《きょうと》」であると思いこんだベルリン在住《ざいじゅう》のロマ民族を、「女は占《うらな》いをするために罪深《つみぶか》い」と見なし、当時ベルリン市内に9カ所あったロマの停留《ていりゅう》地を巡《じゅん》回《かい》して伝道《でんどう》にとりくんでいました。

フリーダ・ツェッラー＝プリンツナーは、15世紀初期からドイツで暮《く》らす「ジプシー」を「よそ者」よばわりしており、この民族に対する認識《にんしき》は前近代的で差別的でした。

「何らかの恐《おそ》ろしいことをこの民族が過去《かこ》に起こしたのはまちがいなく、そのため神はその罪深い民族を恥辱《ちじょく》にさらされる故郷《こきょう》のない流浪《るろう》の民にした。……下劣《げれつ》な魂《たましい》と病的な良心をもってジプシーの子どもはこの世に生まれ落ちる。ジプシーの赤子は母親の背中《せなか》に背負《せお》われるか胸《むね》に抱《だ》かれ、その母乳《ぼにゅう》を飲むことで同時にジプシーのすべての悪徳《あくとく》を吸《す》いこむ。……うそ気質《きしつ》がこの民族に乗《の》り移《うつ》っているかのようであり、とても幼《おさな》いジプシーの子どもでもうそをつくのを喜《よろこ》びと感じ、抜《ぬ》け目《め》のないずる賢《がしこ》いうそを平気でつく」[*6]。

ツェッラー＝プリンツナーは、ベルリンのロマたちから「赤毛娘《あかげむすめ》」という意味の「ロリ・チャイ（Loli čhaj）」とよばれていましたが、同じあだ名でよばれたもう1人のドイツ人女性がいます。1936年11月、ベルリンの帝国公衆衛生局《ていこくこうしゅうえいせいきょく》の付属機関《ふぞくきかん》として設置《せっち》された〈人種優生《ゆうせい》学研究所〉（Rassenhygienische Forschungsstelle）の所長ロベルト・リッター（Robert Ritter, 1901-1951）の助手、エヴァ・ユスティン（Eva Justin, 1909-1966）です。

ユスティンは博士論文《はくしろんぶん》で「すべてのジプシー混血《こんけつ》者《しゃ》の不妊手術《ふにんしゅじゅつ》を」と人権無視《じんけんむし》の差別的要求《さべつてきようきゅう》をした人物ですが、ロマたちの信頼《しんらい》をえようと、自分が伝道《でんどう》師《し》とかんちがいされていることを故意《こい》に利用したといわれています[*7]。

ベルリンの〈人種優生《ゆうせい》学研究所〉の職員《しょくいん》たちは、ユダヤ民族やロマ民族の「身体測定《そくてい》」や「血液調査《けつえきちょうさ》」などを遂行《すいこう》し、科学的根拠《こんきょ》を欠いた「人種診断書《しんだんしょ》」なるものを作成、その結果をナチス当局に提供《ていきょう》していました。ユスティンたち〈人種優生《ゆうせい》学研究所〉の職員《しょくいん》が作成した資料《しりょう》は、ナチスが遂行したロマ民族のホロコーストに直結する「死の書類」でした。

幼児を抱く12歳のウンク（右）と赤子を抱くフリーダ・ツェッラー＝プリンツナー（フリーダ・ツェッラー＝プリンツナー著『ジプシー収容所のイエス』1934年より）

ナチスはロマを、「純血《じゅんけつ》を乱《みだ》す劣等《れっとう》人種」、「反社会的犯罪分子」、「労働忌避《きひ》者」などと見なしました。そして、その民族総体《そうたい》として「特別把握《とくべつはあく》」（ロマの個人情報を調べ管理・監督《かんとく》すること）し、「犯罪防止」の名目で、だが実際《じっさい》には「人種的理由」による迫害《はくがい》をし、「50万人」を上回るロマを虐殺《ぎゃくさつ》したとされています。〈人種優生《ゆうせい》学研究所〉の職員たちがロマ民族虐殺に対する責任《せきにん》を大きく負《お》っているのは明らかですが、戦後も彼《かれ》らはなんら責任を追及《ついきゅう》されることなく、「ジプシー研究」をつづけることができました。リッターとユスティンの2人は戦後、フランクフルトの「青少年衛生局《えいせいきょく》」に医師《いし》として採用《さいよう》され、〈人種優生《ゆうせい》学研究所〉の資料《しりょう》をそこに保管《ほかん》していました。

さらに、1949年、リッターとユスティンは、戦後にその名称《めいしょう》を〈ジプシー本局〉から変えただけで敗戦前と同じ職員が「浮浪者《ふろうしゃ》」＝「ジプシー」の「特別把握《とくべつはあく》」を続行していた〈浮浪者警察《ふろうしゃけいさつ》〉へ、その資料を渡《わた》しています。

ウンクが洗礼《せんれい》を受けた翌年《よくとし》の1933年、ナチ党《とう》が政権《せいけん》を掌握《しょうあく》します。

2　ワイマール共和国時代の差別政策《せいさく》

『エデとウンク』は、ドイツでナチスが政権《せいけん》をとる3年ほど前の1930年ごろ、*8 ワイマール共和国時代のベルリン、労働者街が舞台《ぶたい》です。

1919年8月に制定されたワイマール憲法《けんぽう》は、民主主義《みんしゅしゅぎ》憲法《けんぽう》の典型《てんけい》といわれています。ワイマール憲法《けんぽう》第109条第1項《こう》は、「すべてのドイツ人は、法律《ほうりつ》の前に平等である」と定め、第3項は「出生または門地《もんち》による公法上の特権《とっけん》および不利益取扱《ふりえきとりあつか》いは、廃止《はいし》される」とし、第111条では、「居住移転の自由」を保証《ほしょう》していました。

ところが、ワイマール共和国時代（1919〜1933年）においても実際《じっさい》は、ドイツ国民の一部がその「出生」によって「不利益取扱《ふりえきとりあつか》い」を被《こうむ》っていました。少数民族のロマがそのような集団《しゅうだん》でした。

ロマ民族は、近代ドイツ国家の警察権力《けいさつけんりょく》から「犯罪者集団《しゅうだん》」と見なされて、徹底《てってい》して監視《かんし》対象とされていました。

ロマの「定住化案」と「特別把握《とくべつはあく》」

「ジプシー定住化案」は18世紀後半の啓蒙主義《けいもうしゅぎ》時代からすでに唱《とな》えられていました。

1783年、前述《ぜんじゅつ》した「啓蒙主義《けいもうしゅぎ》者」のハインリヒ・グレルマンは、著書《ちょしょ》『ジプシー』で、「ジプシーを役立つ市民にするには、移動《いどう》を禁止《きんし》して定住民に改造《かいぞう》しなければならない」*9と主張《しゅちょう》しました。

また、警察《けいさつ》によるロマの「特別把握《とくべつはあく》」は、ワイマール共和国時代からはじまったわけではなく、それ以前の帝政《ていせい》時代から実行されていました。

1899年3月、ドイツ帝国《ていこく》下のバイエルン王国ミュンヘン警察《けいさつ》本部内に〈ジプシー本局〉が設置《せっち》されました。これが近代ドイツの警察《けいさつ》によるロマ民族「特別把握《とくべつはあく》」の発端《ほったん》です。

1905年6月、ミュンヘン警察《けいさつ》本部は、〈ジプシー本局〉発起人《ほっきにん》の1人で1912年まで同機関の局長を務《つと》めたアルフレッド・ディルマン（Alfred Dillmann, 1849-1924）の監修《かんしゅう》で『ジプシー総鑑《そうかん》（*Zigeuner-Buch*）』を発行しました。そこには「ジプシー」3,350人分の詳細《しょうさい》な情報《じょうほう》（姓名《せいめい》、年齢《ねんれい》、性別、国籍《こくせき》、配偶《はいぐう》関係、家系図《かけいず》、前科、顔写真、指紋《しもん》）が列挙《れっきょ》されています。

〈ジプシー本局〉は、『ジプシー総鑑』発行から20年後の1925年までに、ロマ14,000人分の個人《こじん》調書を作成・保管《ほかん》する組織《そしき》になっていきました。*10

警察《けいさつ》や州の監視《かんし》対象とされたロマ

1922年発行の『犯罪捜査官《そうさかん》の実用的手引書』はロマの「特徴《とくちょう》」として、「極《きわ》めて怠慢《たいまん》、享楽的《きょうらくてき》で虚栄心《きょえいしん》が強く、官能的《かんのうてき》で羞恥心《しゅうちしん》に欠け、復讐心《ふくしゅうしん》に満ちており、残忍《ざんにん》だが極度《きょくど》に臆病《おくびょう》、頭脳《ずのう》が未発達《みはったつ》なのに自らの利益《りえき》ばかりを追求する、このうえない虚言《きょげん》癖《へき》があり、とてもずる賢《がしこ》く、我慢《がまん》することができず、どこであろうともすぐ順応《じゅんのう》できる非常《ひじょう》に発達した感覚を備《そな》えもっている」*11、と記しています。

そして、ロマがその伝統的《でんとうてき》生活様式を維持《いじ》できないような差別的で厳《きび》しい指令、通達や布告《ふこく》などをドイツ国内の各州の行政《ぎょうせい》は立てつづけに発布《はっぷ》しました。

以下に、年表的に記します。

（**1919年8月**　ワイマイール共和国憲法《けんぽう》制定）

1919年10月1日　ドイツ南西部のヴュルテンベルク州内務省《ないむしょう》は「市町村内外でのジプシー風放浪《ほうろう》およびジプシー風野営《やえい》を禁《きん》じる」指令を公付《こうふ》。*12

1920年7月27日　プロイセン州福祉局《ふくしきょく》は「温《おん》泉地《せんち》、保養地《ほようち》や介護《かいご》施設《しせつ》近辺でのジプシーの野営を禁じる」条例《じょうれい》を発布《はっぷ》。*13

1921年9月20日　ヴュルテンベルク州内務省《ないむしょう》は「ジプシーの武器《ぶき》所有禁止《きんし》、銃器携帯許可書《じゅうきけいたいきょかしょ》や行商許可書《きょかしょ》は発行しない」と条例《じょうれい》で定める。*14

1922年11月3日　プロイセン州内務省《ないむしょう》は「ジプシー禍撲滅《かぼくめつ》指令」を公布《こうふ》。*15

1922年12月20日　バーデン州内務省《ないむしょう》は「指紋《しもん》と顔写真のある証明書の携帯《けいたい》」を14歳以上《さいいじょう》のすべてのロマに義務《ぎむ》づけ、*16 その9日後に通達「ジプシーおよびジプシー風放浪者《ほうろうしゃ》について」を発表し、「ジプシーおよびジプシー風放浪者《ほうろうしゃ》に指紋押捺《しもんおうなつ》させた証明書の導入《どうにゅう》」を指示《しじ》し、その「証明書」の常時《じょうじ》携帯義《ぎ》務《む》をロマに強要。*17

1925年12月12日　プロイセン内務省《ないむしょう》は「ジプシー居住区について」との条例《じょうれい》を公布《こうふ》、「各地域《かくちいき》でのジプシー定住化政策《せいさく》について意見交換《こうかん》をすべき」と提案《ていあん》。*18

ワイマール共和国時代、ドイツ各州はロマの文化を否定《ひてい》する差別的な「反ジプシー法」を立てつづけに成立させていきましたが、しだいにその内容《ないよう》は厳《きび》しさを増していきました。

1926年7月16日　バイエルン州は「ジプシー、浮浪者《ふろうしゃ》および労働忌避《きひ》者取締法《とりしまりほう》」を制定します。

1926年8月16日　ドイツ刑事警察《けいじけいさつ》の委員会は、「ジプシー禍撲滅《かぼくめつ》のための各州合意案」を議決し、その合意案には「ジプシーの乗り物は徹底的《てっていてき》に捜索《そうさく》する必要があり、とりわけ注意をはらわなければならないのは、誘拐《ゆうかい》した未成年者を同乗させていないかである」と記載《きさい》しました。*19

1926年10月13日～16日　ドイツ刑事警察《けいさつ》の委員会は、ベルリンで会合を開き、「ジプシー禍撲滅《かぼくめつ》」のための法案を各州が作成すべき、と決定しますが、**27年1月27日**、その先鞭《せんべん》をつけたのは、メクレンブルク・フォアーポンメルン州の州都シュウェリーン市でした[*20]。

また、**27年10月27日**の布告《ふこく》で、バーデン州法務省《ほうむしょう》は、「ジプシーの死亡《しぼう》、出産や結婚《けっこん》はミュンヘン警《けい》察《さつ》本部内〈ジプシー本局〉に通知されねばならない」との方針《ほうしん》を徹底《てってい》させます[*21]。

1927年11月3日　プロイセン州内務省《ないむしょう》、6歳《さい》以上のロマの指紋押捺《しもんおうなつ》と顔写真撮影《さつえい》を義務《ぎむ》化。

1929年4月3日　ヘッセン州、「ジプシー禍撲《かぼく》滅《めつ》法」を制定。

――1926年7月16日にバイエルン州で制定された〈ジプシー、浮浪者《ふろうしゃ》および労働忌避《きひ》者取締《とりしま》法《りほう》〉の第1条は、「人種的にはジプシーに属《ぞく》さないが、ジプシー風に漂泊《ひょうはく》する者」が「浮浪者《ふろうしゃ》」と定義され、「所轄警察署《しょかつけいさつしょ》による許可書《きょかしょ》を携帯《けいたい》しないかぎり、ジプシーおよびジプシー風に漂泊《ひょうはく》する者――〝浮浪者《ふろうしゃ》〟――は、その居住用馬車や居住用手押《てお》し車《ぐるま》で放浪《ほうろう》してはならない。その許可書《きょかしょ》の有効期限《ゆうこうきげん》は最長1年間であり、警察《けいさつ》はいつでもそれを取り消すことができる。その許可書《きょかしょ》は役所の求めに応《おう》じて提《てい》示《じ》されねばならない」と定めます。

「学齢期《がくれいき》にある子どもをつれての放浪《ほうろう》をジプシーと浮浪者《ふろうしゃ》はしてはならない」（第2条）、「銃器類《じゅうきるい》所有の禁止《きんし》」（第4条）、「集団《しゅうだん》での移動《いどう》禁止」（第5条）、「16歳以上で定職《ていしょく》のないジプシーと浮浪者《ふろうしゃ》は、警察《けいさつ》によって2年間に限って更正施設《こうせいしせつ》に収容《しゅうよう》できる」（第9条）など、「ジプシー」と「浮浪者《ふろうしゃ》」は同法によってさまざまな厳《きび》しい規制を受けることになりました[*22]。

この法律についてバイエルン州法制局のある参事官は、「犯《おか》された犯罪の追及《ついきゅう》ではなく、特定の犯罪行為《こうい》とも無関係に、犯罪者集団《しゅうだん》そのものを計画的に駆除《くじょ》することが警察《けいさつ》の主たる任務《にんむ》になる」と当時の法学雑誌《ざっし》に書いています。

つまり、「ジプシー」も「浮浪者《ふろうしゃ》」も犯罪者予備《よび》軍《ぐん》として予防拘禁《よぼうこうきん》すべき対象という見解《けんかい》を表明したのです。

また、「この法律《ほうりつ》が定めるさまざまな規則《きそく》によってジプシー集団《しゅうだん》はバイエルン州の領域《りょういき》を敬遠《けいえん》するようになると期待されるうえ、州内に残存《ざんぞん》する移動《いどう》生活者も抑制《よくせい》できる」[23]とも書かれています。これこそが〈ジプシー、浮浪者《ふろうしゃ》および労働忌避《きひ》者取締法《とりしまりほう》〉のねらいだったのです。

2家族以上を集団《しゅうだん》と規定《きてい》したバイエルン州法の主《しゅ》眼《がん》は、ロマ「集団《しゅうだん》」の解体、ロマの「定住化」の促《そく》進《しん》、およびロマ児童の不就学《ふしゅうがく》の根絶《こんぜつ》でした。

1929年4月中旬、〈ジプシー禍撲滅《かぼくめつ》のドイツ各州新合意案〉が成立[24]して以降《いこう》、バイエルン州法はしだいに帝国《ていこく》全土に効力《こうりょく》をおよぼすようになりました。

もっともヘッセン州のように、すでに29年4月3日に〈ジプシー禍撲滅《かぼくめつ》法〉を制定したような地域もあります。[25]

ワイマール共和国時代、各州はロマの定住化とその同化を求めましたが、実際《じっさい》にはどの自治体も、自らロマを受け入れる心づもりはまったくありませんでした。

つまり、ワイマール共和国下での各州の定住化政《せい》策《さく》は、「追放政策《せいさく》の裏返《うらがえ》しだったと理解《りかい》するのも可能であり、……ロマを死に追いやることで追放と定住の一体化がナチス体制下において実現《じつげん》した」[26]といえます。

ちなみに、1926年7月発令のバイエルン州〈ジプシー、浮浪者《ふろうしゃ》および労働忌避《きひ》者取締法《とりしまりほう》〉は、戦後1947年にいったんは占領軍政府《せんりょうぐんせいふ》によって無効《むこう》とされたのですが、1953年12月に継続《けいぞく》法〈バイエルン州浮浪者条例《ふろうしゃじょうれい》〉として公布《こうふ》されています。また、1929年制定のヘッセン州法〈ジプシー禍撲滅《かぼくめつ》法〉は戦後も存続《そんぞく》し、同法が廃止《はいし》されたのは1957年のことでした。

ロマ民族への差別は敗戦後のドイツでも続行していたのです。

〈人種優生学《ゆうせい》〉的出版物

ワイマール共和国時代には、人命軽視《けいし》の〈人種優生学《ゆうせい》〉的出版物も多数刊行《かんこう》されました。

たとえば、1920年には法学者カール・ビンディング と医師《いし》アルフレッド・ホッへの共著《きょうちょ》『生きるに値《あたい》しない生命の根絶規制解除《かいじょ》』、23年には、エルウィン・バウアー、オイゲン・フィッシャーとフリッツ・レンツという3人の人種優生《ゆうせい》学者による共著『人間遺伝《いでん》学と人種優生《ゆうせい》学』、24年には、医師アルトゥール・グィットの意見書『病弱で劣等《れっとう》な人間の不妊《ふにん》・断種《だんしゅ》手術《しゅじゅつ》』が刊行されています。[27]

ナチス政権《せいけん》の中心的イデオロギー（思想）だった人種主義《しゅぎ》の基盤《きばん》は、法的にも、「学問的」にも、情《じょう》報《ほう》管理システムの面でも、すでにワイマール共和国時代において準備《じゅんび》されていたのです。

3　ナチス政権下《せいけんか》のウンクたち

本書に登場するエデとウンクが暮《く》らしていたベルリンが立地するプロイセン州の内務省《ないむしょう》は、1927年11月3日、「6歳以上《さいいじょう》のすべての移動《いどう》ジプシーとジプシー風放浪者《ほうろうしゃ》に指紋押捺《しもんおうなつ》と顔写真撮影《さつえい》を義務《ぎむ》づける」布告《ふこく》を発しました。[28] その結果、同月23日から26日にかけて、プロイセン州にいたロマ8，000人以上から指紋《しもん》が採集《さいしゅう》されました。[29]

ウンクはベルリンで暮《く》らす少数民族のスィンティの女の子で、当時は7歳でした。しかし、ウンクとその家族は半定住生活をしていたため、おそらくこの27年布告《ふこく》の対象にはならなかったのではないかと推測《すいそく》されます。

ナチス時代のウンクとその家族については、マクデブルグ（Magdeburg）の警察《けいさつ》本部が作成した資料《しりょう》に記されています。これらは、現在マクデブルグ市のザクセン・アンハルト州立公文書館に所蔵《しょぞう》されています。主にその史料を使ってウンクとその家族がたどらされた迫害《はくがい》の歴史を見てみましょう。

ナチスによる「ジプシー問題」の「最終解決策《かいけつさく》」

1933年1月、ドイツでナチスが政権《せいけん》を掌握《しょうあく》します。

ナチスは「純血《じゅんけつ》」を最重視《さいじゅうし》しており、逆《ぎゃく》に「混《こん》血《けつ》」とは劣等《れっとう》性の証明にほかならず、混血《こんけつ》民族は「撲滅《ぼくめつ》」されるべき対象でした。

34年に発行された『ドイツ国民の人種学』第16版で、歴史については完全に無知だったものの、ナチスお抱《かか》えの人種優生《ゆうせい》学者にまで出世した人類学者ハンス・ギュンター（Hans Günther,1891-1968）は、「紀元前3世紀ごろに北インドを旅立ったジプシーは、インド発祥《はっしょう》のさまざまな民族と中近東・西南アジア諸《しょ》民族の混合体《こんごうたい》の雑種《ざっしゅ》である」ととなえました[*30]。

ロマ民族は、1935年9月発布《はっぷ》の「ニュルンベルク法」によって、「非《ひ》ヨーロッパ系異《けいい》人種《じんしゅ》の血統《けっとう》」とされます。この法律《ほうりつ》によって、ロマはドイツ国籍《こくせき》をうばわれ、すべての市民的・政治的権利《せいじてきけんり》を失いました。同年11月には「アーリア人」との結婚《けっこん》も禁止《きんし》されます。

ナチスがとなえた「選民思想《せんみんしそう》」＝「アーリア人種」至上主義《しじょうしゅぎ》と、それに直結した人種主義・民族差別論《ろん》こそが、「ジプシー問題」の「最終解決策《かいけつさく》」＝民族殲滅《せんめつ》のための理論《りろん》を形成したのです。

オリンピック開催《かいさい》前の「ジプシー一掃《いっそう》」

ナチスの政権掌握《せいけんしょうあく》から3年後の1936年8月1日から16日には首都ベルリンでオリンピックが開催《かいさい》されました。

ベルリン市内から〈ジプシー一掃〉をするため、オリンピック開催《かいさい》直前の7月16日、ロマ民族の清浄《せいじょう》感からすれば忌避《きひ》すべき不浄《ふじょう》な場所である市営墓地《しえいぼち》や市営下水処理《しょり》場などが立地するベルリン市東部郊《こう》外《がい》のマルツァーン（Marzahn）に、〈ジプシー宿営地《しゅくえいち》〉と称《しょう》する収容施設《しゅうようしせつ》が設置《せっち》されました。ベルリン市内に在住《ざいじゅう》、あるいは滞在《たいざい》中だったロマ1、200人から1、500人が、つぎつぎにそこへ連行され、自由を奪《うば》われました[*31]。

ナチスによって「異民族《いみんぞく》」視《し》された人びとを拘禁《こうきん》したはじめての拘禁《こうきん》施設が、〈マルツァーン収容所《しゅうようしょ》〉だったのです。

ベルリン育ちのスィンティ男性、オット・ローゼンベルクの体験記から引用しましょう。

「ある早朝、4時か5時ごろにナチスの突撃《とつげき》隊員や警察官《けいさつかん》によって叩《たた》き起《お》こされました。「大急ぎで服を着ろ！　早くしろ！　もっと急げ！」と急《せ》き立《た》てられました。そして、家族全員がトラックに乗せられ、ベルリン・マルツァーンへ連行されました。わが家の家馬車もそこへ運ばれました。そこの正式名は「ベルリン・マルツァーン休憩場《きゅうけいじょう》」といいました。1936年、オリンピック開催《かいさい》直前のことです。当時のぼくは9歳《さい》。その「休憩場」に隣接《りんせつ》する草原は汚水灌漑耕地《おすいかんがいこうち》になっていたので、トラックでひっきりなしに下肥《しもごえ》（人糞尿《じんぷんにょう》）が運ばれてきて、ひどい悪臭《あくしゅう》がただよっていました。そんな不浄なところでの長居《ながい》はスィンティの掟《おきて》に反するので、通常《つうじょう》なら誰《だれ》も近寄《ちかよ》りもしませんが、強制的にそこへ留《と》め置《お》かれました。[*32]」

ベルリン・オリンピックの開催《かいさい》前、ウンクとその家族はベルリンの南西100キロほどのロッスラウ（Roßlau）へ移動《いどう》したようです。なぜなら、スィンティの写真ばかりを撮《と》っていたロッスラウの著述家《ちょじゅつか》で自《じ》称《しょう》「ジプシー研究者」のハンス・ウェルツェル（Hanns Weltzel, 1902-1952）が、1936年前後に撮影《さつえい》したウンクの写真数枚《すうまい》が現存《げんそん》するからです。

〈人種優生《ゆうせい》学研究所〉

ナチスの民族差別イデオロギーを「科学的に証明する」機能《きのう》を担《にな》っていたのが、帝国内務省《ていこくないむしょう》内に1936年11月に設置《せっち》された似非《えせ》科学的機関、ベルリンの〈人種優生《ゆうせい》学研究所〉でした。

神経医《しんけいい》ロベルト・リッターが所長を務《つと》めた〈人種

16歳のウンク。1936年、ハンス・ウェルツェル撮影。
（University of Liverpool Library/Special Collections and Archives/Althaus/Weltzel collection より）

優生学研究所《ゆうせいがくけんきゅうじょ》〉の職員《しょくいん》が遂行《すいこう》した、いわゆる「人種診断《しんだん》」によって、ある家族・個人《こじん》が「ジプシー」、または「混血《こんけつ》ジプシー」であるか否《いな》か、が決定されました。

それらの人びとの系図《けいず》や指紋《しもん》を収載《しゅうさい》した詳細《しょうさい》な調査《ちょうさ》カードが作成され、何の科学的根拠《こんきょ》もなく、28,607人の人間が1938年から42年のあいだ、ドイツ国内で、「ジプシー」や「混血《こんけつ》ジプシー」として「把握《はあく》」され、ドイツ居住のスィンティ18,992人が「人種的測定《そくてい》」を受けました。

ナチスの「秘密《ひみつ》国家警察《けいさつ》」（ゲシュタポ）によって逮捕《たいほ》されたロマ民族の人びとは、各地に設置《せっち》された強制収容《しゅうよう》所や「ジプシー拘留収容所《こうりゅうしゅうようじょ》」へ1938年夏から連行されることになりますが、その基礎《きそ》資料《りょう》は〈人種優生《ゆうせい》学研究所〉職員たちの活動を通してナチスへ提供《ていきょう》されていました。

ハンス・ウェルツェルとラムペルリ

先述《せんじゅつ》のウンクと家族の写真を撮影《さつえい》した自称《じしょう》「ジプシー研究者」のハンス・ウェルツェルについては、矛盾《むじゅん》する見解《けんかい》が発表されています。

「ロッスラウの文筆家ハンス・ウェルツェルは〈人種優生《ゆうせい》学研究所〉の組織外《そしきがい》の協力者だった」[*33]、「ナチス時代、ウェルツェルはスィンティ家族の血縁《けつえん》関係にかんする自分の研究成果を、〈人種優生《ゆうせい》学研究所〉のリッター博士《はかせ》に提供《ていきょう》した」[*34]という主張《しゅちょう》がある一方、「〈人種優生《ゆうせい》学研究所〉所長のロベルト・リッターが1936年にウェルツェルを訪問《ほうもん》し、自分が所長を務《つと》める研究所の所員になるようすすめ、ウェルツェルが収集《しゅうしゅう》した（スィンティ家族の）系図《けいず》を提供するよう依頼《いらい》したが、ウェルツェルはそれを拒否《きょひ》した」[*35]との主張もあります。

いずれにせよ、著述家《ちょじゅつか》で写真家のウェルツェルがスィンティの写真撮影《さつえい》ばかりでなく、〈優生学《ゆうせいがく》〉的資料《しりょう》も作成していたことは疑《うたが》う余地《よち》を残さないでしょう。

ロマ関連の情報《じょうほう》をハンス・ウェルツェルに提供したのは、ウンクの18歳《さい》ほど年上の従兄弟《いとこ》にあたる、ドイツ語名ヨーゼフ・シュタインバッハ（Josef

Steinbach, 1902-1963）、スィンティ名、ラムペルリ（Lamperli）です。

　1938年6月、ラムペルリは、「労働忌避《きひ》者」という名目《めいもく》でマクデブルグからブーヘンワルト強制収容《しゅうよう》所（37年7月設立《せつりつ》）へ送られましたが、ベルリン警察《けいさつ》本部の指示《しじ》で翌年《よくねん》2月に釈放《しゃくほう》されました。その理由は明らかにされていませんが、自分がラムペルリの釈放をロベルト・リッターに嘆願《たんがん》したと、ウェルツェル自身がソ連占領軍《せんりょうぐん》に処刑《しょけい》される前に主張しています。[*36]

　ラムペルリは、43年3月1日、ウンクやその家族もふくむほかのロマたちとともにアウシュユウィッツ=ビルケナウ絶滅収容所《ぜつめつしゅうようしょ》内の〈ジプシー家族収容所《しゅうようしょ》〉へ送られ、翌《よく》44年4月15日には、そこからほかの収容所《しゅうようしょ》へ転送されています。[*37]

　アウシュユウィッツ=ビルケナウ絶滅収容所《ぜつめつしゅうようじょ》内〈ジプシー家族収容所《しゅうようしょ》〉にかんする詳細《しょうさい》な資料は2種類あります。1つは、『追悼誌《ついとうし》　強制収容《しゅうよう》所アウシュユウィッツ=ビルケナウのスィンティとロマ』（以後『追悼誌』と略）。これはナチス時代に作成された性別被拘禁者名簿《ひこうきんしゃめいぼ》で、1993年に復刻《ふっこく》されました。44年にラムペルリが、アウシュユウィッツ=ビルケナウ絶滅収容所《ぜつめつしゅうようじょ》からほかの収容所《しゅうようしょ》へ転送されたことは、この資料《しりょう》から判明《はんめい》しました。

　ラムペルリの転送先は、ポーランド・オシフィエンチム市にある国立アウシュユウィッツ博物館副館長のダヌタ・チェック（Danuta Czech, 1922-2004）が編《へん》纂《さん》した『アウシュユウィッツ=ビルケナウ強制収容《しゅうよう》所における事件史年譜《ねんぷ》』から判明しました。44年4月15日当日、〈ジプシー家族収容所《しゅうようしょ》〉から男性884人がブーヘンワルト強制収容《しゅうよう》所へ転送されます。[*38]ラムペルリもその一団《いちだん》にふくまれていましたが、彼《かれ》はナチス時代を生きのびることができました。

　他方で、1952年4月16日、ロッスラウでソ連占領軍《せんりょうぐん》に逮捕《たいほ》されたウェルツェルは、7月5日、死《し》刑判決《けいはんけつ》が確定《かくてい》し、ナチス時代に暗躍《あんやく》した唯一《ゆいいつ》の「ジプシー研究者」として同年9月10日に射殺《しゃさつ》されました。[*39]

ロッスラウからマクデブルグの収容所へ

1938年1月、ロッスラウに滞在《たいざい》するウンクやその家族もふくむ53人のロマ全員は、同年2月までにロッスラウから立ち去るようゲシュタポから命令されます。*40

そこで、ウンクとその家族をふくむロッスラウに滞在《たいざい》していたほとんどのロマたちは、そこから北西へ60キロほどのマクデブルグへ移動《いどう》しました。マクデブルグには、ロマたちが家馬車を停留《ていりゅう》できる広場がもともと数カ所ありましたが、それらはことごとく廃止《はいし》され、35年5月の時点では1カ所のみでした。その1カ所が〈ジプシー収容所《しゅうようしょ》マクデブルグ・ホルツウェーグ〉です。*41

〈ジプシー収容所《しゅうようしょ》マクデブルグ・ホルツウェーグ〉は、3,000平方メートルほどの川沿《かわぞ》いの草木も生えない荒地《あれち》に設置《せっち》されていました。

ロッスラウからマクデブルグへ移動《いどう》したロマたちは、ただちにその収容所《しゅうようしょ》に拘禁《こうきん》されたようです。

市当局による1939年11月の実地検分《けんぶん》によれば、ロマたちは「26台のみすぼらしい家馬車、5平方メートルほどの8軒《けん》のそまつなバラックと2台の自動車」で暮《く》らしており、「糞尿《ふんにょう》が縁《ふち》まで満杯《まんぱい》の共同便所は今にもあふれそうだ」と報告《ほうこく》されています。*42

当時、〈ジプシー収容所《しゅうようしょ》ホルツウェーグ〉の人口は160人とされています。*43

ウンクは、1938年8月25日、マクデブルグの収容所《しゅうようしょ》で娘《むすめ》のマリー（Marie Lauenburger, 1938-1943）を産みました。*44 マリーの父親オット・シュミット（Otto Schmidt, 1918-1942）は、マクデブルグの同じ〈ジプシー収容所《しゅうようしょ》〉に囚《とら》われていた1918年2月13日生まれのスィンティでした。*45

ウンクの長女の父親、オット・シュミット

1938年4月と5月から6月にかけてナチスの刑事警察局《けいじけいさつきょく》は「行動〈帝国《ていこく》内労働忌避《きひ》者大検挙《けんきょ》〉（Aktion "Arbeitsscheu Reich"）」を断行《だんこう》、10,000人を超《こ》える男性を「労働忌避《きひ》者」との名目で逮捕《たいほ》し強制収容《しゅうよう》所に送りました。

保安警察《ほあんけいさつ》および親衛隊諜報部《しんえいたいちょうほうぶ》（ＳＤ）長官のラインハルト・ハイドリヒ（Reinhard Heydrich, 1904-1942）は、逮捕《たいほ》されるべき人物として「浮浪者《ふろうしゃ》、乞食《こじき》、ポン引き、ジプシー、ジプシー風放浪者《ほうろうしゃ》、前科のあるユダヤ人」などを挙げました。*46

前科もなく国籍欄《こくせきらん》に「ドイツ国籍《こくせき》」と書かれていたオット・シュミットも、その過程《かてい》の6月13日に「予防拘禁《よぼうこうきん》」という名目で逮捕《たいほ》され、ブーヘンワルト強制収容所《しゅうよう》へ移送《いそう》されます。*47

1942年9月初頭、オットの母親アウグステ・ラウビンガー（Auguste Laubinger, 1888-1943）は、ブーヘンワルト強制収容所《しゅうよう》の司令官ヘルマン・ピスタ（Hermann Pister, 1885-1948）に「息子《むすこ》の釈放《しゃくほう》」を嘆願《たんがん》する手紙を送りましたが、当然はねつけられました。*48

42年9月14日、さらにナチスは強制収容所《しゅうよう》被拘禁《ひこうきん》者《しゃ》の〈労働による絶滅《ぜつめつ》（Vernichtung durch Arbeit）〉という方針《ほうしん》を決定、ウンクの夫でマリーの父親オット・シュミットも、その政策《せいさく》を地で行く過酷《かこく》な強制労働に投入されたにちがいありません。もっとも、オット・シュミットの死因《しいん》は過酷な強制労働によるものではなく、彼《かれ》は無意味な人体実験の犠牲《ぎせい》になりました。

42年10月、ブーヘンワルト強制収容所《しゅうよう》の医師《いし》ワルデマール・ホーヴェン（Waldemar Hoven, 1903-1948）は、オット・シュミットをむ20人の被拘禁者《ひこうきんしゃ》をモルモットにして、発疹《はっしん》チフスの人体実験を実行しました。オット・シュミットは即死《そくし》しなかったものの、感染症《かんせんしょう》の重い症状《しょうじょう》に苦しみながら、42年11月20日に病死しました。*49 逮捕《たいほ》2カ月後に生まれた娘《むすめ》のマリーを一度も見ることなく。

警察《けいさつ》で指紋採取《しもんさいしゅ》・調書を作成される

ウンクと娘のマリー、母親トゥラントに祖母ヌッツァ、それにオットの母親アウグステ・ラウビンガーは、〈ジプシー収容所《しゅうようしょ》マクデブルグ・ホルツウェーグ〉に収容されていました。

1938年12月、「ナチス親衛隊《しんえいたい》」（ＳＳ）は、「ジプシーによる弊害《へいがい》の克服《こくふく》」という訓令《くんれい》を通達し、それに則《そく》して6歳《さい》以上のすべての「ジプシー」が警察《けいさつ》による「鑑定処置《かんていしょち》」を受けることになります。

39年4月12日、ウンクと母親トゥラントは、マクデブルグ刑事警察《けいじけいさつ》への出頭を命じられ、刑事警察《けいさつ》が2人の顔写真の撮影《さつえい》と指紋《しもん》を採取《さいしゅ》、調書を作成しました。「前科はまだありません」（強調《きょうちょう》は引用者）と書かれた調書に2人はサインをさせられています。[50]

その3日後、マクデブルグ刑事警察《けいさつ》は、ウンクの「犯罪記録簿《ぼ》」をベルリン地裁《ちさい》とベルリン犯罪記録局の2カ所から取《と》り寄《よ》せますが、矛盾《むじゅん》する記述《きじゅつ》がウンクの職業欄《しょくぎょうらん》にありました。ベルリン地裁の記録には「労働者」とされていましたが、犯罪記録局の記録には「無職《むしょく》」と記されていたのです。[51]

就労《しゅうろう》していようとも、ロマはほとんどの場合「無職」とされていました。その結果、ロマの強制収容《しゅうよう》所での拘禁《こうきん》理由はたいてい「労働忌避《きひ》者」＝「反社会的分子」であり、胸《むね》に黒色三角印をつけさせられていました。ちなみに、強制収容《しゅうよう》所の被拘禁《ひこうきん》ロマの標識《ひょうしき》は、のちに茶色三角印になりました。

「マクデブルグ刑事警察《けいじけいさつ》から他所への移動《いどう》を禁止《きんし》されましたが、それに違反《いはん》した場合、強制収容《しゅうよう》所へ送られることに同意します」と書かれた用紙にも、ウンクは1939年10月にサインをさせられています。[52]

1939年10月17日、ナチスは〈収監《しゅうかん》通達（Festsetzungserlass）〉[53]を発布《はっぷ》します。これはナチスによる「ジプシー迫害《はくがい》」の分岐点《ぶんき》を示《しめ》しています。

この通達は移動禁止令《いどうきんしれい》にほかならず、ロマはその居住地を変更《へんこう》することも、現滞在地《げんたいざいち》を離《はな》れることも厳禁《げんきん》とされたので、移動稼業《いどうかぎょう》に従事《じゅうじ》していたロマたちはますます困窮化《こんきゅうか》することになりました。そして、各都市に設置《せっち》された〈ジプシー収容所《しゅうようしょ》〉に収監《しゅうかん》されます。

多くのロマはそこからアウシュヴィッツ＝ビルケナウ絶滅収容所《しゅうようしょ》内のBⅡe区域《くいき》に設置《せっち》された〈ジプシー家族収容所《しゅうようしょ》（"Zigeunerfamilienlager"）〉へ最終的に転送されました。

奴隷《どれい》労働を強制される

〈ジプシー収容所《しゅうようしょ》マクデブルグ・ホルツウェーグ〉をはじめ、各地に設置《せっち》された〈ジプシー収容所《しゅうようしょ》〉に拘禁《こうきん》されたロマたちは、さまざまな民間企業《きぎょう》に低賃《ていちん》金《ぎん》の、もしくは無賃《むちん》の奴隷《どれい》労働者として貸《か》し出されました。

ウンクもマクデブルグ市内の「袋《ふくろ》・幌製造《ほろせいぞう》会社」での強制労働に投入されています。

同社の経営者《けいえいしゃ》はウンクについて、「労働意欲《いよく》が希《き》薄《はく》で態度《たいど》も生意気」との苦情《くじょう》を1941年5月にマクデブルグ刑事警察《けいじけいさつ》に通知し、「今後は経営者に満足してもらえるよう仕事に励《はげ》み、態度も改めます」という文書にウンクはサインをさせられています。*54

ウンクが強制労働をサボり、生意気だったのはうなずけます。「官憲《かんけん》によって労働を強要されたスィンティたちは、ほかの従業員《じゅうぎょういん》よりも安い賃金《ちんぎん》で働かされた」からです。*55

「人種診断《しんだん》」で「混血《こんけつ》ジプシー」と認定《にんてい》される

ウンクは、「Z－420」の番号でマクデブルグ刑事警察鑑識課《けいじけいさつかんしきか》に登録されました。強制収容《しゅうよう》所での

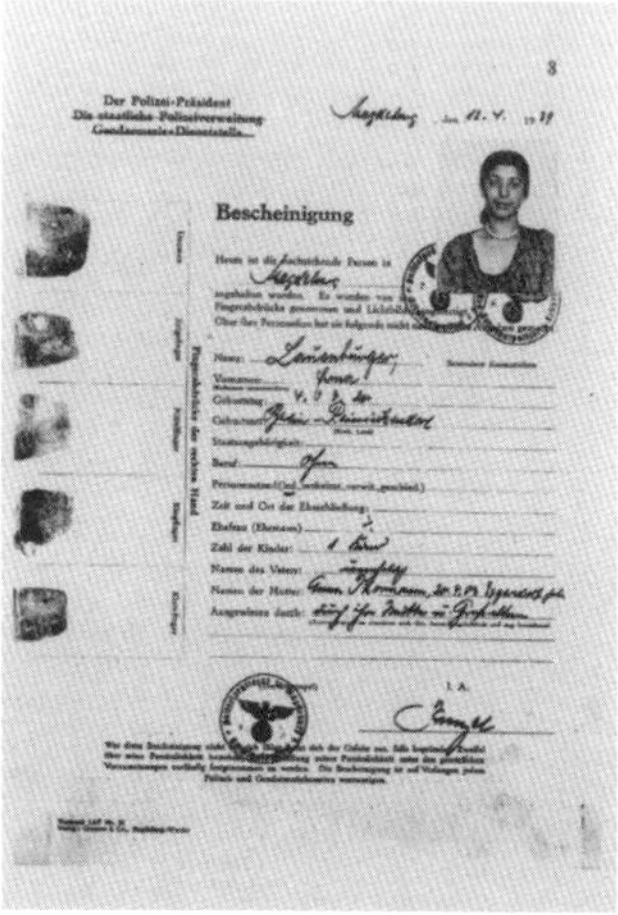
Der Polizei-Präsident

Bescheinigung

㊤1939年4月12日にマクデブルグ刑事警察鑑識課が撮影したウンクの写真。
㊦同年同日、マクデブルグ刑事警察発給のウンクの「証明書」。上の顔写真と指紋がある。
（Reimar Gilsenbach, *Oh Django, sing deinen Zorn !*〔『ああジャンゴ、おまえの怒りを歌え！』〕Basis Druck Verlag, Berlin, 1993 より）

登録番号の前にある「Z」の文字は、スィンティやロマのドイツ語他称《たしょう》「ツィゴイナー（Zigeuner）」＝「ジプシー」の頭文字《かしらもじ》の「Z」です。

ウンクはこのとき〈人種優生学《ゆうせい》研究所〉所長のロベルト・リッターによる「人種診断《しんだん》」も受けています。リッターのサインがある1941年7月14日付けの「所見」によれば、ウンクは「混血《こんけつ》ジプシー＋」、つまり「ジプシー血統優勢《けっとうゆうせい》な混血者《こんけつ》」と「診断《しんだん》」されています。*56

「民族の純血《じゅんけつ》」を最重視《さいじゅうし》し、「混血《こんけつ》」を犯罪視《し》したナチスは、「ジプシー問題」を明確《めいかく》に「人種問題」ととらえ直すようになり、1938年12月8日に「ジプシー禍《か》の撲滅《ぼくめつ》」*57を布告《ふこく》し、「ジプシーのうちもっとも高い犯罪率を有するのは、混血《こんけつ》ジプシー」だと主張《しゅちょう》したので、「混血《こんけつ》ジプシー」と認定《にんてい》されることは死刑判決《しけいはんけつ》を受けるに等しいことでした。

1942年9月24日、ウンクは次女のベルベル（Bärbel）を〈ジプシー収容所《しゅうようしょ》〉内で産みました。*58ベルベルの出生証明書の父親の欄《らん》は空白になっていますが、ウンクの夫オット・シュミットが、38年6月から150キロほど離《はな》れたブーヘンワルト強制収容《しゅうよう》所に拘留《こうりゅう》されていたことを考えれば、ベルベルは異《い》父《ふ》の子だったのでしょう。

1942年12月16日、ナチスは〈ジプシー問題の最終解決策《かいけつさく》〉に相当する訓令《くんれい》、〈混血《こんけつ》ジプシー、ロム・ジプシーおよびバルカン・ジプシーの強制収容《しゅうよう》所への拘禁《こうきん》〉、いわゆる〈アウシュウィッツ訓令*59（Einweisung von Zigeunermischlinge, Rom-Zigeuner und balkanische Zigeuner in ein Konzentrationslager）〉を発し、ナチス支配圏《しはいけん》の12カ国で逮捕《たいほ》されたロマたちは、つぎつぎとアウシュウィッツ＝ビルケナウ絶滅収容所《ぜつめつしゅうようしょ》の〈ジプシー家族収容所《しゅうようしょ》〉へ転送されます。

ちなみに、『追悼誌《ついとうし》』第2巻によれば、この収容所《しゅうようしょ》へ最初の被拘禁者《ひこうきんしゃ》が連行された43年2月26日から、閉鎖《へいさ》された44年8月3日までに登録された収容者は20,943人を数え、そのうち栄養失調、伝染病《でんせんびょう》、拷問《ごうもん》、人体実験、射殺《しゃさつ》、毒薬注射《どくやくちゅうしゃ》や毒ガス殺《さつ》などで死亡《しぼう》したロマは、11,843人（死亡率《しぼうりつ》約57％）に達しました。しかし、登録もされずに到《とう》着《ちゃく》直後に殺されたロマも2、000人ほどいたとされるうえ、ウンクとその2人の娘のように被拘禁者《ひこうきんしゃ》名簿《めいぼ》に死亡《しぼう》が記載《きさい》されなかった者も少なくないので、実際《じっさい》の死亡率《しぼうりつ》はより高かったと考えられます。

閉鎖《へいさ》2日前の1944年8月1日、ビルケナウの〈ジプシー家族収容所《しゅうようしょ》〉でまだ生存《せいぞん》していたロマの「選別」が行われ、強制労働の労働力としてまだ「利用価値《かち》」がある、比較的《ひかくてき》健康なロマ1、408人をほかのドイツ国内の強制収容《しゅうよう》所へ転送した後、8月2日から3日にかけての夜中、2、897人のロマが毒ガスによって「粛清《しゅくせい》」されました。[60] 毒ガス殺後、ロマの死体は焼却炉《しょうきゃくろ》横の溝《みぞ》で焼かれたこと、また8月3日、「病棟《びょうとう》にジプシー男1人のみが生存中《せいぞんちゅう》」と『アウシュヴィッツ＝ビルケナウ強制収容《しゅうよう》所における事件史年譜《ねんぷ》』に記されています。

ホロコーストの犠牲《ぎせい》になったウンクたち

次女ベルベルが生まれた約半年後の43年3月1日、ウンク、長女マリーに次女ベルベル、ウンクの母親トゥラントに祖母ヌッツア、オットの母親アウグステをはじめ、〈ジプシー収容所《しゅうようしょ》マクデブルグ・ホルツウェーグ〉の全収容者は、マクデブルグ警察《けいさつ》本部へ連行されました。

ほかで逮捕《たいほ》された者をふくめた470人のロマたちは、翌《よく》2日にマクデブルグ駅から貨車に乗せられ、5日後、アウシュヴィッツ＝ビルケナウ絶滅収容所《しゅうようしょ》内の〈ジプシー家族収容所《しゅうようしょ》〉へ到着《とうちゃく》しました。[61] ウンクの従姉妹《いとこ》カウラを除《のぞ》く、本書『エデとウンク』に登場するすべてのロマが、その一団《いちだん》にふくまれていました。219人の男性はZ−392からZ−610、251人の女性はZ−438からZ−688の番号で登録されました。

『追悼誌《ついとうし》』はとても不完全な資料《しりょう》ですが、それによれば、マクデブルグから転送された470人のロマのうち、252人（54％）が収容所《しゅうようしょ》内で死亡《しぼう》しています。[62]

また、『追悼誌』に「死亡《しぼう》」記載《きさい》がない218人のロマ全員が生還《せいかん》できたかどうかは判明《はんめい》しません。うち34人はビルケナウからほかの強制収容《しゅうよう》所へ転送されましたが、彼らのその後の運命はわかりません。

ウンク（Z－633）、長女マリー（Z－635）、次女ベルベル（Z－634）について、『追悼誌《ついとうし》』に死亡《しぼう》記録は掲載《けいさい》されていません。

しかし、旧東ドイツでの在野《ざいや》の研究者、ライマー・ギルゼンバッハ（Reimar Gilsenbach, 1925-2001）が生還者《せいかんしゃ》に行なった聞き取りによれば、アウシュウィッツ＝ビルケナウ絶滅《ぜつめつ》収容所《しゅうようしょ》内の〈ジプシー家族収容所《しゅうようしょ》〉に到着《とうちゃく》した約4カ月後、ウンクの5歳《さい》の娘《むすめ》マリーが病死し、その悲しみでウンクは完全に気が動転しました。叫《さけ》びながら屋外《おくがい》へ飛び出し、収容所《しゅうようしょ》の中庭で笑いながら踊《おど》り狂《くる》ったそうです。

そのため、ウンクは〈ジプシー家族収容所《しゅうようしょ》〉の病《びょう》棟《とう》へつれていかれ、ナチス親衛隊《しんえいたい》の医師《いし》に薬物注射《やくぶつちゅうしゃ》を打たれ、43年7月に殺されました。[*63]

さらに、ウンクの母親アンナ・トールマン（民族名トゥラント／Z－623）は43年12月8日、祖母マリー・ラウエンブルガー（民族名ヌッツァ／Z－622）は44年1月17日、オットの母親アウグステ・ラウビンガー（Z－596）は43年内に、アウシュウィッツ＝ビルケナウ絶滅《ぜつめつ》収容所《しゅうようしょ》内の〈ジプシー家族収容所《しゅうようしょ》〉で死亡《しぼう》しました。[*64] ウンクの次女ベルベルについて死亡《しぼう》を裏《うら》づける資料《しりょう》は存在《そんざい》しませんが、幼児《ようじ》1人が生きのびたとはとても考えられないでしょう。

ウンクの殺害《さつがい》についての証言《しょうげん》をライマー・ギルゼンバッハにしたのは、〈ジプシー家族収容所《しゅうようしょ》〉の元被拘禁者《ひこうきんしゃ》クルト・アンスィン（Kurt Ansin, 1921-1984）です。

前述《ぜんじゅつ》したウンクの従兄弟《いとこ》ラムペルリと同じく、クルトも1944年4月15日にアウシュウィッツからブーヘンワルト強制収容《しゅうよう》所へ転送され、[*65] ナチス時代を生きのびました。

クルトは『エデとウンク』に登場しませんが、本書に登場する11人のロマのうち、第2次世界大戦を生きのびた唯一《ゆいいつ》の生還者《せいかんしゃ》とクルトは結婚《けっこん》しました。その唯一の生還者《せいかんしゃ》とは、民族名がカウラ（Kaula）、ドイツ語名はヘレーネ・アンスィン（Helene Ansin, 1920-1974、旧姓《せい》はシュタインバッハ）といったウンクの従姉妹《いとこ》の1人です。

ベルリン・マルツァーン〈ジプシー収容所《しゅうようしょ》〉が開《かい》設《せつ》した当初の36年7月から、同収容所《しゅうようしょ》がソ連軍によって解放《かいほう》された45年4月21日までのほぼ9年間、その収容所《しゅうようしょ》に囚《とら》われていたカウラは、運良くアウシュウィッツ＝ビルケナウ絶滅収容所《ぜつめつしゅうようしょ》内〈ジプシー家族収容所《しゅうようしょ》〉への転送をまぬがれ、ナチス時代を生きのびることができました。もっとも、マルツァーン〈ジプシー収容所《しゅうようしょ》〉に拘禁《こうきん》中、「ベルリン市内にあったナチス親衛隊《しんえいたい》の女性隊員の家で朝5時から夜8時まで強制的に働かされ、しょっちゅう殴打《おうだ》された。そのため、4本の歯が折れた」とヘレーネは1966年に証言しています。*66

戦後、ヘレーネはスィント音楽家のクルト・アンスィンと結婚《けっこん》、8人の子どもを産んだといいます。*67ちなみに、アンスィン夫妻《ふさい》の墓石《ぼせき》はマルツァーン公園墓地《ぼち》にあります。

4　アレクス・ウェディングと『エデとウンク』

本書『エデとウンク』の著者《ちょしゃ》、アレクス・ウェディング（Alex Wedding）ことグレーテ・ワイスコップフ（Grete Weiskopf, 1905-1966）は、サルツブルク市の市場に隣接《りんせつ》する貧《まず》しいユダヤ系《けい》の家庭で1905年5月11日に生まれました。旧姓《せい》はマーガレーテ・ベルンハイム（Margarete Bernheim）、愛称《あいしょう》はグレーテ（Grete）、筆名をアレクス・ウェディングといいます。

アレクス・ウェディングというペンネームは、ベルリンの労働運動や反体制運動と深いかかわりがあります。「アレクス」はベルリン市中心部のアレクサンダー広場の略称《りゃくしょう》で、そこは反体制運動の集会場所であっただけでなく、1919年1月15日に反革《はんかく》命義勇軍《めいぎゆうぐん》に殺害された共産主義者《きょうさんしゅぎしゃ》のローザ・ルクセンブルク（Rosa Luxenburg, 1871-1919）とカール・リーブクネヒト（Karl Liebknecht, 1871-1919）の追悼《ついとう》集会が催《もよお》された広場でもあります。また、「赤いウェディング」とよばれた地区はベルリン市の労働者街の地名ですが、現在もウェディング地区居住人口の半分ほどが外国籍《がいこくせき》住民です。

アレクス・ウェディングの生誕《せいたん》70周年、そして彼《かの》女《じょ》の没《ぼっ》9年後に、『アレクス・ウェディング――その40年間から。回想、作文と断片《だんぺん》。70歳《さい》の誕生日《たんじょうび》に寄《よ》せて』と題する追悼《ついとう》集が旧東ドイツで刊行《かんこう》されました。同書にアレクス・ウェディング自らが記した短い自伝が所収《しょしゅう》されています。ここからアレクス・ウェディングの意識《いしき》形成に関係したと思われる個所《かしょ》を抜《ばっ》粋《すい》し、日本ではほとんど無名の彼女《かのじょ》の略歴《りゃくれき》をまず紹《しょう》介《かい》します。

「わたし自身は滅多《めった》に口を開かない内気な女の子でした。……父親は長いこと失業していました。そして、職《しょく》がないことを恥《は》じていました。失業している本当の理由を理解《りかい》できなかったために、自分自身の能力《のうりょく》不足がその原因《げんいん》だと思いこんでいました。それを口にすることはありませんでしたが、とても悩《なや》んでいるのがはっきりと見てとれました」

「(わたしは)第一次大戦中、反ユダヤ主義のゆりかごともいわれるサルツブルク市で育ちました。子どもながらにその反ユダヤ主義を実感していましたが、それは心痛《しんつう》を伴《ともな》いました。小学校に通っているころから、なぜ貧富《ひんぷ》の差があるのか不思議でなりませんでした。……市民や小市民は肉体労働者を見下します。それをとても不平等だと感じました。わが家の小市民的な偏狭《へんきょう》さ――空間的にも精神的《せいしんてき》にも――はわたしをとても暗い気持ちにさせました。そのため、孤独《こどく》で不幸な子ども時代を過《す》ごしました。

人間はなぜ戦争をするのだろう？　なぜ人種差別があるのだろう？　なぜ貧富《ひんぷ》の差があるのだろう？学校でも両親からもその答えを教えてもらったことは一度もありません」

「17歳《さい》のときからインスブルックの百貨店で働くようになりました。街外れの2部屋《へや》と台所しかない労働者用のアパートで鉄道労働者の家族と同居《どうきょ》しました。1部屋《へや》をわたしが借りました。その家族はとても貧乏《びんぼう》でしたが、「娯楽室《ごらく》」だった台所のテーブルのうえに共産党《きょうさんとう》の機関紙（オーストリア共産党の結党《けっとう》は1918年11月）が置かれていました。何冊かの本も戸棚《とだな》に置いてありました。ゴーリキーの『母』、『共産党宣言《せんげん》』や『女性と社会主義』*68などです。……夜は同居している家族とおしゃべりをして、その生活を根掘《ねほ》り葉掘《はほ》り聞き出そうとしました」

「1925年、ベルリンへ引《ひ》っ越《こ》して、同じ年に共産党に入党《にゅうとう》しました。……でも、同志《どうし》たちの話を聞いても、ほとんど理解することができませんでした」

「内気だったので大勢《おおぜい》の人間の前でしゃべるのは苦手、自分の意見もあまり表明できませんでした。でも、何もせずに沈黙《ちんもく》するだけの自分に嫌気《いやけ》が差しました。平等な社会を構築《こうちく》するため、自分なりの貢《こう》献《けん》がしたいと思うようになりました。その手段《しゅだん》が執《しっ》筆《ぴつ》活動です。人間の一生のなかでわたしの心をもっとも引きつけ、魅力的《みりょくてき》に感じたのは、子どもの無邪《むじゃ》気《き》さです。そのため、子どもを自分の読者に選びました。……生活の実像《じつぞう》を子どもたちに紹介《しょうかい》し、世の中で最重要なこと、進歩のために努めることを教えたいと思いました」*69

サルツブルク市で8年間の義務《ぎむ》教育を修了《しゅうりょう》したアレクス・ウェディングは、17歳《さい》になった1922年からインスブルック市内の百貨店で事務員として働き、共産党《きょうさんとう》の機関紙を購読《こうどく》する労働者家族と同居《どうきょ》します。

自ら革命《かくめい》運動に参加したいという熱望を抱《いだ》いたアレクス・ウェディングは、20歳になった25年に姉のゲルトルートが暮《く》らすベルリンへ引《ひ》っ越《こ》し、そこでドイツ共産党（1918年12月末結党）に入党《にゅうとう》しました。

1928年、プラハ出身のユダヤ系《けい》チェコ人作家、フランツ・カール・ワイスコップフ（Franz Carl Weiskopf, 1900-1955）と結婚《けっこん》した彼女《かのじょ》も、夫が会員だった〈プロレタリア・革命的作家連盟《れんめい》〉に加盟《かめい》します。

彼女《かのじょ》も夫のフランツ・カール・ワイスコップフも共産党員でユダヤ系だったため、1933年2月の国会議事堂放火事件のあとは、ナチスによる迫害《はくがい》を回避《かいひ》するためナチス勢力圏《せいりょくけん》外へ逃亡《とうぼう》する以外の選択《せんたく》肢《し》はありませんでした。

2人は33年にひとまずプラハへ逃《のが》れますが、39年3月からドイツ国防軍《こくぼうぐん》のチェコ占領《せんりょう》がはじまったため、同年にパリへ逃《に》げのびます。

その直後、アメリカ合衆国《がっしゅうこく》で開催《かいさい》される会議の招《しょう》待状《たいじょう》を受け取った夫妻《ふさい》は、ニューヨークへ亡命《ぼうめい》してドイツ敗戦までそこに留《とど》まりました。

戦後49年にひとまずプラハへ戻《もど》った夫妻《ふさい》は、50年から52年にかけての2年半を、49年10月1日に建国されたばかりの中華《ちゅうか》人民共和国で過《す》ごしました。

53年からワイスコップフ夫妻は再びベルリンで暮《く》らすようになりましたが、その2年後の55年9月14日、フランツ・カール・ワイスコップフは55歳《さい》の若さで亡《な》くなりました。


1956年1月に東ベルリンで開催《かいさい》された第4回ドイツ作家会議で行なった講演《こうえん》「児童・青少年文学にかかわるいくつかの問題点」で、アレクス・ウェディングは以下のように述《の》べています。

「若《わか》い読者が自主的に考え、強い責任感《せきにんかん》をもって行動できるよう、われわれの作品には教育をするという課題があります。妄信《もうしん》的に服従《ふくじゅう》するように、過《か》去《こ》においてドイツ人は何度も教育されましたので、その教育的課題こそが最重要です[70]」

1965年8月にスロヴェニアのブレッド市で開《かい》催《さい》された第33回国際ペンクラブの会議で「われわれの責任」という講演をしたアレクス・ウェディングは、そこでも「わたしは子どものために書いています。戦争、人種憎悪《ぞうお》や抑圧《よくあつ》が政治権力《せいじけんりょく》によって生み出されていること、それが子どもでも理解《りかい》できるように書いています[71]」と語っています。

アレクス・ウェディングは反ファシズムという明白な政治的意図をもった共産主義者《きょうさんしゅぎしゃ》の児童文学者でした。彼女《かのじょ》が活躍《かつやく》した旧東ドイツが1949年にドイツのソヴィエト連邦占領地域《れんぽうせんりょうちいき》で建国され、90年に消滅《しょうめつ》するまで、政治的にも文化的にもソ連の衛星《えいせい》国であったことを考えれば、アレクス・ウェディングの文章が極《きわ》めて教条主義的であったこともうなずけるでしょう。

１９６６年３月15日、アレクス・ウェディングは脳腫瘍《のうしゅよう》のため60歳《さい》で亡《な》くなりました。彼女はベルリンのフリードリッヒスフェルデ墓地《ぼち》にある、夫フランツ・カール・ワイスコップフと同じ墓《はか》に眠《ねむ》っています。

　彼女の死没《しぼつ》から２年後の68年、ドイツ芸術《げいじゅつ》アカデミーは「アレクス・ウェディング賞」を設立《せつりつ》し、２年から３年ごとのアレクス・ウェディングの誕生日《たんじょうび》にあたる５月11日に児童書の作家を表彰《ひょうしょう》しています。

アレクス・ウェディング（＝グレーテ・ワイスコップフ）と伴侶フランツ・カール・ワイスコップフの墓石。（ベルリン市営・フリードリッヒスフェルデ墓地）（撮影・金子マーティン）

『エデとウンク』の誕生

アレクス・ウェディング自身の記憶《きおく》によれば、ウンクが９歳の誕生日をむかえた１カ月後にあたる１９２９年４月、その少女と初めて出会い、その後ウンクやその家族や友人たちと交流するようになったといいます。*72

　彼女《かのじょ》がウンクと出会った２年後の１９３１年、ベルリンのマリク出版から『エデとウンク――少年と少女のための物語』が発行されました。

　３年後の１９３４年、『エデとウンク』の発行元であるマリク出版は、ナチスによって営業停止処分《えいぎょうていししょぶん》にされます。マリク出版は、ユダヤ系《けい》で無神論者《むしんろんしゃ》のウィーランド・ヘルツフェルデ（Wieland Herzfelde, 1896-1988）が１９１７年にベルリンで立ち上げた左翼《さよく》系出版社でした。

　『エデとウンク』も当然のことながら33年５月、ベルリンなどドイツの21大学都市で荒《あ》れ狂《くる》った大規《だいき》模《ぼ》な焚書《ふんしょ》の対象になりました。

　その結果、『エデとウンク』の原書はドイツ語圏《けん》から消え去り、31年発行の初版は現在もドイツ国内の図書館などで閲覧《えつらん》することはできません。

もっとも、『エデとウンク』原書発行の３年後、１９３４年に同書はデンマーク語、その翌年《よくねん》には英語、そして36年にはチェコ語に翻訳《ほんやく》されています。*73

マリク出版はナチスによって営業停止とされた後、亡命《ぼうめい》出版社としてロンドンで出版活動を継続《けいぞく》し、35年に原書掲載《けいさい》の写真９枚《まい》も載《の》った『エデとウンク』の英訳《えいやく》、『エディとジプシー――写真９枚掲載《けいさい》の少年少女のための物語』*74をロンドンで発行しました。また翌《よく》36年には、アレクス・ウェディング２作目の児童書『北極海はよぶ』（*Das Eismeer ruft*, Malik-Verlag, London, 1936）を発行しています。

マリク出版の社主とその家族は、その後イギリス経由《けいゆ》で１９３９年から49年までニューヨークで亡命《ぼうめい》生活を送りました。

ドイツ敗戦後の１９５４年、『エデとウンク』は旧東ドイツの「児童書出版」から再版されました。その際《さい》、アレクス・ウェディングは「不思議な出会い、ウラルルの国、ジプシー語の便りやそのほかのこと」という新しい第1章を加筆し、もともと全８章だった同書は全9章になりました。

本書では、アレクス・ウェディングが新たに書き加えたその章を「補遺《ほい》」として収《おさ》めています。

敗戦後のドイツでの『エデとウンク』

『エデとウンク』の人気は、旧東ドイツを中心に第２次世界大戦後もつづきました。同書は東ドイツで20数回も増刷《ぞうさつ》され、１９７２年から東ドイツの中学校１年生（ドイツの小学校は4年制なので、日本の小学校5年生に当たる）の必読図書に選定されました。73年にはドイツ連邦《れんぽう》共和国（旧西ドイツ）の出版社からも発行されます。

著者《ちょしゃ》アレクス・ウェディング生誕《せいたん》１００周年にあたる２００５年、ベルリンのノイエス・レーベン出版社は、31年版初版『エデとウンク』と同様に、表紙にエデとウンクの写真を使った新版を発行しました。

本書はこのノイエス・レーベン出版社版を底本《ていほん》としています。

『エデとウンク』関連の映画《えいが》も制作されています。

東ドイツの映画監督《かんとく》ヘルムート・チューバ（Helmut Dziuba, 1933-2012）は、『エデとウンク』を1981年に『ウンクがエデのガールフレンドだったころ（"Als Unku Edes Freundin war"）』という上映《じょうえい》時間72分の劇映画《げきえいが》としてプロデュースしました。その映画は「1931年初版発行の『エデとウンク』に基《もと》づいている」[*75]とされているものの、かなり自由な創作《そうさく》が随所《ずいしょ》にあります。

さらにザクセン・アンハルト州デッサウ市の若者グループが、『ウンクはどうなったのか――エルナ・ラウエンブルガーの短い人生（"Was mit Unku geschah-Das kurze Leben der Erna Lauenburger"）』というドキュメンタリー短編《たんぺん》映画（上映《じょうえい》時間35分）を2009年に制作しました。[*76] この短編映画は、おもにナチス強制収容《しゅうよう》所から生還《せいかん》できたスィンティたちの聞き取りにもとづいています。

1931年、マリク出版発行の『エデとウンク』初版本の表紙

5　ホロコーストの犠牲者《ぎせいしゃ》・ロマの追悼《ついとう》と「反ジプシー」の動き

『エデとウンク』の主人公たちに関連する記念碑《きねんひ》もいくつかあります。

ドイツのマクデブルグ大聖堂《だいせいどう》に隣接《りんせつ》するフュルストワル公園に、マクデブルグからアウシュウィッツ＝ビルケナウ絶滅収容所《ぜつめつしゅうようしょ》内〈ジプシー家族収容所《しゅうようしょ》〉へ転送され、そこで虐殺《ぎゃくさつ》されたロマの追悼碑《ついとうひ》が1998年10月末に落成しました。[*77]

また、〈ジプシー収容所《しゅうようしょ》マクデブルグ・ホルツウェーグ〉跡地《あとち》に近いフローラ公園沿《ぞ》いのオルヴェンシュテッター・グラースウェーグという道路には、虐殺されたロマのための記念碑《きねんひ》があります[*78]（09年3月1日落成）。その記念碑《きねんひ》には〈ジプシー収容所《しゅうようしょ》マクデブルグ・ホルツウェーグ〉にとらわれていたウンクをはじめとする犠牲者《ぎせいしゃ》全員の名が刻《きざ》まれています。

また「エデとウンク通り（Ede-und-Unku-Weg）」と命名された道路が、ベルリン市中心部のフリードリヒハイン地区で2011年1月27日に開通しました。[*79]

2013年2月14日、マクデブルグ市議会に議席があるドイツ社会民主党《とう》（SPD）、同盟《どうめい》90／緑の党（Bündnis 90/Die Grünen）や、自由民主党（FDP）など超党派《ちょうとうは》の会派は、マクデブルグの〈ジプシー収容所《しゅうようしょ》〉跡《あと》前の道路を「エデとウンク通り」に改名するように、との提議《ていぎ》を市議会に提出《ていしゅつ》し、[*80]翌《よく》14年3月1日からホルツウェーグ通りの最後の区間100メートルほどが「エデとウンク通り」と改名されました。[*81]

「エデとウンク通り」開通のちょうど1年前の2013年3月1日は、〈ジプシー収容所《しゅうようしょ》マクデブルグ・ホルツウェーグ〉の被拘禁者《ひこうきんしゃ》の全員がアウシュウィッツ＝ビルケナウ絶滅収容所《ぜつめつしゅうようしょ》の〈ジプシー家族収容所《しゅうようしょ》〉へ転送された70周年にあたり、この日、マクデブルグ〈ジプシー収容所《しゅうようしょ》〉跡地《あとち》に近いフローラ公園沿いにある記念碑《きねんひ》のところで追悼式《ついとうしき》が行なわれる予定になっていました。

ところが、マクデブルグの地方紙「民衆《みんしゅう》の声」の報道《ほうどう》によれば、追悼《ついとう》式が計画された前夜の2月28日、何者かが追悼碑《ついとうひ》に差別的内容の落書きを残しました。[*82]そのため、追悼《ついとう》式は中止を余儀《よぎ》なくされました。

21世紀に入ってから東ヨーロッパ諸国《しょこく》を中心に「反ジプシー主義《しゅぎ》」の活動が台頭しています。[*83]

2004年以後ヨーロッパ連合（EU）に加盟《かめい》した東ヨーロッパ諸国では、極右勢力《きょくうせいりょく》によるロマの殺《さっ》傷《しょう》やロマが暮《く》らす家屋の放火など凶悪《きょうあく》な差別事件があとを断《た》ちません。

「補遺《ほい》」のなかで「神秘《しんぴ》に満ちた国、ウラルル」とあったチェコスロヴァキアは、第2次世界大戦後、89年11月から12月にかけての「ヴィロード革命《かくめい》」を経《へ》て、92年からチェコとスロヴァキアという2つの共和国に分離《ぶんり》しました。両共和国は２００４年５月から欧州《おうしゅう》連合（ＥＵ）加盟《かめい》国になりましたが、両国でのロマ差別は厳《きび》しいものがあります。ブダペストに本部がある「ヨーロッパ・ロマ人権《じんけん》センター」(http://www.erec.org/) が、２０１３年７月に公表した報告書によれば、08年1月から12年6月のあいだに起きたロマ集住地区への襲撃《しゅうげき》事件は、チェコで47件、スロヴァキアで16件、その過程で殺害されたロマがチェコで6人、スロヴァキアで5人いるといいます。その結果、多くのロマが両国から西側ＥＵ諸《しょ》国《こく》やカナダへ亡命《ぼうめい》しています。

マクデブルグ大聖堂に隣接するフュルストワル公園に設置された「ナチスによって殺害されたヨーロッパのスィンティとロマのための記念碑」（1998年10月設置／撮影・金子マーティン）

ハンガリーでは、与党フィディス党の議員ソルト・バイアーが、「ハンガリー・ロマは人間としての尊《そん》厳《げん》をもちあわせない生存権《せいぞんけん》のない害獣《がいじゅう》である」との信じがたい差別発言をしました（『マジャール・ヒルラップ』電子版、２０１３年1月5日）。マクデブルグの落書き事件も、こうした「反ジプシー主義」がドイツへも飛び火し、安易《あんい》に賛同者《さんどうしゃ》をえたようです。

＊

本書の著者《ちょしゃ》アレクス・ウェディングとスィンティの少女ウンクとの出会いについての著者自身の記憶《きおく》は「補遺《ほい》」に記されていますが、旧東ドイツの唯一《ゆいいつ》のロマ研究者ライマー・ギルゼンバッハが、ウンクの従姉妹《いとこ》の1人カウラから聞き取った出会いの記憶は、それとはかなり異《こと》なります。

「ウンクとカウラがパン屋にいた。その店へ黒髪《くろかみ》の若い女性が入ってきて、２人の少女にやさしく話しかけた。「お名前は？」。おかっぱ頭の少女は「ウンク」と答え、もう1人が「カウラ」と答えた。このようにしてグレーテ・ワイスコップフ〔アレクス・

ウェディング」はウンクとカウラと知り合った」*84

カウラはライマー・ギルゼンバッハに、ウンクの遠縁《とおえん》にあたるベルリン在住《ざいじゅう》の老齢《ろうれい》のスィンティツァ、フラウマ（Flauma）を紹介《しょうかい》し、ギルゼンバッハは1966年3月上旬《じょうじゅん》にフラウマを訪《たず》ねました。

不就学《ふしゅうがく》だったために文字の読み書きができないフラウマは、ウンクの写真が載《の》った赤い表紙の本をギルゼンバッハに見せました。『エデとウンク』です。「ウンクは私《わたし》の従姉妹《いとこ》の娘《むすめ》、ここに写っているウンクのおばあさんヌッツァは私の叔母《おば》さん」。

ギルゼンバッハがその本からフラウマに読んで聞かせると、「もうだれも生きていないわ、カウラ以外は」と、フラウマは大粒《おおつぶ》の涙《なみだ》を流したそうです。

その本の著者《ちょしゃ》、グレーテ・ワイスコップフの名も彼女は思い出しました。ライマー・ギルゼンバッハは「フラウマのことを教えようと数日後グレーテ・ワイスコップフに手紙を送った。だが、遅《おそ》すぎた。手紙が到着《とうちゃく》した当日、グレーテ・ワイスコップフはすでに亡《な》くなっていた」*85と書き記しています。

ホロコースト犠牲者《ぎせいしゃ》と認《みと》められていなかったロマ

旧東ドイツ唯一《ゆいいつ》のロマ研究者、ライマー・ギルゼンバッハは、『ジプシー世界年代記』を書き残しました。*86 彼は自伝*87の中で、なぜロマ民族の人権《じんけん》問題にかかわるようになったのかを述べています。

「ある雑誌《ざっし》の1965年1月号に載《の》ったライプツィッヒ在住《ざいじゅう》のスィンティ女性の投書を読み、戦後になってもスィンティに対する差別がつづき、その少数民族がナチス被害《ひがい》者としての補償《ほしょう》から除外《じょがい》されていることを知った。直接《ちょくせつ》その女性やほかのスィンティたちに会い、その体験談を聞き、翌年《よくねん》5月からベルリンや東ドイツのさまざまな都市で『ジプシーの道程《みちのり》』という講演《こうえん》を行ない、スィンティの惨事《さんじ》を訴《うった》えるようになった。だが、それが大新聞の記事になることはなかった。そのため『東ドイツで暮《く》らすスィンティたちに理解《りかい》、容認《ようにん》、助成と平等を与《あた》えるように』という嘆願書《たんがんしょ》を、85年3月8日にドイツ社会主義《しゅぎ》統一《とういつ》党《とう》のエイリッヒ・ホネッカー書記長に送った。スィンティが直面する具体的な問題点9つを列挙し、その1つとしてベルリン・マルツァーンやマクデブルグのジプシー収容所《しゅうようしょ》跡に記念碑《きねんひ》を設置《せっち》するよう求めた」*88

28年のあいだ東西ベルリンを分断《ぶんだん》した「壁《かべ》」は1989年11月9日に崩壊《ほうかい》、翌年《よくねん》10月3日にドイツは再統一《さいとういつ》しましたが、その半年前の1990年4月12日、東ドイツの国民議会は、スィンティとロマもナチスによるホロコースト被害者《ひがいしゃ》である、とようやく公認《こうにん》しました。*89

ウンクと親族や同胞《どうほう》の例からも明らかなように、ロマ民族もユダヤ民族と同じくホロコーストの犠牲《ぎせい》になった史実は疑《うたが》う余地《よち》をまったく残していません。「ジプシー」、もしくは「混血《こんけつ》ジプシー」と断定《だんてい》された50万人から60万人もの人びとが、ナチス時代に虐殺《ぎゃくさつ》されました。

ナチスによるホロコーストを生きのびることができたロマたちも、ナチス統治下《とうちか》で体験した虐待《ぎゃくたい》によって、民族としてのアイデンティティを奪《うば》われ、その民族としての伝統《でんとう》と統合《とうごう》は破壊《はかい》され、健康・精《せい》神《しん》・経済《けいざい》などの諸側面《しょそくめん》において多大な被害《ひがい》を今日にいたるまで背負《せお》いづつけています。

ロマ民族をナチス犠牲者《ぎせい》の範疇《はんちゅう》にふくめようとしない態度《たいど》は、史実から視線《しせん》を逸《そ》らした歴史忘却《ぼうきゃく》の無反省な姿勢《しせい》にほかなりません。ドイツをはじめとしたヨーロッパ諸国《しょこく》において、ナチスによるロマ民族のホロコーストが認知《にんち》され、時代錯誤《さくご》的な「ジプシー嫌悪主義《けんおしゅぎ》」的活動が克服《こくふく》されるよう願わずにはおれません。

＊＊＊

［註釈《ちゅうしゃく》］

*1　ロマ（Roma）：ルーマニアのロマ出身で社会学者、ロマ人権《じんけん》運動家でもあるニコラエ・ゲオルゲ（Nicolae Gheorghe, 1946-2013）は、ロマ概念《がいねん》を以下のように理解《りかい》する。

「ロマは文化的自覚のある民族で、地域的統一性《ちいきてきとういっせい》や国民国家とは無関係な民族だが、共通した文化的価値《かち》観《かん》をもっている。……分類規範《きはん》によって構成《こうせい》されたロマという範疇《はんちゅう》は、広い範囲《はんい》にわたる様々な集団《しゅうだん》の集合体である。」（「実行されねばならない選択《せんたく》と支払《しはら》われなければならない代償《だいしょう》――ロマの役割《やくわり》の可能性およびその政治《せいじ》活動と政策《せいさく》立案への影響《えいきょう》」、『犠牲《ぎせい》者役割から市民権へ。ロマ統合《とうごう》への道程《みちのり》』、Pakiv European Roma Fund, Weinheim, 2013, pp. 81-82.)

また、欧州評議会《おうしゅうひょうぎかい》の協議団体《だんたい》であるヨーロッパ各国のロマ組織《そしき》の連合体「ヨーロッパ・ロマ・トラヴェラーズ懇談会《こんだんかい》」（European Roma and Travellers Forum）は、「ロマ人権憲章《じんけんけんしょう》」を２００９年に採択《さいたく》し、「共有の文化遺産《いさん》であるロマニペ（Romanipe = ロマの文化・習慣《しゅうかん》・法などの総体《そうたい》）の正当性を認《みと》める者がロマ」と定義《ていぎ》した（http://www.ertf.org/）。

自民族至上主義《じじょうしゅぎ》的ともいえるそのような理解《りかい》に対し、早婚《そうこん》や物乞《ものご》いなどの旧慣《きゅうかん》が残るロマニペそのものが再考《さいこう》されるべきではないか、との批判《ひはん》が、一部のロマ活動家から提起《ていき》されている。

＊2　本書では「わたしはベルリン生まれ、ほんとうよ。このすぐ近くで生まれたの。フリューリングス通り、その場所知ってる？　うちの家馬車はいま、パピーア通り四番地の中庭に停まってるの」（51頁《ページ》）とあるが、フリューリングス通りをウンクの生誕《せいたん》地としたのはアレクス・ウェディングの創作《そうさく》と思われる。というのは、ウンクの出生証明書に記入された地名は、同じ区の小屋つき菜園地区にあるグリューネル・ウェーグ11番地だからである。なお、グリューネル・ウェーグそのものは現存《げんぞん》するが、短い小道なので11番地はない。

＊3　「出生証明書　第１６９号」（マクデブルグ警察《けいさつ》本部、報告《ほうこく》C29付録Ⅱ、Ｚ４２０番、史料５（ザクセン・アンハルト州立公文書館所蔵《しょぞう》）

＊4　本書、51頁《ページ》。

＊5　Frieda Zellner-Plinzner, *Jesus im Zigeunerlager*（『ジプシー収容《しゅうよう》所のイエス』）, Verlag der Vereinsbuchhandlung Ihloff & Co., Neumünster, 1934, pp. 26, 31-32.

＊6　同右、pp. 8-10.

＊7　Reimar Gilsenbach, "Wie Lolitschai zur Doktorwürde kam"（赤毛娘《むすめ》はいかにして博士号《はくしごう》を取得したか）in: *Feinderklärung und Präventatuion. Kriminalbiologie, Zigenerforschung und Asozialenpolitik*（『敵対者宣言《てきたいしゃせんげん》と予防《よぼう》。犯罪生物学、ジプシー研究と反社会的分子政策《せいさく》』）, Rotbuch Verlag, Berlin, 1988, p. 102.

＊8　本書15頁《ページ》に「五月一〇日（土曜日）」とあるが、この日付と曜日が合致《がっち》するのは１９３０年。また、53頁《ページ》でウンクが自分の年齢《ねんれい》を「まだ一一歳《さい》」といっているが、それなら１９３１年、２１９頁《ページ》に「一年前の金属《きんぞく》加工労働者のストライキのとき」とエデの父親が発言しているが、そのストライキが起きたのは１９３０年10月なので、発言は１９３１年になされ

たものと考えられる。いずれにせよ、『エデとウンク』の時代背景《はいけい》は１９３０年から31年にかけてである。

*9 Heinrich Moritz Gottlieb Grellmann, *Historischer Versuch über die Zigeuner betreffend die Lebensart und Verfassung Sitten und Schicksale dieses Volkes seit seiner Erscheinung in Europa, und dessen Ursprung*, Kessinger Publishing's Legacy Reprints, La Vergne/Tennessee, 2009, p. 187.

*10 Ludwig Eiber, *"Ich wußte, es wird schlimm". Die Verfolgung der Sinti und Roma in München*（『最悪になることは知っていた　ミュンヘンにおけるスィンティとロマの迫害《はくがい》』）, Buchendorfer Verlag, München, 1993, pp. 14-17, 43-44.

*11 Michael Zimmermann, *Rassenutopie und Genozid. Die nationalsozialistische 'Lösung der Zigeunerfrage'*（『人種幻想《げんそう》と集団殺戮《しゅうだんさつりく》―ナチス流「ジプシー問題の解《かい》決《けつ》」』), Hans Christians Verlag, Hamburg, 1996, p. 45.

*12 Joachim Hohmann, *Gechichte der Zigeunerverfolgung in Deutschland*（『ドイツ・ジプシー迫害《はくがい》史』）, Campus Verlag, Frankfurt am Main, 1988, p.73.

*13 Mohammad Gharaati, *Zigeunerverolgung in Deutschland mit besonderer Berücksichtigung der Zeit zwischen 1918-1945*（『一九一八年から一九四五年までの時代を特に考慮《こうりょ》したドイツにおけるジプシー迫害』), Tectum Verlag, Marburg, 1996, p. 48.

*14 Michael Schenk, *Rassismus gegen Sinti und Roma*（『スィンティとロマに対する人種差別主義』),Peter Lang, Frankfurt am Main, 1994, pp. 226, 230.

*15 同右、p. 221.「ジプシー禍《か》」という言葉は、文字通り「ジプシー」が禍《わざわい》をまねくという根拠《こんきょ》のない差別的思いこみから使われてきた。

「黄禍《こうか》論」という言葉があるが、これは19世紀半ばから20世紀前半にかけて、ヨーロッパ・北アメリカ・オーストラリア大陸のコーカソイド（「白色人種」）の人びとの多くが信じたモンゴロイド（「黄色人種」）は「脅威《きょうい》」であるとする人種差別的思いこみである。

また、ユダヤ民族による「世界征服陰謀《せいふくいんぼう》の秘密《ひみつ》議事録」と称《しょう》するものが『シオン賢者《けんじゃ》の議定書』と題する本だが、これはロシアの諜報《ちょうほう》部員が19世紀末期に作成・流布《るふ》させたユダヤ民族とまったく無関係な偽造《ぎぞう》文書であることが早い段階から証明されていた。にもかかわらず、その偽造書は１９２０年代に各国語に翻訳《ほんやく》（日本語訳《やく》は１９２４年）され、「ユダヤ禍《か》論」が唱《とな》えられた。

「ジプシー禍《か》（Zigeunerunwesen）」という用語が使われた早い例は、１８９３年にプロイセン王国（１８０６～１９１８年）で発せられた「ジプシー禍《か》撲《ぼく》滅《めつ》と行商制限の対策《たいさく》（Maßnahmen zur Bekämpfung des Zigeunerunwesens und Einschränkung des Hausiergewerbes）」だと思われる。（Karola Fings

& Ulrich Opfermann (Hg.) *Zigeunerverfolgung in Rheinland und Westfahlen 1933-1945*〔『ラインラントとウェストファーレンのジプシー迫害《はくがい》　１９３３年〜１９４５年』〕, Verlag Ferdinand Schöningh, Paderborn, 2012, p. 38.）

＊**16**　註釈《ちゅうしゃく》13、p. 48.

＊**17**　前右、p. 226.

＊**18**　前右、p. 235.

＊**19**　前右、p. 236.

＊**20**　前右、pp. 235, 237.

＊**21**　前右、p. 228.

＊**22**　註釈10、pp. 43-44.

＊**23**　Hermann Reich, "Das bayrische Zigeuner- und Arbeitsscheuengesetz"（「バイエルンのジプシー法と労働忌避《きひ》者法」in: Joachim Hohmann, *Zigeuner und Zigeunerwissenschaft*（『ジプシーとジプシー学』), Verlag Guttandin & Hoppe, Marburg, 1980, pp. 139-140.

＊**24**　註釈10、p. 42.

＊**25**　Bernhard Streck, "'Die Bekämpfung des Zigeunerunwesens'. Ein Stück moderner Rechtsgeschichte"（「〝ジプシー禍《か》撲滅《ぼくめつ》〟近代法の一断面《だんめん》」) in: Tilman Zülch (Hg.), *In Auschwitz vergast, bis heute verfolgt*（『アウシュウィッツでガス殺され、現在も迫害《はくがい》される』), Rowohlt Taschenbuch Verlag, Reinbeck, 1979, p. 73.

＊**26**　Michael Zimmermann, "Ausgrenzung, Ermordung, Ausgrenzung. Normalität und Exzeß in der polizeilichen Zigeunerverfolgung in Deutschland (1870-1980)"（「排除《はいじょ》・殺害・排除《はいじょ》。ドイツでの警察《けいさつ》によるジプシー迫害《はくがい》の正常《せいじょう》と乱暴《らんぼう》（１９７０年〜１９８０年）」in: Alf Lüdtke (Hg.), *Sicherheit und Wohlfahrt. Polizei, Gesellschaft und Herrschaft im 19. und 20. Jahrhundet*（『治安と福祉《ふくし》。19世紀および20世紀の警察《けいさつ》、社会と統治《とうち》』), Suhrkamp, Frankfurt am Main, 1992, pp. 349, 364.

＊**27**　註釈13、p. 68.

＊**28**　Karola Fings & Ulrich Opfermann (Hg.), *Zigeunerverfolgung im Rheinland und in Westfalen 1933-1945*（『ラインラントとウェストファーレンのジプシー迫害《はくがい》』), Verlag Ferdinand Schöningh, Paderborn, 2012, pp. 329-330.

＊**29**　註釈12、p. 79.

＊**30**　Hans Günther, *Rassenkunde des deutschen Volkes*（『ドイツ民族の人種学』), Lehmanns Varlag, München, 1934, p. 173.

＊**31**　Reimar Gilsenbach, *Oh Django, sing deinen Zorn!*（『ああジャンゴ、おまえの怒《いか》りを歌え！』), Basis Druck, Berlin, 1993, p. 145.　なお、オリンピック開催《かいさい》都市からのロマやホームレスなどの強制立ち退《の》きやその居住区解体は第2次大戦後も続行している。本部がジュネーブにある「居住権《けん》と立ち退《の》きセンター」の報告《ほうこく》

書『巨大《きょだい》イヴェント、オリンピック競技と居住権』(Geneva, 2007)によれば、1992年のスペイン・バルセロナ夏季大会では、624家族(4、000人以上)のロマが強制立ち退《の》きになり、その集住地区も解体された。2004年のギリシャ・アテネ夏季大会のときにも2、700人を超《こ》えるロマが同じ運命にあった。2012年のイギリス・ロンドン夏季大会に際《さい》してはオリンピック公園の建設《けんせつ》予定地内にあったロマ400人ほどが暮《く》らす2つの居住区が解体され、そこの住人は行き場を失った。また、冬季大会が2014年に開催《かいさい》されたロシア・ソチのアナトリー・パホモフ市長は、市内に滞在《たいざい》するホームレスやロマを強制的にオリンピック施設《しせつ》の建設工事に投入した(Roman Urbaner,〔土地収奪《しゅうだつ》のライセンス〕, Telepolis 29. 07. 2012, http://www.heise.de/tp/artikel/37/37346/1.html)。

*32 Otto Rosenberg, *Das Brennglas*(『凸《とつ》レンズ』), Knaur Velag, München, 2002, p. 19.(初版は Eichborn-Verlag, Berlin, 1998 →英訳《えいやく》: Otto Rosenberg [trans. Helmut Bögler], *A Gypsy in Auschwitz*(『アウシュウィッツのあるジプシー』), London House, London, 1999, pp. 20-21.

*33 註釈《ちゅうしゃく》11、p. 143.

*34 Reimar Gilsenbach, *Weltchronik der Zigeuner Teil. 4: Von 1930 bis 1960*(『ジプシー世界年代記─第四部:1930年から1960年まで』), Peter Lang, Frankfurt am Main, 1998, p. 58.

*35 Eve Rosenhaft, "A Photographer and his 'Victims' 1934-1936: Reconstructing a Shared Experience of the Romani Holocaust"(「ある写真家とその『犠牲者《ぎせい》たち』1934年〜1936年:ロマ・ホロコースト体験の分かち合いと再構築《さいこうちく》」) in: Nicholas Saul & Susan Tebbutt (ed.) *The Role of the Romanies*(『ロマの機能《きのう》』), Liverpool University Press, Liverpool, 2004, p. 188.

*36 同右、p. 189.

*37 Staatliches Museum Auschwitz-Birkenau (Hg.), *Gedenkbuch: Sinti und Roma im Konzentrationslager Auschwitz-Birkenau* Bd. 1(『追悼誌《ついとうし》──強制収容《しゅうよう》所アウシュヴィッツ=ビルケナウのスインティとロマ』第1巻=男性被拘禁《ひこうきん》者), K. G. Saur Verlag, München/London/New York/Paris, 1993, pp. 758 〜 759.

*38 Danuta Czech, *Kalendarium der Ereignisse im Konzentrationslager Auschwitz-Birkenau 1939-1945*(『アウシュヴィッツ=ビルケナウ強制収容《しゅうよう》所における事件史年譜《ねんぷ》1939年から1945年』), Rowohlt Verlag, Hamburg, 1989, p. 756.

*39 Eve Rosenhaft "Gefühl, Gewalt und Melancholie in den Humanwissenschaften: Der 'Zigeunerforscher' Hanns Weltzel und die Ambivalenz des ethnologischen Blicks"（「人間科学における感情《かんじょう》、暴《ぼう》力《りょく》と憂鬱《ゆううつ》——『ジプシー研究者』ハンス・ウェルツェルと民族学的視点《してん》の葛藤《かっとう》」）in: *Sozialwissenschaftliche Information* 3/01（『社会科学情報《じょうほう》』）, Max-Plank-Institut für Geschichte, Göttingen, 2001, p. 27.

＊40 Jena Müller "Roßlau–Magdeburg–Auschwitz–auf den Spuren von Unku"（「ロッスラウ—マクデブルグ—アウシュウィッツ—ウンクの足跡《そくせき》を追って」）in: Amadeu Antonio Stiftung (Hg.) *Lokalgeschichte sichtbar machen*（『地域《ちいき》史を可視化《かしか》する』）, Berlin, 2009, p. 13.

＊41 Lutz Miehe, "Ausgegrenzt–ermordet–vergessen. Zu den Menschenrechtsverletzungen an den Magdeburger Zigeunern während der Zeit des Nationalsozialismus"（「排除《はいじょ》—殺害《さつがい》—忘却《ぼうきゃく》。ナチス時代におけるマクデブルグのジプシーに対する人権侵害《じんけんしんがい》」in: *Unerwünscht, verfolgt, ermordet. Ausgrenzung und Terror während der nationalsozialistischen Diktatur in Magdeburg 1933-1945*（『望まれず、迫害《はくがい》され、殺された。ナチス独裁下《どくさいか》でのマクデブルグにおける排除《はいじょ》とテロ』）, Magdeburger Museen, Magdeburg, 2008, p. 246.

＊42 同右、p. 251.

＊43 Lutz Miehe, "'Unerwünschte Volksgenossen'. Das Zigenerlager am Rande der Stadt Magdeburg während der Zeit des Nationalsozialismus"（「『望ましくない

民族同胞《どうほう》』。ナチス時代、街外れにあったジプシー収容所《しゅうようしょ》」）in: Eva Labouvie (Hg.), *Leben in der Stadt. Eine Kultur- und Geschlechtergeschichte Magdeburgs*（『街の生活。マクデブルグの文化史と世代史』）, Böhlau Verlag, Köln, 2004, p. 326.

＊44 マクデブルグ警察《けいさつ》本部がナチス体制下に作成し、現在はザクセン・アンハルト州立公文書館が所蔵《しょぞう》するウンク関連史料（Polizeipräsidium Magdeburg Rep. C 29 Anhang II, Nr. Z 420）を本書訳《やく》者も２０１３年８月29日に閲覧《えつらん》・確認《かくにん》したが、それら史料15点ほどのコピーが註釈《ちゅうしゃく》31に掲載《けいさい》されているので、同書から引用する。

＊45 註釈31、p. 189.

＊46 Wofgang Ayaß, "'Ein Gebot der nationalen Arbeitsdisziplin'. Die Aktion 'Arbeitsscheue Reich' 1938"（「『国民的労働規律《きりつ》の戒律《かいりつ》』。１９３８年の行動『帝国《ていこく》内労働忌避《きひ》者大検挙《けんきょ》』」）in: *Feinderklärung und Präventatuion. Kriminalbiologie, Zigenerforschung und Asozialenpolitik*, Rotbuch Verlag, Berlin, 1988, p. 55.

＊47 註釈31、p. 189.

＊48 同右、p. 190-191.

＊49 Lutz Miehe, "Die Aktion 'Arbeitsscheu Reich' im Juni 1938 und die Verfolgung der 'Zigeuner' in Marburg"（「１９３８年６月の『帝国内労働忌《き》避《ひ》者大検挙《けんきょ》』行動とマクデブルグにおける『ジプシー』迫害《はくがい》」）in:

Detlef Schmiechen-Ackermann & Steffi Kaltenborn (Hg.), *Stadgeschichte in der NS-Zeit*（『ナチス時代の市史』), LIT Verlag Münster, 2005, p. 119.

*50 Polizeipräsidium Magdeburg Rep. C 29 Anhang II, Nr. Z 420, Blatt 6, in: Landeshauptarchiv Sachen-Anhalt（ザクセン・アンハルト州立公文書館所蔵《しょぞう》）

*51 同右、Blatt 1&2.

*52 同右、Blatt 13.

*53 金子マーティン『「スィンティ女性三代記（上）」を読み解《と》く』、凱風《がいふう》社、２００９年、71頁《ページ》、全訳所収《ぜんやくしょしゅう》。

*54 註釈《ちゅうしゃく》50、Blatt 14.

*55 註釈43、p. 333.

*56 註釈50、Blatt 16.

*57 註釈53、１９６～２０３頁《ページ》、全訳所収《ぜんやくしょしゅう》。

*58 Gabriele Wittstock, "Von Berlin über Magdeburg nach Auschwitz. Unku–Das Schicksal einer jungen Sintezza"（「ベルリンからマクデブルグ経由《けいゆ》でアウシュヴィッツへ」）, in: *Unerwünscht, verfolgt, ermordet. Ausgrenzung und Terror während der nationalsozialistischen Diktatur in Magdeburg 1933-1945*, Magdeburger Museen, Magdeburg, 2008, p. 267.

*59 註釈53、２０４～２０６頁《ページ》、全訳所収《ぜんやくしょしゅう》。

*60 同右、１４５～１４６頁《ページ》。

*61 註釈34、p. 160.

*62 Staatliches Museum Auschwitz-Birkenau (Hg.), *Gedenkbuch: Sinti und Roma im Konzentrationslager Auschwitz-Bikenau* Bd. 1 & Bd. 2（『追悼誌《ついとうし》　強制収容《しゅうよう》所アウシュヴィッツ＝ビルケナウのスィンティとロマ』第1巻＝男性被拘禁《ひこうきん》者＝註釈37＆第2巻＝女性被拘禁《ひこうきん》者), K. G. Saur Verlag, München/London/New York/Paris, 1993, Bd. 1: pp. 752-765, Bd. 2: pp. 54-71.

なお、アウシュヴィッツ＝ビルケナウ絶滅収容所《ぜつめつしゅうようしょ》内〈ジプシー収容所《しゅうようしょ》〉の被拘禁者名簿《ひこうきんしゃめいぼ》は、同収容所《しゅうようしょ》が「粛清《しゅくせい》」される直前、「政治犯」として拘禁《こうきん》されていた3人のポーランド人によって持ち出され、地中に埋《う》められた。敗戦後の１９４９年1月にその名簿はまた掘《ほ》り出され、国立アウシュヴィッツ博物館（47年7月開設）に所蔵されているが、全１、６７４頁《ページ》のその名簿は全2巻の『追悼誌《ついとうし》』として93年に復刻《ふっこく》された。

*63 Reimar Gilsenbach, "Unkus letzter Tanz"（「ウンクの最後の踊《おど》り」）in: Günter Ebert (Hg.), *Alex Wedding: Aus vier Jahrzehnten. Erinnerungen, Aufsätze und Fragmente. Zu ihren 70. Geburtstag*, Kinderbuchverlag, Berlin, 1975, pp. 303-304.

*64 註釈62、Bd. 2: pp. 64-67.

*65 註釈37、Bd. 1: pp. 760-761, 756.

*66 Patricia Pientka, Das Zwangslager für Sinti und Roma in Berlin-Marzahn（『ベルリン・マルツァーンのスィンティとロマの強制収容《しゅうよう》所』), Metropol

Verlag, Berlin, 2013, p. 102.

＊**67** Reimar Gilsenbach,"Das Sinti-Mädchen Unku"（「スィンティ少女ウンク」）in: *pogrom* Nr. 130（『ポグロム』）, Gesellschaft für bedrohte Völker, Göttingen, 1987, p. 54.

＊**68** 『女性と社会主義』(Die Frau und der Sozialismus): ドイツの社会民主主義者、アウグスト・ベーベル(August Bebel, 1840-1913) の著作《ちょさく》で、初版が１８７９年発行。

＊**69** Alex Wedding, "Anfänge"（「発端《ほったん》」）1955, in: Günter Ebert (Hg.), *Alex Wedding: Aus vier Jahrzehnten. Erinnerungen, Aufsätze und Fragmente. Zu ihren 70. Geburtstag,* Kinderbuchverlag, Berlin, 1975, pp. 118-127.

＊**70** Alex Wedding, "Zu einigen Fragen unserer Kinder- und Jugendliteratur"（「児童・青少年文学にかかわるいくつかの問題点」）1956, in: *Alex Wedding: Aus vier Jahrzehnten. Erinnerungen, Aufsätze und Fragmente. Zu ihren 70. Geburtstag*, Kinderbuchverlag, Berlin, 1975, pp. 248-280.

＊**71** Alex Wedding,"Unsere Verantwortung"（「われわれの責任《せきにん》」）1967, in: *Alex Wedding: Aus vier Jahrzehnten. Erinnerungen, Aufsätze und Fragmente. Zu ihren 70. Geburtstag*, Kinderbuchverlag, Berlin, 1975, pp. 281-285.

＊**72** Alex Wedding, "1. Kapitel Von seltsamen Begegnungen, dem Lande Ulalru, einem Brief in Zigeunersprache und manchen anderen"（「第１章不思議な出会い、ウラルルの国、ジプシー語の便りやそのほかのこと」）, in: *Ede und Unku*（『エデとウンク』）, Kinderbuchverlag, Berlin, 1954, p. 3 →本書２２５頁《ページ》

＊**73** Heinz Wegehaupt, "Bibliographie der Veröffentlichungen Alex Weddings"（「アレクス・ウェディング発表作品の文献《ぶんけん》目録」）in: Susanne Blumensberger & Ernst Seibert (Hg.), *Alex Wedding (1905-1966) und die proletarische Kinder- und Jugendliteratur,* Praesens Verlag, Wien, 2007, p. 172.

＊**74** Alex Wedding [tans. by Charles Ashleigh], *Eddie and the Gipsy: A Story for Boys and Girls-with Nine Photographic Illustrations*（『エディとジプシー：写真９枚掲載《けいさい》の少年少女のための物語』）, Martin Lawrence Limited, London, 1935.

＊**75** FILMERNST (Hg.), *Unterrichtsmaterial-Als Unku Edes Freundin war*（『授業用資料《しりょう》―ウンクがエデのガールフレンドだったころ』）, Filmernst, Brandenburg, 2010, p. 4.

＊**76** "Was mit Unku geschah"（「ウンクはどうなったのか」）, http://www.roma-service.at/dromablog/?p=9598

＊**77** "Magdeburg Hegelstraße", http://gedenkorte.sintiundroma.de/index.php?ortID=59

＊**78** "Mahnmal für Sinti und Roma im Norden Magdeburgs eingeweiht, 02. März 2009"（「北部マクデブルグでスィンティとロマの記念碑《きねんひ》が除幕《じょまく》、２００９年３月２

日」), http://180250.forumromanum/member/forum/entry_ubb.user_180250.

*79 Wolfgang Bauer, "Ein Weg für Ede und Unku und Alex" (「エデとウンクとアレクスのための道」), in: *Berliner Notizen*, 28. 1. 2011

*80 "Interfraktioneller Antrag : Straßenbenennung nach Ede und Unku" 14.02.2013, Nummer A0020/13 (「超《ちょう》党《とう》派《は》提《てい》議《ぎ》——エデとウンク道路と命名する」)

*81 "Ede-und-Unku-Weg eingeweiht" (「エデとウンク通り開通」), in: *Volksstimme* 01. 03. 2014.

*82 "Sinti- und Roma-Gedenkstele kurz vor Feierstunde geschändet" (「スィンティとロマの記念碑、追《つい》悼《とう》式直前に冒《ぼう》涜《とく》される」), in: *Volksstimme* 01. 03. 2013.

*83 ロナルド・リー（金子マーティン訳《やく》）『ロマ　生きている炎——少数民族の暮《く》らしと言語』、彩《さい》流《りゅう》社、2014年、「訳《やく》者解《かい》説《せつ》・あとがき」343～352頁《ページ》参照。

*84 註《ちゅう》釈《しゃく》63、pp. 301-302.

*85 同右、pp. 293, 296, 300.

*86 『ジプシー世界年代記』は、もとは全4部構《こう》成《せい》の企《き》画《かく》だったが、ギルゼンバッハが2001年11月に急《きゅう》逝《せい》したため、2部と3部は未《み》刊《かん》となっている。

*87 1999年に自伝を完成させたものの生前に発行できず、未《み》亡《ぼう》人《じん》ハネローレ・ギルセンバッハなどの編《へん》集《しゅう》で本人没《ぼつ》3年後に出版された。

*88 Hannelore Gilsenbach & Harro Hess (Hg.), *Raimar Gilsenbach. Wer im Gleischritt marschiert, geht in die falsche Richtung- Ein biografisches Selbstbildnis*, (『ライマー・ギルゼンバッハ。歩調を合わせて行進する者は、誤《あやま》った方向へ歩む——伝記的自《じ》画《が》像《ぞう》』) Westkreuz-Verlag, Berlin, 2004, pp. 200-201.

旧東ドイツ市民だったライマー・ギルゼンバッハは、政府の方針に忠《ちゅう》実《じつ》でなければならなかったため、すこぶる教《きょう》条《じょう》主《しゅ》義《ぎ》的で事実に反する文章も書いている。

1973年にプラハで出版され、10年後にドイツ語訳《やく》が東ベルリンの出版社から刊《かん》行《こう》された『ロマ童話 (Romské pohádky)』の「あとがき」をギルゼンバッハが書いている。その中に「社会主《しゅ》義《ぎ》国では『ジプシー』迫《はく》害《がい》が過《か》去《こ》のことになっている」と、現《げん》実《じつ》と異《こと》なる一文がふくまれている。（ミレナ・ヒュップシマノヴァ収《しゅう》集《しゅう》、『盗《とう》賊《ぞく》のお城《しろ》とヤニチェック——スロヴァキアのロマ童話』, Kinderbuchverlag, Berlin, p. 192)

なお、無《む》政《せい》府《ふ》主義者で反戦主義者の両親の長男として生まれたライマー・ギルゼンバッハは、18歳《さい》で徴《ちょう》兵《へい》され、1943年10月から国《こく》防《ぼう》軍《ぐん》一等兵として〈ババロッサ作戦〉(対ソ戦）に従《じゅう》軍《ぐん》した。そして、『エデとウンク』の主人公エデと同じように（本書230頁《ページ》）、44年3月末に敵《てき》前《ぜん》逃《とう》亡《ぼう》をしてソ連軍側に寝《ね》返《がえ》った（ギルゼンバッハ自伝、72頁《ページ》）。

*89 Hansjörg Riechert, *Im Schatten von Auschwitz-*

Die nationalsozialistische Sterilisationspolitik gegenüber Sinti und Roma（『アウシュヴィッツの陰《かげ》に隠《かく》れて。スィンティとロマに対するナチスの不妊《ふにん》・断《だん》種《しゅ》化《か》政《せい》策《さく》』), Waxmann Verlag, Münster,1995, p. 124.

解説《かいせつ》

『エデとウンク』とわたしたち

†

崔《チェ》善愛《ソンエ》

「きみって、……やっぱりきみは、ほんとうのジプシーなの？」

ウンクの涙《なみだ》があふれだします。エデはその涙《なみだ》をみて、

「大人は子どもにまちがったことを教えるものなんだよ。そして、ばかなぼくはそれを真《ま》に受けちゃったんだ。ごめんよ」と懸命《けんめい》にあやまります。

ああ、ウンク、実はわたしも「ジプシーはものを盗《と》る」と思ったことがあります。


29歳《さい》のとき、初めてイタリアを旅しました。ローマ行きの列車に乗る前夜、イタリアの地方都市に住む友人から、「ローマの駅にはジプシーがいるから、かばんを盗《と》られないように気をつけて」と言われました。翌日《よくじつ》、ローマ中央駅に到着《とうちゃく》するやわたしはすこし緊張《きんちょう》し、ジプシーらしき人がいないか見まわしながら、かばんをしっかり握《にぎ》りしめました。駅のコーナーに大柄《おおがら》のロングスカートをはいた女性《じょせい》とこどもたちが数人いました。早歩きで駅を出て、ほっとして、宿泊《しゅくはく》先の場所を確認《かくにん》しようと地図を開き、かばんを両足の間にしっかりはさみました。こっちの道だ、と地図を折りたたんでかばんをつかもうとすると、ない。かばんが消えていました。魔法《まほう》にかかったようでした。人が近づいてきた気配はまったくなかったのですから。かばんには日本へ帰る飛行機の切符《きっぷ》も入っていました。すぐローマ警察署《けいさつしょ》に行き、被害届《ひがいとどけ》を出し、わた

しはいいました。「ジプシーに盗《と》られたんです」と。

それから10年以上経《た》ち、あるとき新聞記者の友人にこの話をすると、思いもよらぬ言葉がかえってきました。

「どうしてかばんを盗《と》ったのはジプシーだといえる？　盗《と》られた瞬間《しゅんかん》、その人を見た？　見てないんでしょう？」

はずかしさのあまり、自分の顔が赤く熱くなりました。わたしはずっとかばんを盗《と》ったのはジプシーだと決めつけ、疑《うたが》いもしませんでした。ウンク、ごめん。ほんとうにごめんなさい。

この物語にはすてきな場面がたくさんあります。たとえば親友マックセの家を訪《たず》ねる場面、「共産主義《しゅぎ》者がどんな顔をしているのか、好奇心でワクワクしている」といいながらエデは自分の父親が「アカはすべての物を分けあう」と話していたことを思い出し、「自分のジャケットも取り上げられはしないだろうか」とふと思います。そこでエデの胸《むね》は「よろこびと不安でときめく」のです。

親や先生が話していたことは、ほんとうにそうなのだろうか、と自分の目で確《たし》かめるとき、それは冒険《ぼうけん》みたいでどきどきしますが、これこそが人生の醍醐味《だいごみ》かもしれません。

おとなは、わかったような顔をして（見てきたような顔をして）、陰《かげ》でひとの悪口をいうことがあります。「あの子とはあそんじゃだめ」とか、「あの人は、アカだ」「ジプシーだ」「やっぱり朝鮮人《ちょうせん》だ」なんて。

でもね、エデがいうように、おとなのいうことがいつも正しいとはかぎらない。おとなであろうと、先生であろうと、大統領《だいとうりょう》であろうと、まちがったことをいうことがある。

「わたしはそう思わない」と感じたらその自分の声を大切にみつめつづけてください。

本当は話したい、本当は聞いてほしい

わたしには娘《むすめ》がふたりいます。日本国籍《こくせき》です。エデやウンクと同じ年齢《ねんれい》の、11歳《さい》だったとき、長女は小学校の卒業式で「君が代」（国歌）をうたいませんでした。その日まで、半年間、うたうかうたわないか、悩《なや》みつづけていました、そして彼女《かのじょ》は当日、自分で決断《けつだん》し「うたわない」ことを実行し着席しました。まわりの友だちはみんなびっくりした様子。でもだれもその理由を彼女《かのじょ》にききませんでした。それから3年後、妹（次女）も同じ学校の卒業式で、自分は「君が代」をうたうかどうかと悩《なや》んでいました。

そうしたある日、同じクラスの友だちが、「おまえも（おねえちゃんと同じように君が代を）うたわないで座《すわ》るのか？　卒業式の日」と心配そうな顔で話しかけたきたそうです。

この友だちのお兄さんも3学年上で、長女と同じクラスだったのです。ですからお兄さんは弟に、卒業式のとき座《すわ》った長女のことを話していたんですね。

「君が代」をうたうか、うたわないか、だれにもいえず、ひとりで考えていた次女は、友だちがそのことを心配してくれたとうれしそうにわたしに話しました。自分がだれにもいえず悩《なや》んでいたことを友だちが言い当てるなんて、すごいことですね。

エデがウンクに「きみはほんとうにジプシーなの？」と聞いたように、わたしも「あなたはほんとうは朝鮮人なの？」と聞かれた方が、うれしい。人は自分の悲しみを友だちにはわかってほしい、と思っているものではないでしょうか。

親が離婚《りこん》したり、失業したり、異《こと》なる国や民族の出身だったり、信仰《しんこう》する宗教《しゅうきょう》をもっていたりと、ほかの大勢《おおぜい》の人とは〝ちがう〟ことで、悩《なや》みがうまれます。そのことでたしかにいろんな困難《こんなん》がおきるけれど、それは決してはずかしいことではありません。

わたしたちはその大切でやっかいな問題をこころの奥《おく》のほうにしまいこみます。自分でも整理がつかず、ことばにすることもむずかしくてなかなか人に言いだせない。でも、むずかしい問題だからこそ、だれかと話せば、もうこわくない。そうしてゆくうちに、わたしたちはもっとたすけあったり笑いあったり、いっしょに泣いたりできそうな気がします。

自転車にいっしょに乗ろう。

金子マーティンさんの「解題《かいだい》」には、17世紀ごろから「ジプシーの人肉食」の作り話が流布《るふ》していたとあります。

驚《おどろ》きました。なんということか。４００年以上も昔から、ロマを排除《はいじょ》し差別することばが、脈々と継承《けいしょう》されつづけたなんて。

そのまちがった「継承《けいしょう》」をわたし自身、ひっくりかえすどころか、「真《ま》に受けて」信じてしまいました。このような態度《たいど》によってわたしたちは何百年も引き継《つ》いでしまったのです。

「あの子とあそんじゃだめ」というような親のことばによって差別は継承《けいしょう》されます。なぜあそんじゃだめなのか、おとな自身もその理由を説明できず、「なんとなく」差別したまま、問い返そうとしません。ひとは自分の受ける差別には敏感《びんかん》ですが、自分以外のひとが受けた差別には鈍感《どんかん》になりがちです。

エデは、ひとにぎりの勇気をもち、「きみはほんとうにジプシーなの?」と話しかけました。ウンクの涙《なみだ》をみて、その悲しみを知り、まっすぐにあやまりました。このとき、ウンクの悲しみは「理解されることによって」よろこびに転じます。

おたがいがおたがいのことをもっともっと知りたいと思うようになったとき、古いものは絶《た》ち切られ、新しい関係がはじまります。そう、エデとウンクが自転車に相乗りして走ったときふたりの感じた風、その風はどんなにすがすがしいものだったでしょう。そんな風をわたしもみなさんと感じてみたい。

だから、

あなたのことをもっと聞かせて

とウンクの写真をみながら語りかけています。

訳者《やくしゃ》あとがき

ワイマール共和国時代のベルリンが舞台《ぶたい》で、史実にもとづいた物語、多数派《は》ドイツ人の少年と少数民族のスィンティ少女の友情《ゆうじょう》をえがいた児童書《じどう》『エデとウンク』、ナチスが焚書《ふんしょ》にしたその本の日本語訳《やく》を影書房《かげしょぼう》は発行してくださいました。日本で暮《く》らしていないためロマ民族（いわゆる「ジプシー」）に対する関心は一般《いっぱん》に高くなく、そのロマ民族の下部集団に属《ぞく》するスィンティの少女が一方の主人公である本書がベスト・セラーになる可能性は、まず考えられないでしょう。それにもかかわらず、そのような本の出版を快く引き受けてくださった影書房に、心から感謝いたします。また、訳書《やくしょ》発行の出版社として影書房を提案してくださり、訳書《やくしょ》の解説《かいせつ》まで書いてくださった崔善愛《チェソンエ》様にもお礼を申しあげます。

慣例《かんれい》のカタカナ表記にしたがわず、より原音に近いと思う自己《じこ》流のカタカナ表記を使用する訳者《やくしゃ》が、出版社泣かせであることは認識《にんしき》しています。カタカナ表記の問題で訳者《やくしゃ》が出版社ともめなかったことは、いままでに一度もありません。もちろん影書房も、訳者《やくしゃ》流のカタカナ表記をすんなり快諾《かいだく》してくださったわけではありません。ですが、最終的に訳者《やくしゃ》流カタカナ表記をほぼ認《みと》めてくださいました。そのことに対しても、深く感謝《かんしゃ》いたします。

少数民族スィンティの少女ウンクは、家族ともどもナチスの絶滅収容所《ぜつめつしゅうようじょ》で虐殺《ぎゃくさつ》されました。中高生の読者にとっては難解《なんかい》にすぎる可能性もあろう『エデとウンク』の解題《かいだい》で、その史料を紹介《しょうかい》しました。現在も世界各地でロマ民族は排斥《はいせき》と差別の対象でありつづけています。

そうである原因の一つは、多くの多数派市民《は》が歴史を知らないことにあります。ナチスがユダヤ民族の殲滅《せんめつ》を試みたことは世界周知のことですが、〈劣等民族《れっとう》〉と〈強制収容《しゅうよう》〉という、ユダヤ民族に対するのと同じ「根拠《こんきょ》」と同じ「方法」によって、「ジプシー」もナチスによって大量虐殺《ぎゃくさつ》された少数民族であることを知らない人びとはいまだに多いのです。

『エデとウンク』をお読みいただき、一人でも多くの読者にその史実を認識《にんしき》していただきたいというのが訳者《やくしゃ》の希望です。「ジプシー」に対して漠然《ばくぜん》とした恐怖《きょうふ》感や偏見《へんけん》をいだく読者もいるかもしれませんが、本書をお読みいただき、そのような時代おくれで非《ひ》民主的な考えかたも克服《こくふく》していただければ幸いです。どの民族に属《ぞく》していようと、人間の優劣《ゆうれつ》はなく、人間はみな平等です。

二〇一六年五月

金子マーティン

著者について
アレクス・ウェディング（Alex Wedding）
1905年オーストリア・サルツブルク市に生まれる。
1931年、本作『エデとウンク─少年と少女のための物語』をベルリンのマリク出版より刊行。1936年、２作目の『北極海はよぶ』をロンドンへ移転したマリク出版より発行、戦後は児童文学作品８冊を刊行した。
ナチス政権時には、彼女も夫も共産党員でユダヤ系であったため、1933年にプラハへ、その後パリを経て、ニューヨークへ亡命した。戦後1950年から52年にかけて中華人民共和国で過ごし、53年から66年に亡くなるまではベルリンで暮らした。
本作はナチスによって発禁にされたが、戦後の旧東ドイツでは版を重ね、1972年には旧東ドイツの５年生の必読図書に選定された。73年には旧西ドイツの出版社からも発行、著者の生誕100年にあたる2005年には、ベルリンのノイエス・レーベン出版社から、1931年版初版と同じ写真を表紙に使った新版が発行された。

訳者について
金子マーティン（かねこ・まーてぃん）
1949年イギリス・ブリストル市に生まれる。83年オーストリア国籍を取得。78年ウィーン総合大学で哲学博士号を取得。91年から日本女子大学人間社会学部現代社会学科教員。
主な日本語の著訳書：『ロマ　生きている炎　少数民族の暮らしと言語』（編訳、彩流社）、『あるロマ家族の遍歴　生まれながらのさすらい人』（編訳、現代書館）、『スィンティ女性三代記（上・下）』（編訳、凱風社）ほか。

解説者について
崔善愛（チェ・ソンエ）
1959年兵庫県生まれ、北九州市出身。愛知県立芸術大学大学院修了。米国インディアナ州立大学大学院に留学。ピアニスト。
主な著書：『十字架のある風景』（いのちのことば社）、『ショパン』（岩波ジュニア新書）、『父とショパン』（影書房）、『自分の国を問いつづけて』（岩波ブックレット）

エデとウンク
──1930年 ベルリンの物語《ものがたり》
二〇一六年 六 月二五日　初版第一刷
著者　アレクス・ウェディング
訳者　金子《かねこ》マーティン
カバー・扉デザイン
カバー画・本文挿画　桂川 潤
発行所　株式会社 影書房
〒170-0003 東京都豊島区駒込一―三―一五
電　話　〇三（六九〇二）二六四五
ＦＡＸ　〇三（六九〇二）二六四六
E-mail＝kageshobo@ac.auone-net.jp
URL＝http://www.kageshobo.co.jp/
〒振替　〇〇一七〇―四―八五〇七八
本文印刷＝スキルプリネット
装本印刷＝アンディー
製　本＝根本製本
落丁・乱丁本はおとりかえします。
定価　一、八〇〇円＋税
ISBN978-4-87714-463-0

ミヒャエル・デーゲン著　小松はるの・小松博訳
みんなが殺人者ではなかった
戦時下ベルリン・ユダヤ人母子を救った人々

ユダヤ人狩りを逃れて地下へ潜った「ぼく」と母親は、ナチ親衛隊員や、売春宿の老婆、アウシュヴィッツへの列車機関士といった市井の人びとの良心と勇気によって奇跡的に生きのびる。ドイツで著名な俳優による回想記。　四六判 368頁 2400円

*

崔《チェ》 善愛《ソンエ》著
父とショパン

「二度と戻れないかもしれない」という予感を抱いて祖国を離れたショパンと父・崔昌華。その悲しみが、日本国から永住権を剥奪された著者の胸に響いてくる。――在日３世のピアニストがつづる国家・民族・音楽への想い。　四六判 257頁 2000円

*

目取真《めどるま》俊《しゅん》著
眼の奥の森

米軍に占領された沖縄の小さな島で、事件は起こった。少年は独り復讐に立ち上がる。――悲しみ・憎悪・羞恥・罪悪感……戦争によって刻まれた記憶が、60年の時を超えてせめぎあい、響きあう。魂を揺さぶる連作長編。　四六判 220頁 1800円

*

李《リ》 信恵《シネ》著
#鶴橋安寧
アンチ・ヘイト・クロニクル

ヘイトスピーチ被害者の声は届いているか。日々レイシストからの執拗な攻撃に晒されながらも、ネットでリアルで応戦しつつ、カウンターに裁判にと疾駆する著者の活動記録。ヘイト被害の実態と在日の歴史とを重ね綴る。　四六判 262頁 1700円

*

金子マーティン著
ロマ（仮）

2016年７月刊行予定　四六判 約250頁